LE PAPILLON DES ÉTOILES

Bernard Werber

LE PAPILLON DES ÉTOILES

ROMAN

Albin Michel

À Claude Lelouch
qui m'a permis de réaliser mon premier film :
« Nos amis les Terriens ».

I

L'OMBRE D'UN RÊVE

1. PUISSANCE DE L'EAU

Au commencement était le souffle.

Le souffle puissant du vent salé.

Il faisait glisser les voiliers sur les océans infinis.

Et de tous les navires, le plus rapide était sans aucun doute celui d'Élisabeth Malory.

La jeune femme au regard turquoise s'était octroyé une réputation de championne en remportant deux fois de suite le tour du monde à la voile en solitaire, une épreuve jusque-là monopolisée par ses collègues masculins.

Seule à l'avant de son catamaran baptisé le *Poisson volant* elle serrait le gouvernail de bois qui dirigeait la longue structure effilée en aluminium et fibre de résine.

Tout vibrait dans son fin vaisseau qui filait, fendant l'écume ou se soulevant tel un exocet au ras des flots.

Plus vite, plus fort.

Caressée par la puissance des embruns chargés d'iode, elle chantait faux dans la tempête à s'en enrayer la voix. C'était son secret pour gagner : mêler sa voix au vent, pour se concilier les éléments déchaînés.

Elle avait ainsi l'impression de devenir elle-même la mer : de l'eau salée mobile, filant de vague coupante en dentelle d'écume.

Élisabeth Malory était belle.

Tous les hommes étaient par elle ensorcelés et on prétendait qu'entre deux régates elle multipliait les amants. Puis, comme lassée de ces plaisirs dérisoires, il lui fallait se retrouver seule, au milieu des déserts liquides, avec pour uniques compagnons les nuages et les poissons complices.

2. DOUCEUR DE L'AIR

Au commencement était le rêve.

Le rêve d'horizons nouveaux.

Il stimulait l'imagination éthérée d'Yves Kramer.

Chef du département « Innovation et Prospective » de la prestigieuse Agence spatiale, c'était lui qui était chargé de sélectionner les nouveaux projets liés aux voyages dans l'espace. Il n'avait pour l'instant jamais pu en mener un seul à bien, mais dans son bureau s'amoncelaient les dossiers remplis de schémas de nouvelles fusées, de stations orbitales ou même de cités à construire sur les planètes les plus proches. Yves Kramer ne se distinguait pas des multiples tâcherons qui traînaient dans les laboratoires aéronautiques. De taille moyenne, il avait le cheveu rare, et chaussait des lunettes épaisses, devant son regard perdu au loin.

Cet ingénieur ne quittait jamais sa blouse blanche aux poches pleines de stylos à l'encre sèche et de calculatrices plus ou moins en panne.

Son métier consistait surtout à envoyer des lettres de refus polies qui commençaient invariablement par : « Merci de nous avoir soumis votre projet, malheureusement il ne correspond à aucun de nos programmes actuels et les crédits alloués à notre service ne nous autorisent pas à donner suite à votre proposition. » Pour se terminer par : « Veuillez agréer nos sentiments les plus respectueux. Tenez-nous au courant de l'évolution de vos recherches. »

Yves Kramer prenait son métier à cœur. Il lisait consciencieusement jusqu'au bout la plupart des projets, même les plus irréalistes. Du coup il était devenu l'interlocuteur attitré des journalistes auxquels il confiait les scénarios les plus originaux qu'il avait reçus.

Il renversa par mégarde la pile des lettres de refus et se mit à les ramasser une par une. À ce moment le téléphone sonna et, en essayant de l'attraper avant que le répondeur ne se mette en marche, il fit chuter une autre pile qu'il se mit en devoir de ramasser et de trier.

On le disait étourdi, il se disait rêveur.

On le disait maladroit, il se disait dispersé.

On le disait distrait, il se disait absorbé par des réflexions exotiques.

Yves Kramer savait qu'il n'existait pas de subventions permettant de réaliser un seul des projets qu'il soumettait à sa hiérarchie. Cependant il ne désespérait pas un jour d'en porter un à bout de bras. Il ne voulait pas rester comme le lui avait dit un jour sa première femme : « un simple observateur racontant aux journalistes les fantasmes des autres et qui ne se réaliseront jamais ».

La nuit, le regard rivé à l'œilleton de caoutchouc de son télescope personnel installé sur sa terrasse, enveloppé dans une couverture, il lui arrivait d'imaginer qu'un jour l'un de ses projets aboutirait.

Alors il partirait là-bas.

Loin devant.

Plus loin, toujours plus loin.

Il quitterait cette Terre où il se sentait chaque jour plus étranger.

3. PREMIÈRE VAGUE

La rencontre entre le souffle et le rêve, c'est-à-dire entre Élisabeth Malory et Yves Kramer, n'eut pas lieu dans des conditions idéales.

L'ingénieur était dans sa voiture en train d'écouter de la musique rythmée tout en roulant à vive allure car il était une fois de plus en retard à un rendez-vous avec un journaliste.

La navigatrice traversait la rue pour rejoindre le bureau du nouveau sponsor de son voilier en vue de sa prochaine course autour du monde en solitaire.

Il pleuvait et les essuie-glaces de la voiture fonctionnaient mal. Il savait depuis longtemps qu'il devait passer au garage pour les faire réparer, mais il n'en avait pas trouvé le temps.

C'était son autre problème en dehors de l'étourderie : la procrastination. L'art de remettre au lendemain ce qu'il pouvait faire le jour même. Et ensuite il devait courir pour rattraper le retard.

Il accéléra dans un virage.

Élisabeth avait l'écouteur de son téléphone portable dans l'oreille, et sous son parapluie discutait avec l'un de ses prétendants qui la faisait rire pour la séduire. Il y parvenait d'ailleurs assez bien.

C'est probablement pour cela qu'elle n'entendit pas le moteur de la voiture qui déboulait dans la nuit. Quand Yves distingua la silhouette de la jeune femme, il écrasa brusquement le frein. Les roues se bloquèrent mais le sol glissant n'assura pas de prise aux pneus qui se mirent en aquaplaning. L'avant de la voiture cueillit la navigatrice aux genoux. Il y eut un bruit sec de bois cassé. Élisabeth eut la sensation d'être projetée très haut dans les airs, au ralenti. Elle monta, sentit la pluie, distingua le sol depuis une bonne altitude, retomba brutalement et ne se releva pas. Elle resta à terre, tordue de douleur. Puis elle ne bougea plus.

4. VAPEURS SALÉES

On la crut morte.

Elle survécut.

La convalescence dura longtemps. Élisabeth s'installa dans les méandres de ses draps d'hôpital comme un animal se tapit dans sa tanière pour hiberner.

Lorsque enfin elle put sortir, elle prit conscience que quelque chose était mort en elle. Le bas de sa colonne vertébrale lui envoyait des élancements aigus. Elle ne pouvait plus se tenir debout ni marcher. Désormais il lui faudrait se déplacer en chaise roulante.

Élisabeth n'avait plus envie de chanter. Elle se sentait trahie par son destin. Elle accepta les séances de rééducation intensive et le soutien psychologique.

Moins vite, moins fort.

Le kinésithérapeute lui affirmait qu'elle pourrait un jour remarcher avec des béquilles, mais elle avait dans sa vie suffisamment entendu de menteurs et d'escrocs pour savoir qu'il prononçait ces mots uniquement pour la rassurer.

Sa carrière de sportive était tronquée. Sa rage intense. Dans son esprit, une seule idée, qui se résumait en un seul mot : « Vengeance. »

Il fallait que le chauffard qui avait effacé son avenir paye. Au prix fort.

5. BRUMES OPAQUES

Flashes d'appareils photo. Micros tendus.

Au procès relayé par tous les médias, Yves Kramer parla peu. Il reconnut devant la juge tous ses torts. Il marmonna des excuses en direction de sa principale accusatrice.

Il fut condamné à la peine maximum. Il devrait toute sa vie payer une pension à la jeune championne désormais infirme. Il écopait en plus d'une peine de prison avec sursis pour blessure involontaire. De même que lui fut définitivement retiré le permis de conduire une voiture, une moto, ou un scooter. Il n'avait légalement le droit d'utiliser que des vélos, et encore la juge s'autorisa-t-elle à lui conseiller, vu son degré d'étourderie, de ne circuler que sur les chemins de campagne.

« Quand on ne sait pas regarder où l'on va, on reste chez soi sinon on est un danger pour les autres », conclut la magistrate en frappant du maillet pour faire taire la salle.

Le procès achevé, l'ingénieur rejoignit la jeune navigatrice à la sortie du tribunal pour lui exprimer de près ses plus sincères excuses, bafouiller des regrets et des vœux de prompt rétablissement. Elle ne le laissa pas terminer sa phrase, dès qu'il fut suffisamment proche elle prit son élan et de ses deux poings réunis pour faire masse le cueillit à la pointe du menton. À peine eut-il chuté en arrière qu'elle bondit de sa chaise roulante et se jeta sur sa gorge les doigts en crochets et la bave aux lèvres.

L'ingénieur ne tenta pas de se défendre, il se contenta de fermer les yeux, attendant, résigné, que la vie le quitte. Il fallut trois personnes pour faire lâcher prise à la navigatrice infirme qui avant de s'éloigner lui cracha dessus.

6. OBSCURCISSEMENT DES CHEMINS

Les deux vies étaient gâchées.

Élisabeth Malory savait que jamais elle ne récupérerait l'usage de ses jambes et de son bassin. Elle ne pouvait même plus avoir de rapports sexuels tant ses hanches la faisaient souffrir.

L'ex-championne ne se déplaçait plus qu'en chaise roulante, aidée d'une infirmière pour sortir de chez elle. Elle dut déménager et habiter un rez-de-chaussée. Puis, murée dans sa révolte, elle commença à boire et à fumer. Son caractère difficile avait obligé plusieurs infirmières à démissionner, elle les faisait pleurer ou les frappait.

Elle se gava de nourriture de manière compulsive : bonbons, beurre d'arachides, tartines beurrées au chocolat, chips, crème glacée.

Comme elle avait du mal à dormir elle prit des somnifères.

Comme elle souffrait d'élancements dans son articulation du bassin, elle prit des analgésiques. Comme elle était nerveuse, elle prit des tranquillisants.

Comme elle était démoralisée, elle prit des antidépresseurs.

Et sous l'effet combiné des médicaments la vie ne lui parvint plus en direct, mais comme estompée par des murs de coton.

Moins vite, moins fort.

Élisabeth Malory, immobilisée après tant d'années d'action, fit ce qu'elle n'avait jamais fait jusque-là : elle resta des heures vautrée entre les coussins et les sucreries, à fixer, béate et la bouche pleine, la petite lucarne de son téléviseur. Quand elle ne mangeait pas elle fumait, quand elle ne fumait pas, elle sirotait des liqueurs. Quand elle ne buvait pas elle avalait des cachets.

Elle découvrit alors par les actualités ce monde qui était le sien et qu'elle avait toujours fui sur les océans.

Et les images étaient crues.

Son monde c'était la guerre.

Son monde c'était le fanatisme religieux.

Son monde c'était le terrorisme aveugle.

Son monde c'était la pollution endémique.

Son monde c'était la surpopulation exponentielle.

Son monde c'était la pauvreté, la faim, la misère.

Avec au milieu de tout ça une classe de nouveaux riches apparus dans tous les pays du globe, et qui surnageaient avec cynisme sur la masse des souffrances.

Et parmi eux, Gabriel Mac Namarra, pionnier de l'informatique qui progressivement rachetait ses concurrents et s'était depuis peu reconverti dans la génétique. Ainsi il maîtrisait les machines et les êtres vivants.

On le prétendait première fortune mondiale. Les chefs d'État eux-mêmes le recevaient comme l'un des leurs. Élisabeth Malory, l'entendant décrire sa maison idéale du futur, songea que si elle avait encore eu ses jambes assurément elle serait allée demander à ce Mac Namarra de la sponsoriser pour construire un voilier bien plus performant que tous ceux qu'elle avait maniés jusqu'à ce jour.

Ce soir-là elle rêva de *Poisson volant 2*, financé par le milliardaire, et qui l'emporterait loin de toutes ses douleurs.

Mais un autre rêve vint estomper le premier. Elle devenait un de ces oiseaux qu'elle avait croisés une fois près d'un pétrolier naufragé : une mouette engluée dans le mazout et qui essayait en vain de déployer ses ailes.

7. LUEUR DANS LA NUIT

Abattement.

Yves Kramer avait demandé une année de congé.

L'ingénieur, rongé par le remords, avait plusieurs fois essayé de retrouver Élisabeth Malory après le procès mais celle-ci lui avait clairement fait comprendre qu'elle ne souhaitait plus aucun contact avec l'homme qui avait réduit sa vie à un cauchemar.

Il continuait cependant de l'appeler. Tous les jours. Il laissait un message d'excuse sur son répondeur, accompagné de ses vœux de rétablissement.

Yves Kramer regardait lui aussi les actualités à la télévision. C'était pour lui une diversion efficace. Les malheurs des autres lui permettaient d'oublier les siens.

Quand je me vois dans la glace j'ai peur,
Quand je vois comment sont les autres cela me rassure.

Plus c'était grave ailleurs, mieux il parvenait à relativiser sur place.

Écologiste de la première heure, il avait jadis œuvré pour la préservation des espèces en voie de disparition, contre les conditions de vie atroces du bétail d'élevage intensif, pour la diversité des espèces végétales, pour le contrôle des industries alimentaires. Il avait aussi connu une période anarchiste durant laquelle il avait milité pour la disparition des gouvernements, de la police, de l'armée.

Mais tous ces combats étaient loin. Et les actualités lui rappelaient qu'ils étaient chimériques.

Les fanatiques, les médiocres et les menteurs tenaient le haut du pavé et imposaient leurs lois.

Lorsqu'il ne pensait pas à Élisabeth Malory, Yves Kramer lisait les projets qu'il avait reçus.

Seul, chez lui, il pouvait maintenant rattraper le retard qu'il avait pris sur des dizaines de dossiers en attente.

Il découvrait ce que ses contemporains les plus hallucinés envisageaient comme futur possible pour la conquête de l'espace. Afin de ne pas être influencé par ses choix de lecture, il posa les trois cents projets en souffrance à même le sol, et marcha au milieu d'eux, piochant au hasard dans les tas.

C'est alors qu'un papillon de nuit entra dans la pièce.

Il commença par se cogner contre les vitres, puis, attiré par la lumière de la lampe plafonnière, il se heurta le bout des ailes avec opiniâtreté contre le verre fin de l'ampoule, produisant un bruit désagréable.

Un instant Yves Kramer l'observa. Il se souvint d'une phrase de son père : « *Les papillons sont toujours attirés par la lumière.* » Et comme si ce papillon lui avait rappelé quelque chose d'urgent, il fonça vers un placard. Il avait oublié parmi ses trois cents dossiers d'en lire un. Celui de Jules Kramer, son père.

Il sortit un classeur et souffla la poussière qui s'y était accumulée.

Au-dessus de sa tête, le papillon de nuit se frottait les ailes contre l'ampoule, en un bruit de plus en plus obsédant.

Yves Kramer observa ce qu'il tenait entre les mains. Ce dossier sobrement baptisé « Voilier Solaire » était la dernière obsession de son père avant qu'il ne se suicide par amour pour une femme.

Jules Kramer était lui aussi ingénieur en aérospatiale. Au sommet de sa carrière il avait évoqué l'idée de ne plus utiliser comme carburant les hydrocarbures mais plutôt l'énergie de la lumière. Certes il y avait eu dans le passé des expériences sur l'énergie photonique mais toutes s'étaient soldées par des échecs. Les recherches s'étaient rapidement arrêtées.

Instinctivement le regard d'Yves se tourna vers un objet de sa collection de curiosités scientifiques. Un radiomètre.

L'étonnant instrument lui avait été offert par son père pour lui expliquer le principe de la propulsion par la lumière.

C'était une grosse ampoule contenant dans son globe un axe autour duquel tournaient quatre bras terminés par des losanges blancs et noirs. La lumière de sa lampe, en frappant les losanges côté blanc, faisait tourner les bras.

Yves Kramer approcha la lumière et le radiomètre se mit à tourner à grande vitesse.

L'ingénieur savait qu'elle était composée de photons et que c'étaient ces grains de lumière qui en frappant les losanges sur leur côté clair les poussaient jusqu'à faire tourner les branches sur l'axe.

Le blanc faisait rebondir les photons.

Le noir les absorbait.

Il se souvint d'une autre phrase de son père : « Nous serons sauvés par la lumière. »

Yves, encore adolescent, lui avait répondu :

« Je croyais que nous serions sauvés par l'amour...

– Oh non, mon fils. L'amour peut être une illusion. L'amour peut rendre fou. On peut tuer par amour. On se trompe souvent par amour. En revanche la lumière, elle, ne trompe pas. Elle est partout. Elle éclaire. Elle dévoile. Elle réchauffe. La lumière fait pousser les fleurs et les arbres. Elle réveille nos hormones, nourrit notre organisme. On peut vivre sans amour, on ne peut pas vivre sans lumière. Imagine un monde où tout serait éteint, où l'humanité serait plongée dans une nuit permanente. Imagine et tu comprendras.

– Mais la lumière ce n'est que de la lumière, avait prononcé Yves, pensif.

– Non. La lumière c'est tout. Dans le doute, imite les tournesols, cherche d'où vient la lumière et tourne-toi vers elle. »

Ce dialogue prenait d'autant plus de sens que son père s'était suicidé trois ans plus tard.

Par amour. Toujours le vieux dilemme des pères : ils conseillent à leur fils de faire quelque chose et eux-mêmes font le contraire.

À nouveau des phrases de Jules Kramer résonnèrent dans son esprit.

« Nous sommes tous des chenilles qui ont une métamorphose à réussir pour se transformer en papillons. Une fois papillons, il nous faut déployer les ailes pour nous envoler vers la lumière. »

Yves Kramer éteignit la lampe plafonnière et ouvrit la fenêtre pour libérer le papillon de nuit. Il le vit un instant voler vers la lueur d'un réverbère, puis il leva les yeux.

Il était minuit, il faisait froid et le ciel était sublime. Le scientifique se dit qu'il y avait là-haut beaucoup de lampes puissantes capables de faire tourner des radiomètres.

Une énergie éternelle.

8. RÉCHAUFFEMENT PAR LA LUMIÈRE

Un rayon filtra depuis l'horizon.

L'aube. L'astre solaire s'éleva timidement sans bousculer les nuages.

C'était le printemps et la nature était impatiente de se réveiller.

Yves Kramer but d'une traite le café bouillant sur son balcon puis s'habilla et se mit au travail.

Pour oublier l'accident de voiture, il avait décidé de se jeter à corps perdu dans l'élaboration d'un projet spatial lié à l'énergie photonique.

Son père étant mort, il dut chercher ses notes complémentaires. Il les découvrit dans des cahiers manuscrits stockés dans des boîtes à chaussures en haut d'une armoire, derrière des pulls de ski. Suffisamment nombreuses pour élaborer un projet complet. À cet instant il regretta de ne pas avoir parlé davantage à cet homme dont il était issu.

Jules Kramer. Un homme solitaire, distrait, rêveur. Un procrastinateur, lui aussi.

Il avait remis ce qu'il devait faire non pas à demain, ni à la semaine suivante, mais à... la vie suivante.

De son père il n'avait gardé en images que des scènes quasi burlesques. Son père s'excusant auprès de sa mère parce qu'il avait mis du linge de couleur dans la lessive pour linge blanc. Son père s'excusant parce qu'il avait eu une parole blessante envers ses beaux-parents. Son père perdant le procès en divorce parce qu'il était arrivé en retard au tribunal (déjà il avait innové dans l'art de perdre les procès). Son père, ingénieur de renom dans une usine d'avions, viré pour « incapacité à arriver à l'heure aux rendez-vous ». Son père draguant des jeunes filles trop jeunes pour lui et finalement éconduit par ces mêmes créatures.

« Je ne désespère pas : plus ça va, plus les filles qui me disent non sont belles », plaisantait-il.

Jules Kramer lui avait offert des trains électriques, des maquettes d'avions en plastique, des prototypes de minivoitures à essence, des sous-marins téléguidés, des planeurs à fabriquer soi-même en tiges de balsa et toile cirée.

Il revoyait son père s'enthousiasmant pour les jouets qu'il offrait à son fils au point de s'en amuser plus que lui.

Il se souvenait même d'un dirigeable rempli d'hélium avec ses hélices et son gouvernail télécommandé. L'engin de plus de deux mètres de long, à peine lâché, n'avait pas cessé de monter, échappant à toute commande, jusqu'à n'être plus qu'un point lumineux haut dans le ciel.

Le lendemain, Jules avec fierté avait raconté à son fils que des témoins avaient cru observer une soucoupe volante extraterrestre. Yves savait que c'était leur dirigeable, il avait échappé à tout contrôle parce qu'il n'était pas assez lesté.

Les chiens ne font pas des chats, le savant sentait bien qu'il était en passe de reproduire la vie de son géniteur. Il ne lui manquait plus que l'histoire d'amour foireuse et le suicide et ce serait complet. Pourquoi avait-il rangé le projet photonique dans un tiroir de placard ? Il connaissait la réponse, elle était évidente. Par orgueil. Il ne voulait pas être le simple prolongement de l'intelligence de son père. Il voulait exister en dehors de l'image écrasante du génie paternel incompris.

Il avait fallu cet accident terrible avec Élisabeth Malory pour remettre les compteurs à zéro. Et il avait fallu le papillon de nuit pour lui rappeler qu'il avait chez lui un projet magnifique, le plus ambitieux de tous ceux qu'il avait eus entre les mains.

Il reconnut qu'il n'y avait pas accordé d'importance par pure vanité, comme s'il avait eu peur de faire plaisir à son père.

Maintenant tout était différent.

Seul dans sa chambre coupée du monde, Yves Kramer fouilla dans les bibliothèques de l'Agence spatiale et retrouva les plans des prototypes de navette à propulsion photonique qui avaient été élaborés. Il existait une voile très fine dans un matériau ultraléger, le Mylar, qui avait la propriété de pouvoir être recouvert de peinture-miroir à très forte capacité réfléchissante. L'épaisseur de cette voile était du dixième d'un cheveu.

Il comprit soudain que si le système n'avait pas fonctionné c'était parce que les vaisseaux à propulsion solaire étaient dotés de voiles trop petites. La poussée était trop faible. À son avis il fallait envisager une voile non plus de plusieurs mètres mais de plusieurs dizaines de mètres.

Yves Kramer commença à griffonner des schémas de vaisseaux et de voiles solaires munies de mécanismes capables de les déployer facilement puis de les orienter en tirant sur des câbles.

En travaillant avec frénésie pendant plusieurs semaines l'ingénieur finit par mettre au point son projet « VS » pour « Voilier solaire ». Après quoi, il le présenta à sa hiérarchie de l'Agence spatiale.

Il le défendit devant une Commission d'évaluation des projets de prospective et souligna qu'à son avis on pouvait se lancer dans la construction d'un prototype.

La Commission mit six mois à lui répondre.

La réponse fut négative.

9. LARMES D'OR

La main tremblait.

Gabriel Mac Namarra lâcha le feuillet qui tomba en planant. Le diagnostic était clair et définitif. *Trop tard.* Le multimilliardaire considéré comme l'homme le plus puissant de la planète n'avait que 53 ans mais en paraissait beaucoup plus.

Il faut dire qu'il avait usé ses dernières années à abuser de tout : alcool, drogue, et surtout cigares. Cela avait un prix. Et ce prix, inscrit sur la feuille tombée par terre, s'appelait « cancer du poumon ». Il se regarda dans la glace. De petite taille, le cheveu gris clair, l'œil torve, toujours barbu de deux jours, vêtu d'une veste en cuir très chic, d'un large tee-shirt à la mode sur son ventre bedonnant, chaussé de bottes à bout pointu, le piercing diamant au lobe de l'oreille, cravate en lacets de cuir tressés, il ressemblait à un vieux rocker alcoolique narquois.

Il avait toujours cultivé un look à la mode.

Il s'adressa un petit signe de connivence, et se sourit en dévoilant son incisive-bijou en or. Il était lui-même devenu de l'or, mais être de l'or, cela lui apportait quoi ? Face au feu de la maladie, l'or fond comme le plomb. Il pensait que cela ne servait à rien d'avoir bâti le plus grand empire technologique et financier du monde, si c'était pour se retrouver réduit à l'état de malade bientôt condamné aux pénibles séances de rayons et de chimiothérapie. Il allait perdre ses derniers cheveux, arborer ce sourire triste des gens rongés de l'intérieur.

Quelle faute avait-il commise pour être ainsi puni dans sa chair ?

Gabriel Mac Namarra songea que le monde était cruel : c'est lorsqu'on croit avoir tout réussi qu'on échoue. Les médecins lui avaient proposé de lui enlever un poumon, le plus noir des deux, mais il avait répondu qu'il préférait laisser son corps gérer seul la maladie et « tant qu'à crever, autant crever entier ».

Comme les médecins n'avaient pas d'avis tranché sur le sujet et que les colères du milliardaire étaient aussi réputées que spectaculaires, ils n'insistèrent pas, pensant que c'était le dernier combat d'un homme condamné. Au soir de la mauvaise nouvelle, Gabriel Mac Namarra dîna avec ses meilleurs amis et se saoula. Il fit l'amour avec des call-girls très chères et prit une drogue très dure, de celles qui détruisent la cervelle mais donnent des hallucinations colorées.

Le lendemain, lorsqu'il s'aperçut qu'il était toujours vivant et que le réel était revenu, cela le fit rire. Il avait voulu mourir et la mort s'était refusée à lui. Le rire de Gabriel Mac Namarra démarrait comme une sorte de siphon qui se met en marche et qui a du mal à s'arrêter. Il pouffait, soufflait, éructait, et finissait invariablement par tousser. Il toussait de plus en plus longuement.

Quand il eut fini de rire, de tousser et d'essuyer ses larmes, il se brancha sur les actualités de la chaîne financière.

Le présentateur évoquait en fin de journal, dans la catégorie « anecdotes de l'industrie », le refus du projet d'un ingénieur original visant à lancer non pas une simple fusée mais un voilier spatial propulsé par la lumière des rayons stellaires.

Gabriel Mac Namarra avait toujours été superstitieux, il conservait un talisman dans son porte-monnaie, une formule avec une incantation magique dans un rouleau suspendu à son cou. Il consultait volontiers les voyantes, les médiums et autres astrologues. Pour lui la chance faisait partie des éléments que tout grand leader se devait de prendre en considération. Il observait les signes.

Pour lui les solutions étaient apportées au moment où on avait besoin de les connaître.

Étrangement, peut-être à cause de sa mort annoncée, ce projet de vaisseau spatial propulsé par la simple lumière des étoiles lui sembla précisément un signe du destin. Il était convaincu qu'il n'avait pas entendu ce message par hasard. Il lui était personnellement destiné.

Après tout « Envoyer un voilier solaire dans l'espace » apparaissait comme une idée originale et amusante. Alors il nota le nom de l'ingénieur qui défendait ce projet insolite, puis il décrocha son téléphone.

10. ÉVAPORATION DE L'OR

La rencontre entre le rêve et le pouvoir, c'est-à-dire entre Yves Kramer et Gabriel Mac Namarra, eut lieu en altitude, au dernier étage du plus haut building de la ville, précisément baptisé : Mac Namarra Tower. L'immeuble doré côtoyait les nuages.

Là, dans le restaurant panoramique tournant lentement sur lui-même, illuminé par les lueurs des bâtiments alentour, le scientifique déploya ses plans. Il expliqua que la propulsion par les hydrocarbures ne permettait que des voyages limités dans l'espace. La seule énergie inépuisable qu'on trouvait dans l'univers était la lumière. C'était une énergie faible mais qui existait partout, il était donc possible de voyager longtemps sans avoir besoin d'emporter des réserves de carburant. Le riche industriel demanda quel était l'intérêt de construire un vaisseau spatial qui puisse voyager longtemps.

– Sortir de notre système solaire.

Gabriel Mac Namarra marqua son étonnement, puis sentit son rire le chatouiller. Il libéra tout à coup sa mécanique de gorge et de bouche et l'événement sonore se produisit, au grand étonnement de son vis-à-vis qui n'avait jamais entendu d'esclaffade aussi phénoménale. Il eut l'impression d'entendre une turbine électrique se déclencher et accélérer.

L'industriel rit longtemps puis, après avoir toussé et s'être enfin repris, il encouragea le scientifique à aller au bout de son concept.

Yves Kramer lui exposa son projet « VS » pour Voilier Solaire.

Il envisageait un vaisseau immense propulsé par une voile encore plus grande afin d'atteindre la plus proche étoile en dehors du système solaire. Là il espérait trouver une planète habitable.

Cette fois Mac Namarra ne rit plus. Il se contenta de demander :

– Une autre planète habitable autour de la plus proche étoi le ?... Mmmh... À quelle distance est cette plus proche étoile ?

Yves Kramer connaissait les chiffres par cœur.

– La plus proche étoile avec des planètes probablement habitables dans sa périphérie est à... environ 2 années-lumière.

– Ce qui fait en kilomètres ? Excusez-moi je ne parle qu'en kilomètres.

– Une année-lumière... hum... la lumière avance à 300 000 kilomètres-seconde, donc si je multiplie par les minutes, les heures et les jours pour avoir une année, cela me donne... hum... (Il sortit une calculatrice.) J'obtiens 9 460 milliards de kilomètres.

– Ce qui nous fait quelle distance de voyage totale pour atteindre votre autre système solaire ? demanda passablement impatienté l'industriel.

– Donc, je multiplie par 2 pour avoir la distance de cette plus proche étoile, ça donne disons, à vue de nez, 20 000 milliards de kilomètres.

L'industriel marqua un signe d'agacement.

– Rien que ça. Remarquez je ne suis pas de la partie, alors je ne me rends pas bien compte. À quelle vitesse votre engin, votre super-voilier solaire, peut-il voler ?

– À ce qui correspondrait sur Terre à 2 millions de kilomètres-heure en moyenne.

L'industriel fronça un sourcil méfiant.

– C'est énorme ça. Vous êtes sûr qu'un vaisseau spatial peut atteindre une vitesse aussi faramineuse ?

– Bien sûr. Tout d'abord, une fois qu'un corps est lancé dans l'espace, il ne ralentit pas, il continue à la vitesse donnée par l'impulsion de départ. Il n'y a pas de freinage parce qu'il n'y a pas de frottement avec l'air ni de gravitation. Ce qui ralentit une bille qui roule sur la Terre c'est l'air et la pesanteur. Mais une bille dans le vide de l'espace continue à la même vitesse jusqu'à ce qu'elle soit stoppée.

– Mmh... c'est peut-être pour cela que les astéroïdes traversent si vite l'univers alors qu'ils n'ont pas de moteur ?

Yves Kramer fut agréablement surpris par cette remarque qui prouvait que son interlocuteur s'intéressait au sujet. Il poursuivit avec entrain.

– Exactement. Mais en plus l'énergie photonique dans l'espace est cumulative. C'est comme si l'énergie de tous les photons réceptionnés dans les voiles se stockait, s'additionnait et ne faisait que pousser le vaisseau de plus en plus vite. Notre engin en fait accélérera sans cesse.

– Ça marche près du soleil mais quand on s'éloigne les rayons doivent être plus faibles, non ?

L'ingénieur ne s'attendait pas à ce que l'industriel envisage déjà cet aspect du problème.

– Nous pourrons profiter des rayons de notre soleil sur la moitié du chemin qui nous mène à la prochaine étoile, comme élan. Ensuite nous conserverons la vitesse acquise et en orientant les voiles nous pourrons y ajouter les lueurs des autres étoiles voisines. Je vous l'ai dit : c'est une énergie qui s'additionne et ne se soustrait jamais. Donc 2 millions de kilomètres-heure en moyenne est un chiffre envisageable.

L'industriel fixa son vis-à-vis puis haussa les épaules.

– Parfait, voilà des chiffres ronds comme je les aime.

Il sortit son calepin et un stylo en or massif et commença à aligner les chiffres.

– Je sais moi aussi faire des multiplications. Donc, vitesse de l'engin : 2 millions de kilomètres à l'heure. Les jours faisant 24 heures, on multiplie et cela nous donne 48 millions de kilomètres par jour, n'est-ce pas ?

– En effet.

– Soit à peu près 20 milliards de kilomètres par an.

Un serveur zélé leur servit un vin à la couleur pourpre et à l'odeur forte. Le scientifique y goûta machinalement. L'industriel le huma, puis le dégusta à petites gorgées avant de poursuivre.

– Donc, la distance du point à atteindre étant de 20 000 milliards de kilomètres et votre voilier avançant de 20 milliards de kilomètres par an, c'est pas sorcier, il faut... hum, 1 000 ans de voyage.

Yves Kramer ne voyait pas où l'industriel voulait en venir. Celui-ci lui montra son calepin indiquant les opérations. Il hocha la tête en guise d'approbation.

– Donc un millénaire. Or un être humain en parfaite santé vit tout au plus 100 ans il me semble. Comment arrivez-vous donc à résoudre ce problème, cher monsieur Kramer ? L'hibernation peut-être ?

– Non. L'hibernation ne marche pas. Le froid détruit irrémédiablement les noyaux des cellules. À mon avis, il faut aborder le problème de manière « naturelle ».

– Je vous écoute.

– Il faut que plusieurs générations se succèdent dans le vaisseau spatial, énonça-t-il. Les femmes accoucheront, les enfants s'accoupleront et engendreront d'autres enfants.

L'industriel alluma un cigare.

– Et vous n'avez pas peur de créer des petits dégénérés ? L'amour entre frères et sœurs, c'est quand même pas terrible génétiquement parlant. Il serait dommage qu'un groupe d'attardés mentaux crée la nouvelle humanité sur une planète viable.

– Qui vous dit qu'on ne mettrait qu'un couple ? Je pensais en accueillir bien davantage.

– Combien ? Deux ? trois ?

– ... Mille.

Cette fois Mac Namarra accusa le coup.

– Mille cosmonautes en tout ? Ou mille hommes et mille femmes ?

– Mille hommes et mille femmes.

Le milliardaire lâcha un nuage de fumée bleue et âcre.

– Ça fait une jolie foule. Ça tient dans une fusée ?

– Je prévois un vaisseau lui-même immense.

Gabriel Mac Namarra à cet instant se demanda si l'ingénieur n'était pas tout simplement dément. Deux mille personnes pour être sûr qu'il en arrive quelques-unes à 20 000 milliards de kilomètres de distance. Il aspira longuement la fumée du cigare. *Tant qu'à prendre du poison, autant en profiter pleinement*, songea-t-il.

La nicotine lui procura un petit frisson dans le dos et un surplus d'activité nerveuse. Probablement qu'en rétrécissant ses vaisseaux sanguins, les idées fusaient plus vite.

Il pensa :

Je perds mon temps, si ce projet a été refusé par ses collègues experts de l'Agence spatiale c'est parce qu'il n'est pas réaliste. Laissons tomber.

Le milliardaire faillit se lever mais quelque chose le retint. Le profil même de cet ingénieur. D'habitude les obsessionnels se montraient vindicatifs. Celui-là semblait douter. Le doute était pour Mac Namarra le signe de la perception de la relativité du monde. Rien n'est sûr. Tout être intelligent doit donc douter. Et puis il n'aimait pas renoncer à sa superstition concernant les signes du destin.

– 2 000 cosmonautes hommes et femmes qui mettront au monde des enfants pour franchir 20 000 milliards de kilomètres pendant un millénaire. Je suis conscient que c'est... comment dire ? un peu nouveau. Mais je ne vois pas d'autre solution par rapport aux technologies dont nous disposons actuellement.

– Il faudrait soit accélérer le vaisseau, soit prolonger la durée de vie des cosmonautes, suggéra Mac Namarra.

L'industriel commanda un plat et invita Kramer à choisir les mets les plus délicats, donc les plus chers. Autour d'eux le restaurant panoramique tournant dévoilait les embouteillages de la ville, en longs serpents de lumières rouges ou blanches.

– Ce sont des techniques qui peuvent mettre longtemps à émerger.

– Vous avez raison. Il faut faire avec ce qu'on a actuellement comme connaissances techniques éprouvées. Et puis je n'aime pas attendre. En fait je ne peux pas... « attendre ».

Il relut les chiffres inscrits sur son calepin.

– 20 000 milliards de kilomètres. Chaque génération procréant à 20 ans en moyenne, cela nous fait donc 50 générations de passagers se succédant dans votre vaisseau.

La physionomie de l'industriel fut barrée par un froncement de sourcils.

– Mmmh... tous ces chiffres énormes ça a de la gueule. Ça donne aussi le vertige.

– Ça fait peur. Vous le savez mon projet a été refusé par les experts de l'Agence spatiale.

– J'ai entendu ça à la télévision, mais je ne me fie pas à l'avis des experts pour me forger le mien. C'est comme cela que j'ai monté mon empire en réfléchissant par moi-même sans attendre l'approbation des soi-disant spécialistes. Je fonctionne au coup de cœur. Et puisqu'on est dans les chiffres « astronomiques », à votre avis cela coûterait combien cette petite aventure ?

Les plats arrivèrent sous cloche d'argent.

– Je l'ignore encore. Mais si vous voulez je pourrai vous le dire demain.

Le serveur souleva les deux cloches ensemble pour révéler leur contenu. Une vapeur épicée s'exhala aussitôt.

– Sérieusement... Vous pourriez être intéressé par mon projet « VS » ? demanda l'ingénieur.

Gabriel Mac Namarra commença à déguster un petit oiseau rôti qui donnait l'impression de se débattre dans la purée orange, alors que Yves Kramer avait devant lui un poisson argenté entouré de légumes verts et jaunes.

– Pourquoi pas. Ce serait, disons, une « excentricité de milliardaire ». J'aime bien les paris fous. Faites-moi un devis et on s'y met.

Yves Kramer avala sa bouchée de travers.

– Vous plaisantez ! ?

– Non. Quand j'étais petit toutes mes économies passaient

dans l'achat des plus beaux jouets. Disons que j'ai envie de m'acheter celui-ci. Et puis si ça peut sauver l'humanité, c'est rigolo non ?

Et là-dessus il éclata de son énorme rire tonitruant. Yves Kramer avait du mal à croire que le projet puisse être réellement en train de naître.

L'industriel l'observait avec une certaine ironie. Il l'invita à manger avant que le contenu de son assiette ne refroidisse.

– Juste une petite modification : votre projet s'appelle VS pour « Voilier Solaire », c'est ça ?

– Oui. Je suis allé au plus simple.

– Je voudrais que vous l'appeliez autrement : « D.E. »

– Pour... ?

– « Dernier Espoir ». Parce que, à mon avis, ce projet est bien plus qu'une simple excursion dans les étoiles. C'est peut-être notre dernier espoir. Vous avez entendu les actualités ? (Le regard du milliardaire avait changé.) J'ai l'impression que tout est fichu. Cette planète était notre berceau mais nous l'avons saccagée. Nous ne pourrons plus jamais la soigner et la retrouver comme avant. Quand la maison s'effondre il faut partir. Recommencer tout, ailleurs et autrement. Actuellement je crois que le Dernier Espoir c'est... la fuite.

Ces mots avaient été prononcés avec légèreté, comme pour évoquer une météo pluvieuse.

– Qu'en pensez-vous, monsieur Kramer ?

– Eh bien, je n'ai rien à répondre, je suis entièrement de votre avis. Ce sont pratiquement les mots que j'emploie moi-même.

– Dans ce cas arrêtons de faire du bruit avec nos bouches et mettons-nous au travail.

Yves Kramer déglutit, il n'en croyait toujours pas ses sens.

– D'accord pour le projet « D.E. », articula-t-il. Cependant moi aussi j'ai une petite suggestion supplémentaire. Une dette envers quelqu'un. J'aimerais utiliser ce projet pour résorber cette dette personnelle.

– Je vous écoute.

– Notre vaisseau est un voilier solaire, mais un voilier quand même. Il va falloir tirer des bords, tendre la voile, virer comme avec un voilier à vent. Donc... j'aimerais prendre comme capitaine une navigatrice chevronnée. Je pense à une personne précise. Une championne. La meilleure.

11. PREMIER CHAUDRON : LE CREUSET

Le journal fut froissé, tassé en boule puis jeté dans la poubelle.

Un article y évoquait la déroute de la championne de voile, passée du stade d'albatros filant au ras des flots à celui de légume à roulettes.

Yves Kramer savait qu'il ne pouvait demander directement à Élisabeth Malory sa collaboration. Il attendit donc, avant de tenter de l'aborder, de créer son centre d'étude « Dernier Espoir ». Celui-ci fut installé dans les sous-sols de la Mac Namarra Tower. Dans un premier temps, les deux hommes souhaitaient être discrets afin d'éviter les moqueries ou les copies. Le milliardaire avait confié à Yves en lui prenant l'épaule :

– Tout homme qui entreprend quelque chose de nouveau doit affronter trois sortes d'ennemis. Un : ceux qui pensent qu'il faut faire le contraire. Deux : ceux qui veulent faire la même chose, et qui considèrent que vous leur avez volé leur idée, et qui n'attendent que de vous descendre pour s'empresser de vous copier. Trois : la masse de ceux qui ne font rien et qui sont hostiles à tout changement et à toute initiative originale. Ceux-là sont les plus nombreux et souvent les plus acharnés à vous empêcher de mener votre projet à bien.

Yves Kramer donna sa démission au Centre spatial et commença à débaucher parmi ses collègues ceux qu'il savait les plus talentueux.

Les schémas et les plans commencèrent à s'accumuler dans le centre d'étude « D.E. » Au début ils étaient cinq, bientôt ils furent vingt à tenter d'imaginer le voilier solaire idéal.

Cependant, comme le nom de « D.E. » ou les mots « Dernier Espoir » sonnaient de manière pessimiste, ils décidèrent de conserver ce nom pour le projet mais le vaisseau lui-même, sur proposition d'Yves Kramer, serait baptisé le *Papillon des Étoiles.*

Dans le même élan, ils créèrent un logo pour l'entreprise représentant un papillon bleu argenté au milieu du cosmos noir piqué de sept étoiles.

Plus le projet avançait plus les ingénieurs découvraient qu'ils avaient sous-estimé la taille du vaisseau et le nombre de ses habitants. L'ingénieur dut confier à son sponsor qu'il fallait revoir tous les chiffres à la hausse. Le vaisseau devrait être plus grand, beaucoup plus grand. Non pas pour 2 000 cosmonautes, mais pour 10 000. Quant à la voile de Mylar, elle devrait atteindre quelques centaines de mètres carrés.

Les autres ingénieurs n'y voyaient guère d'inconvénient du moment qu'ils disposaient de crédits suffisants pour s'autoriser ce genre d'aménagement.

Le nom de *Papillon des Étoiles* convenait d'autant mieux que le vaisseau tel qu'il était dessiné sur les plans avait désormais l'allure d'un insecte géant.

Doté de deux vastes voiles triangulaires dont les pointes convergeaient vers l'ample thorax, il était pourvu d'une tête-cockpit avec deux yeux sphériques transparents comme postes de pilotage. À l'arrière, l'abdomen était formé par les longs réacteurs nécessaires au décollage.

Quand il lui sembla tenir un projet cohérent, Yves Kramer se décida à contacter Élisabeth Malory. Il le fit par le truchement de son assistante : Satine Vanderbild.

Il savait qu'il ne pourrait emporter l'adhésion de la jeune femme que par sa capacité à la faire rêver. Il espérait que son assistante saurait trouver les mots. Il l'espérait très fort. Elle serait son fer de lance.

12. MATIN DE FER

Quand Satine Vanderbild rencontra Élisabeth Malory, celle-ci venait de sortir d'une nouvelle crise de dépression.

La couleur de ses yeux turquoise avait viré au gris terne et ses pupilles étaient à demi dilatées en permanence sous l'effet des tranquillisants et de l'alcool.

Dans le salon encombré de machines de musculation inutilisées trônait un grand écran de télévision branché sur la chaîne d'informations continues.

Un présentateur annonçait l'apparition d'une grippe mortelle transmise par les oiseaux migrateurs. Il chiffrait pour l'instant les victimes à une cinquantaine de morts, et précisait : selon les premières analyses cette grippe aurait muté du fait des conditions d'élevage toujours plus intensives des volatiles. Alternance accélérée de nuit et de jour et prise d'hormones destinées à provoquer une croissance prématurée auraient fait apparaître cette maladie. Pour l'instant la grippe ne touchait que quelques humains vivant en permanence avec les volatiles, mais les scientifiques prévoyaient une possible mutation du virus qui pourrait alors se propager non plus de l'oiseau à l'homme, mais de l'homme à l'homme. Il n'existait encore aucun vaccin, aucun remède. Ils envisageaient une épidémie pouvant faire plusieurs centaines de millions de morts.

Élisabeth se sentait exténuée en permanence. En fait elle aurait aimé s'endormir et ne jamais se réveiller.

Elle se versa une grande rasade de whisky, y déversa quelques cachets, l'absorba avec une grimace, puis alluma nerveusement une cigarette. Elle regarda l'étrange femme blonde qui avait poliment sollicité un entretien et qui attendait, silencieuse, dans son fauteuil.

– Un projet de voilier de l'espace ? Dans quel but ? Une course ? Une régate cosmique ?

– Non, pas vraiment. Disons plutôt une exploration.

La femme blonde parlait avec tranquillité.

Élisabeth apprécia son look, des gilets superposés de différentes couleurs et des bijoux en forme d'animaux. Deux longues boucles terminées par des papillons ornaient ses oreilles.

– Vous vous trompez de personne. Je ne suis pas cosmonaute, je suis skipper.

– Alors disons qu'il nous faut une « skipper des étoiles ».

Élisabeth eut cette fois un rire grinçant.

– Vous êtes aveugle ? Je suis infirme. Mes jambes ne me portent plus. Je crois qu'on vous a mal renseignée.

Déjà elle lui faisait signe qu'elle voulait rester seule et lui montrait la direction de la sortie.

Satine Vanderbild fit mine de ne pas avoir saisi l'injonction.

– Ce ne sont pas vos capacités physiques qui nous intéressent mais vos connaissances en maîtrise des voiles. Ce voilier spatial fonctionnera comme un navire, si ce n'est qu'au lieu d'être propulsé par l'air, il sera propulsé par la lumière.

L'assistante ne voulait pas revenir bredouille auprès de son nouveau patron. Elle comprenait qu'Élisabeth n'avait plus goût à rien, et que sa capacité d'émerveillement s'était amoindrie. Elle n'était fascinée que par sa propre déchéance.

Satine se dit qu'elle avait besoin d'un électrochoc. Elle tenta alors le tout pour le tout et signala que ce projet était dirigé par Yves Kramer.

L'effet fut spectaculaire.

Le visage de la navigatrice se décomposa.

– Comment ose-t-il ? éructa-t-elle.

– C'était un accident. Il ne l'a pas fait exprès. Votre colère vous aveugle. Il a essayé de s'excuser, il veut que tout s'arrange. Ce projet, le « Dernier Espoir », présente une plus grande ambition qu'un simple vol spatial. Il vise à sauver l'humanité.

– Fichez-moi le camp tout de suite !

Satine Vanderbild se leva, arracha des mains d'Élisabeth la télécommande du téléviseur et augmenta le son jusqu'à ce qu'il devienne assourdissant.

Le présentateur évoquait un attentat-suicide dans une école perpétré par un kamikaze fanatique. On voyait les corps ensanglantés de dizaines d'enfants transportés sur des civières ou dans des sacs noirs.

– Est-ce que votre colère contre Yves est plus importante que votre colère contre ça ?

– Qu'est-ce qui vous prend ? Baissez le son ! Ça fait mal aux oreilles !

Élisabeth Malory tenta de récupérer la télécommande, mais la visiteuse recula à bonne distance.

Maintenant un journaliste évoquait la liesse dans plusieurs capitales de pays voisins qui fêtaient le noble sacrifice de ce kamikaze. On voyait des foules armées de fusils-mitrailleurs tirer en l'air en brandissant la photo de l'homme qui s'était fait exploser dans l'école. Ils scandaient joyeusement son nom. Le commentateur signalait que durant les « manifestations d'encouragement » dans les capitales voisines, il y avait eu vingt-trois morts parmi les manifestants touchés par les tirs d'enthousiasme des fêtards ou piétinés par la foule.

– Baissez le son ! Vous n'avez pas le droit ! Je vais appeler la police !

Le présentateur dont le visage fardé s'étalait sur l'écran géant mural énonçait maintenant avec le sourire :

« ... a appelé les croyants à la guerre totale. Il a adjuré les mères d'envoyer leurs enfants se faire exploser avec des bombes pour la cause sacrée. Déjà une procession de mères est descendue dans la rue, pour scander les slogans religieux et promettre d'accoucher de beaucoup d'enfants qui seront les futurs héros martyrs de... »

Élisabeth se dégagea avec difficulté de son fauteuil pour se laisser tomber sur la chaise roulante et poursuivre sa voleuse de télécommande. Elle parvenait à l'approcher mais chaque fois qu'elle essayait de l'agripper l'autre reculait.

– QU'EST-CE QUE VOUS VOULEZ ? !

– Venez nous aider sur le projet « Dernier Espoir ».

– MAIS ENFIN VOUS POUVEZ RÉALISER CE PROJET SANS MOI ! hurla Élisabeth Malory. IL Y A DES CENTAINES DE SKIPPERS ! ALLEZ LES VOIR ! ILS ONT DES JAMBES, EUX !

Satine Vanderbild consentit enfin à baisser le son.

– Ce n'est pas pour vous, c'est pour lui. Yves Kramer a inventé ce projet et il le porte sur ses épaules. Tout dépend de lui, de sa créativité, de son génie. Il faut qu'il soit bien dans sa tête. Et il ne pourra jamais l'être tant qu'il vivra avec la culpabilité de votre accident.

– JAMAIS JE NE LUI PARDONNERAI ! IL A DÉTRUIT MA VIE !

Satine remit la télévision au volume maximum.

– ARRÊTEZ ! JE VAIS APPELER LA POLICE !

Furieuse, Élisabeth entreprit de diriger son fauteuil roulant en direction du combiné téléphonique. Juste au moment où elle allait le saisir la visiteuse arracha le câble qui le reliait à la prise.

L'ex-championne de voile se lança à sa poursuite et lorsqu'elle s'estima suffisamment proche elle jaillit de son fauteuil. Mais

Satine recula et Élisabeth retomba sur la moquette où elle se traîna comme un animal sans colonne vertébrale.

À nouveau les actualités s'égrenaient avec leur cortège d'images-chocs. On voyait maintenant un incendie de forêt. Les hectares de pinèdes en feu éclairaient la pièce d'une lueur orange, dans un craquement d'écorces brûlées. Un pompier signalait qu'ils avaient trouvé des engins incendiaires et qu'il suspectait les promoteurs immobiliers d'avoir voulu ainsi gagner du terrain pour bâtir des villas. La caméra montrait un vaste nuage noir qui plombait le ciel de la forêt en feu et emplissait l'air d'une poussière anthracite.

Le son toujours au maximum faisait vibrer les murs. Les voisins du dessus tapaient avec des balais pour essayer de faire baisser le volume.

Épuisée de ramper, Élisabeth consentit enfin à faire un geste de conciliation. Satine baissa le son.

– Qu'est-ce que vous me voulez à la fin ? Ça ne suffit pas à Kramer de m'avoir brisé les jambes, il faut encore qu'il envoie quelqu'un me persécuter chez moi ?

– Le projet s'appelle « Dernier Espoir », répéta Satine en guise de réponse.

– Je ne vous suivrai jamais.

– Le vaisseau s'appelle le *Papillon des Étoiles.*

Satine déploya une carte où l'on voyait les deux grandes voiles triangulaires convergeant vers ce qui semblait être une longue fusée.

Élisabeth saisit la carte et d'un geste rageur la déchira en petits morceaux.

– Vous savez ce que vous êtes ? émit l'assistante sur un ton résigné. Une égoïste. Vous ne pensez qu'à vous. Quand vous étiez navigatrice solitaire vous étiez déjà égoïste. Quand vous draguiez les mecs célèbres ce n'était que pour votre plaisir. Il n'y a jamais eu d'amour ni de générosité dans aucun de vos actes.

– Je ne vous permets pas de me juger. Les tribunaux ont condamné votre employeur. C'est lui le criminel. Et vous, vous osez venir persécuter sa victime. Il va payer cher pour ça aussi. Dès que vous serez partie j'appellerai mon avocat et vous entendrez parler de moi. Vous aussi vous devrez payer pour cette intrusion.

À nouveau Satine augmenta le son.

« ... procès en pédophilie. Le suspect enfermait les enfants qu'il avait kidnappés dans sa cave pour les vendre à de riches oisifs qui les utilisaient pour assouvir leurs plus bas instincts... »

– ARRÊTEZ ! ARRÊTEZ !

« ... Après son arrestation sa femme, qui parfois restait seule dans la villa avec les enfants enfermés dans sa cave, avoua qu'elle entendait leurs cris mais ne voulait pas s'en mêler. Elle a préféré les laisser mourir de faim dans leurs cellules... »

– ARRÊTEZ J'EN PEUX PLUS.

Satine baissa le son.

– Je vous déteste. Vous me paierez ça.

– Même dans votre colère je ne vois que l'expression d'un ego surdimensionné. Est-ce qu'une fois, vous seriez capable de penser aux autres ? Sauver l'humanité c'est un joli projet, non ?

– Je me fous de l'humanité ! Qu'ils crèvent tous !

Elle ramassa un verre et trouva la force de le projeter en direction de la femme blonde. Celle-ci se baissa et le verre explosa contre le mur.

– Ce projet est financé par Gabriel Mac Namarra, et lui, tout milliardaire qu'il est, il n'est pas égoïste. Il pense aux autres. Alors que vous, toute handicapée que vous êtes, vous ne pensez qu'à votre nombril.

La navigatrice s'arrêta et recommença à éructer.

– Pourquoi venez-vous me persécuter ici ?

Dans l'esprit de Satine Vanderbild il n'y avait plus qu'une idée... *Maintenant ça passe ou ça casse.*

– Pour vous sauver, dit-elle à voix basse.

Élisabeth considéra, incrédule, la femme blonde qui agrippait toujours la télécommande du téléviseur comme s'il s'agissait d'une arme.

– On ne peut pas convaincre les gens par la violence et les menaces. En tout cas pas moi.

Élisabeth renonça au téléphone, se tourna vers la bouteille et, après avoir versé le liquide brun dans un verre, happa d'un coup plusieurs cachets.

Satine lui arracha la bouteille des mains et du même élan la projeta contre le téléviseur.

– La dormeuse doit se réveiller.

Élisabeth hésita à se battre encore, puis changea de physionomie et se mit à rire, un rire bloqué, nerveux, qui se transforma en sanglots.

– Il est trop tard...

– Il n'est jamais trop tard.

– Vous ne comprenez pas, je suis finie. Votre patron m'a assassinée. Et maintenant il vous envoie pour que vous terminiez le travail, n'est-ce pas ?

– Je ne vous veux pas de mal. Au contraire. J'aurais pu rentrer et dire que j'avais échoué, vous continueriez à boire et tout serait comme avant. Mais c'est moi qui ai décidé d'insister. C'est moi qui prends le risque de m'attirer un procès pour intrusion. Parfois on peut faire le bien des gens malgré eux. Venez au centre « D.E. ». Pour vous aussi c'est le dernier espoir. Nous avons autant besoin de vous que vous avez besoin de nous. Fournissez des indications sur la manière dont nous pourrons manœuvrer les voiles solaires du *Papillon des Étoiles*. Et si ça vous fait si mal que ça de voir Yves Kramer, eh bien vous ne le verrez pas. Tout ce qui importe pour lui c'est que vous vous insériez dans le projet d'une manière ou d'une autre. Si demain vous ne vous présentez pas à notre bureau je considérerai que vous n'avez pas su saisir la chance de ne plus être une... limace.

Là-dessus Satine Vanderbild partit en claquant la porte.

13. LE SOUFRE ET LE FEU

Élisabeth Malory ne vint ni le lendemain, ni le surlendemain.

Elle ne porta pas plainte contre Satine Vanderbild.

Cependant l'assistante savait que le temps jouait pour eux. Yves Kramer était très affecté par cet échec. Il fut tenté d'abandonner le projet « Dernier Espoir » pour de bon.

Quand il doutait trop il savait qu'il lui suffisait d'allumer son téléviseur et d'écouter les actualités pour se convaincre à nouveau de la nécessité de construire le *Papillon des Étoiles*.

Partout le soufre et le feu.

Il se souvint d'avoir un jour discuté avec son père. Il lui avait demandé :

« Pourquoi la souffrance existe-t-elle ?

– Pour changer de comportement, avait répondu Jules Kramer. Quand on doit sauver sa main du feu, la douleur est le stimulus nécessaire. Il existe même une maladie rare où les sujets touchés ne ressentent plus la douleur. Ils ne s'aperçoivent de leurs blessures qu'en les constatant. Ils peuvent laisser leur main sur une plaque chaude et n'être alertés que par l'odeur de chair brûlée. Les gens touchés par cette maladie de "non-souffrance" meurent en général assez jeunes. »

Le père affichait cet air ravi qu'il avait lorsqu'il racontait des abominations.

Yves Kramer se souvint de la terreur qu'avait provoquée en lui cette anecdote terrible. Il n'avait jamais pensé à ça.

Ne pas souffrir peut tuer.

Il réceptionna encore un peu de la souffrance du monde telle qu'elle était présentée aux actualités et après avoir bu ce bol de sang, comme dopé, il se jeta à corps perdu dans le travail.

Satine Vanderbild s'avérait d'un dynamisme particulièrement communicatif. Quand Yves réclamait une feuille d'information, la jeune femme apportait un dossier complet. Quand Yves requérait l'engagement d'un nouvel ingénieur, Satine se débrouillait pour trouver le surdoué. Quand Yves oubliait un rendez-vous, elle y allait à sa place. Quand il cassait par inadvertance une machine, elle la réparait.

Satine Vanderbild avait un don pour sentir les êtres et les motiver. Elle était la première au bureau le matin et la dernière à fermer les portes de la zone Dernier Espoir du building Mac Namarra.

– Je suis sûre qu'Élisabeth nous rejoindra un jour, déclara-t-elle alors qu'elle dînait avec lui au restaurant panoramique du dernier étage.

– Non. Je n'y crois plus, répondit l'ingénieur en grattant la sauce qu'il avait laissée tomber sur sa veste.

La jeune femme lui tendit un bout de serviette qu'elle avait trempée dans de l'eau et l'aida à estomper la tache.

– J'ai pris sur moi, dit-elle, de la faire surveiller par un détective privé. Je reçois tous les jours un compte rendu de sa vie quotidienne. Elle sombre dans la boulimie, les médicaments et l'alcool.

– Ces informations sont censées me rassurer ?

– Bien sûr. Elle coule. Mais quand elle aura touché le fond elle remontera. Il suffit d'attendre qu'elle sombre davantage pour qu'elle ait un réflexe de survie. La meilleure façon de l'aider actuellement serait de la pousser à manger plus, boire plus, déprimer plus.

Ce soir-là, Yves Kramer tenta d'embrasser Satine en la raccompagnant chez elle, mais celle-ci se dégagea poliment.

– Je ne suis pas la femme de votre vie, dit-elle. La femme de votre vie c'est Élisabeth. Je sais que ce n'est pas facile mais moi je ne veux pas être une compagne de substitution. Il faut attendre. Les choses intéressantes n'arrivent pas facilement. Sa dépression est une mue. Elle change de peau. Comme la chenille se métamorphose en papillon. C'est pour cela que nous avons choisi ce symbole « D.E. » il me semble.

Elle caressa le visage d'Yves d'un geste maternel puis l'embrassa sur le front.

– D'où vient votre prénom ? demanda-t-il pour faire diversion.

– Il paraît que quand je suis née, on a tendu à ma mère un tissu de soie satinée pour m'envelopper.

Yves Kramer ressentit une souffrance diffuse, mélange de la culpabilité d'avoir causé du malheur à autrui, de la déception de ne pas être désiré, de la peur d'échouer dans son projet.

Il eut aussi une étrange sensation, comme si le monde extérieur n'était que le reflet de ses émotions intérieures.

Il accepta cet état. Il prit même conscience que lorsque son cœur serait calmé, cela générerait une harmonie contagieuse.

L'univers entier pourrait lui aussi être apaisé.

14. LE SEL VIVIFIÉ

Forme recroquevillée.

Les caméras vidéo surveillant l'entrée révélèrent une silhouette tassée enveloppée dans des couvertures et posée sur quatre roues.

Le vigile pensa que ce devait être la mère d'un ingénieur et, dans le doute, ouvrit.

La silhouette avança dans son fauteuil roulant, très large pour mieux contenir son embonpoint.

Personne ne la reconnut à l'entrée mais Satine se précipita pour l'accueillir avec tous les honneurs qu'elle méritait. Des secrétaires l'aidèrent à circuler dans les couloirs du centre.

Satine l'observa avec attention. Depuis leur rencontre, quelques mois plus tôt, son visage avait changé, ses yeux étaient cernés, enfoncés au fond des orbites sombres, ses joues étaient plus volumineuses, ses cheveux jadis gonflés étaient devenus ternes et comme poisseux.

C'était un étrange spectacle que cette grosse dame en chaise roulante qui se faisait aider par plusieurs personnes.

Élisabeth Malory n'était pas de bonne humeur. Elle semblait être venue contre son gré.

Elle commença par poser de nombreuses conditions à son engagement et demanda un salaire exorbitant. Dans son contrat d'embauche elle stipula de ne jamais voir, ou même croiser Yves Kramer.

Elle demanda enfin que le projet « Dernier Espoir » lui offre une cure de désintoxication, une cure d'amaigrissement, et aménage un système pour qu'elle puisse accéder à son bureau, sans passer par le moindre escalier.

Tout fut accepté.

– Je vous préviens, lança-t-elle en pointant un index menaçant vers Satine. Si M. Kramer tente quoi que ce soit pour m'approcher, je résilie tout et vous me payez des indemnités conséquentes.

– C'est stipulé dans le contrat. Bienvenue parmi nous, Élisabeth. Nous souhaitons que ce projet vous apporte ce qu'il nous apporte à tous : un Dernier Espoir.

L'ancienne championne de voile soupçonna la jeune assistante de se moquer d'elle, mais elle lut dans son regard de l'estime.

Élisabeth Malory créa une cellule d'étude de la navigation solaire. Aidée d'autres navigateurs dont quelques-uns de ses meilleurs challengers du passé, elle finit par trouver goût à cette nouvelle activité. Elle avait l'impression de résoudre les mêmes problèmes que les pionniers de la navigation à voiles : comment manœuvrer, comment tendre une toile pour qu'elle réceptionne au mieux un vecteur de force, qu'il soit latéral, arrière ou en biais, comment attraper les rafales formées par les rayons des étoiles.

L'ancienne championne et l'assistante zélée finirent par devenir amies. Satine évitait d'aborder le sujet tabou de son patron.

Élisabeth lui en était reconnaissante.

Elles évoquaient des sujets aussi variés que la santé de la navigatrice, la prévisibilité des hommes, la mode, l'ambiance au centre « D.E. ».

La navigatrice comptait ses verres d'alcool, ses médicaments, ses kilos et ses cigarettes, en essayant de les réduire progressivement chaque jour.

Yves Kramer, dopé par la présence d'Élisabeth, entra dans une phase d'excitation créatrice. Comme s'il pensait que la seule manière d'obtenir le pardon de sa victime était de réussir le projet avec elle. Peut-être pour elle.

Il respectait évidemment la distance de la jeune femme, évitant même d'entrer dans son champ de vision. Parfois, de très loin, il la contemplait et ce seul spectacle était déjà pour lui un soulagement.

Elle est avec nous.

Yves Kramer était pressé de réussir. Mais il l'était moins que Gabriel Mac Namarra qui, à chacune des sollicitations financières, proposait avec entrain une rallonge pour que l'entreprise aille plus vite encore, toujours plus vite.

Un jour le milliardaire réunit toute l'équipe du « Dernier Espoir » dans sa grande salle de réunion et après s'être informé sur l'avancée du projet, lança :

– Ça traîne, ça traîne. Je crois que vous ne pourrez plus rien faire ici, c'est trop petit. Et puis vous êtes parasités par la vie citadine. Alors j'ai fait installer un centre privé en « banlieue ». Je vous y invite tous dès demain. Vous verrez c'est très... dépaysant.

15. DEUXIÈME CHAUDRON : L'ATHANOR

Rien à perte de vue.

En fait de « banlieue », c'était la province lointaine. À deux cents kilomètres de la capitale dans une zone désertique. On y parvenait par un chemin de terre poussiéreux fendant une zone surélevée avant de révéler une plaine nue et sèche, légèrement en creux. Une fois au fond de cette cuvette naturelle, on se sentait loin de tout, la plus proche habitation étant située à plusieurs dizaines de kilomètres.

Yves Kramer et Gabriel Mac Namarra roulaient dans une grande limousine dorée. Le milliardaire fit signe au chauffeur de parcourir tous les bâtiments pour expliquer à l'ingénieur ce qu'il avait préparé. Il sortit un petit schéma.

L'ensemble du centre « Dernier Espoir » avait la forme d'un « T ».

Il y avait dans le bras droit du T une partie « Recherche et Gestion », des bureaux et des hangars, une grande bâtisse avec un panneau CONSTRUCTION.

Au bout du bras gauche la zone « Habitation et Loisirs » se révélait un vrai petit village avec des villas individuelles, une place principale, un restaurant, des terrains et des salles de sport.

Enfin, au bout du pied du T un immense terrain identifié par sa pancarte : COSMODROME. Une aire de lancement de fusée ainsi qu'un bâtiment CONTRÔLE DE TIR.

Sur le côté plusieurs hangars et bâtisses devaient servir à stocker des pièces de construction et des citernes de combustible.

Gabriel Mac Namarra fit signe au chauffeur de stopper. Lorsque la poussière fut retombée ils sortirent.

– Ça vous plaît, Yves ?

Derrière eux, les bus avec les 88 autres membres du projet « D.E. » se garaient dans une zone de parking.

– Où sommes-nous ?

Gabriel sortit un cigare, le décapita du bout des dents puis cracha par terre.

– Officiellement, il s'agit d'un club d'amateurs de lancement de fusées pour les loisirs des employés de mes usines.

L'ingénieur repéra les antennes du radiotélescope, le dôme de l'observatoire, les radars.

– Ici au moins vous aurez de la place, et vous pourrez travailler au calme, ajouta simplement le milliardaire.

Déjà les autres ingénieurs se déployaient avec leurs valises tels des touristes dans un club de vacances. Comme il faisait beau ils sortirent leurs lunettes de soleil.

Satine commençait à faire l'appel et chacun recevait les clefs de sa villa personnelle.

Yves Kramer respira l'air du désert. Il avait le pressentiment qu'ici il se passerait des événements extraordinaires.

16. PHASE DE CUISSON DOUCE

Quatre. Trois. Deux. Un...

Feu !

Les réacteurs s'allumèrent, lâchant des gerbes de gaz jaune et orange.

Le lancement du premier prototype de taille réduite de la fusée *Papillon des Étoiles* se déroula par une nuit d'hiver.

Le personnel s'était légèrement accru. Plus d'une centaine de personnes travaillaient maintenant au Centre en permanence.

Papillon des Étoiles 1, petite fusée de 1 mètre de haut, s'éleva lentement dans le ciel.

Les hommes en blouse blanche, anxieux, observaient les écrans de contrôle internes, externes, les télescopes et les radars.

La fusée, arrivée à la bonne altitude, commença à déployer sa voile solaire. Mais au moment où la moitié de la voile était sortie le Mylar s'entortilla et rien ne put l'empêcher de se mettre en torche.

Yves Kramer se mordait les lèvres d'angoisse.

Papillon, déploie tes ailes et envole-toi vers la lumière.

Élisabeth eut beau manœuvrer les câbles reliés aux moteurs électriques télécommandés, la voile ressemblait à un linge mouillé tordu.

Les ingénieurs durent enclencher le processus d'autodestruction. *Papillon des Étoiles 1* explosa, créant une minuscule lueur haut dans le ciel immaculé.

La déception était à son comble.

Satine Vanderbild considéra qu'ils étaient allés trop vite.

Gabriel Mac Namarra jugea qu'ils n'avaient pas assez investi en moyens.

Élisabeth Malory estima qu'elle avait été incompétente.

Après avoir consulté les autres ingénieurs, Yves Kramer arriva à la conclusion que pour éviter que ce genre d'incident ne se reproduise il fallait repenser toute la structure du vaisseau spatial. Il était nécessaire d'ajouter des moteurs et des câbles de contrôle pour tirer la voile. Cela signifiait plus d'énergie pour faire fonctionner ces moteurs. Donc davantage de panneaux solaires ou de réservoirs de combustible. Donc un vaisseau plus long.

Et pour faire avancer un vaisseau plus grand il fallait une voile encore plus grande.

Après ce cuisant échec la navigatrice se résolut à envoyer un mail sur l'ordinateur d'Yves Kramer. Il n'y avait qu'une phrase : « Ne perdons pas espoir. » L'ingénieur l'interpréta à double sens : 1) Ne perdez pas espoir de réussir le lancement du *Papillon des Étoiles*. 2) Ne perdez pas espoir que je vous pardonne un jour.

Ces mots suffirent à lui faire oublier son fiasco. Il resta toute la nuit l'œil rivé au télescope du dôme, à fixer les étoiles.

Un papillon de nuit vint se poser sur la molette de mise au point du télescope.

– Bonsoir papa, murmura-t-il. J'ai échoué aujourd'hui mais je ne baisse pas les bras.

Le papillon de nuit resta là comme s'il attendait.

Alors Yves approcha son doigt, le papillon vint se poser sur la phalange de son index et effectua quelques pas en terrain nouveau.

L'ingénieur lentement approcha sa bouche et parvint à embrasser ses ailes sans que l'insecte eût d'autre réaction qu'un lent mouvement de ses ailes.

Enfin le papillon de nuit s'envola et s'éleva par saccades dans la clarté ronde de la pleine lune.

17. AUGMENTATION DES DOSES

Une buse planait dans le ciel en poussant de petits cris stridents.

Après la catastrophe du premier test, le projet « D.E. » entra dans une phase nouvelle. D'abord le personnel technique présent sur le centre augmenta. Yves Kramer reçut l'aide de spécialistes des vols spatiaux venus de tous les pays. L'argent du milliardaire ouvrait toutes les portes et le concept original déclenchait toujours plus d'enthousiasme chez les initiés.

Le centre « D.E. » lui-même s'agrandit et le village où vivaient en permanence les scientifiques et les navigateurs s'étoffa de plusieurs rues bordées de villas individuelles, d'une piscine, d'un amphithéâtre, et d'une bibliothèque.

Loin des grandes villes, les ingénieurs avaient l'impression d'être coupés du monde. Le fait qu'ils soient tenus au secret les empêchait de voir leurs familles et beaucoup divorcèrent pour se mettre en couple avec des collègues de travail.

Il n'y avait plus que les actualités télévisées pour leur rappeler dans quel monde ils vivaient.

Yves Kramer revit encore tous ses calculs à la hausse : voiles plus grandes, vaisseau plus long, mais aussi passagers plus nombreux.

Selon ses nouveaux calculs, il fallait davantage de spationautes pour être sûr de disposer de survivants au bout de 50 générations.

Quand Gabriel Mac Namarra examina la nouvelle maquette destinée à 100 000 cosmonautes avec sa voile de 40 kilomètres carrés, il ne put s'empêcher d'exprimer ce que beaucoup pensaient déjà.

– Mais ce n'est plus un simple vaisseau que vous fabriquez là... c'est une ville dans l'espace.

L'expression fit mouche dans l'esprit de l'ingénieur.

... *une ville dans l'espace.*

Dès lors il changea complètement sa manière d'aborder le problème.

Pas un vaisseau : une ville mobile.

Sur la suggestion de Mac Namarra, le fondateur du « Dernier Espoir » décida de contacter le spécialiste de la vie en milieu clos.

18. L'ÉLÉMENT TERRE

La main toucha le sol.

Puis elle prit une bonne poignée de sable et l'amena jusqu'aux narines qui la reniflèrent. Puis la bouche vint à son tour goûter la terre.

– C'est un peu acide, mais vous devez arriver à planter des arbres, ici, n'est-ce pas ?

Yves désigna la zone des villas agrémentées de nombreux oliviers, figuiers, acacias.

Le nouveau venu avala le sable qu'il avait mis dans sa bouche, hocha la tête, puis reposa le reste de la terre là où il l'avait prise comme s'il avait peur de déranger le sol.

– Vous les irriguez avec des tuyaux souterrains, n'est-ce pas ?

Adrien Weiss était biologiste et psychologue. Il s'était illustré dans le passé en recréant dans le désert un lieu clos dans lequel il avait reproduit un cycle écologique complet.

Le projet Aquarium I était financé pour moitié par le ministère de la Recherche et pour moitié par une centaine d'industriels. Parmi eux Gabriel Mac Namarra.

Yves se rappelait ce projet Aquarium 1 largement décrit dans la presse.

Dans un vaste bâtiment hermétiquement fermé de manière à ce qu'il n'y entre ni air, ni lumière, ni eau, ni animaux, il avait installé une source lumineuse artificielle, à savoir une batterie de néons.

Puis Adrien Weiss avait introduit dans Aquarium 1 de la terre, de l'eau, des herbes, des arbres, des insectes, des poissons, des mammifères, et enfin des hommes.

Tout se recyclait mutuellement. Les excréments ou les cadavres étaient mangés par les bactéries de la terre qui les transformaient en oligo-éléments qui nourrissaient les plantes, qui nourrissaient les herbivores, qui nourrissaient les carnivores. Ces derniers en mourant rentraient à nouveau dans le cycle écologique.

L'Aquarium d'Adrien Weiss avait fonctionné sans aucun apport extérieur pendant un an avec 100 humains, 100 vaches, 100 chèvres, 1 000 poules, 1 000 poissons. L'expérience aurait pu continuer si les 100 humains n'avaient fini par se disputer.

L'un d'entre eux avait même commencé à se prendre pour un gourou et inventé une religion de son cru au sein même de l'Aquarium. Les humains avaient fini par se déchirer entre athées et croyants de la nouvelle foi.

On avait dès lors été obligé, étant donné les SOS lancés par les victimes, d'ouvrir les portes et de faire sortir tout le monde avant que l'affaire ne dégénère.

Elle s'était d'ailleurs terminée devant les tribunaux pour coups, blessures et sévices infligés aux otages et aux prisonniers d'un camp ou d'un autre.

Cependant Adrien Weiss possédait à présent une connaissance

unique dans la gestion globale de la vie en milieu clos, et c'était cela qui avait intéressé l'ingénieur.

Yves Kramer le guida jusqu'à son bureau encombré de maquettes et de croquis. L'homme portait une barbe fine et bien taillée, des lunettes cerclées d'or, un gros pull de coton rouge et en pendentif une sorte d'œuf en verre transparent.

À bien y regarder, l'ingénieur reconnut le bijou scientifique à la mode, qu'on appelait un « micromonde », un produit issu justement du projet Aquarium.

À l'intérieur de l'œuf-bijou transparent se trouvaient de l'air, de l'eau et du sable. Dans le sable était planté un morceau de corail, autour circulaient des petites crevettes et des algues. Les crevettes se nourrissaient des algues, leurs excréments nourrissaient le corail, le corail filtrait l'eau, l'eau nourrissait les algues. Ainsi le cycle était complet. Air, minéral, végétal, animal. Tous liés, tous complémentaires.

Les micromondes hermétiquement clos et scellés pouvaient survivre des années sans le moindre apport extérieur de matière, liquide ou gazeuse.

Adrien détaillait avec intérêt une affiche au-dessus du bureau de l'ingénieur. On y voyait un bocal rempli d'une centaine de poissons serrés les uns contre les autres au point qu'on ne voyait plus d'espace libre. Un des poissons bondissait hors du bocal bondé pour retomber dans le bocal voisin à l'eau beaucoup plus limpide car sans le moindre occupant.

– Vous voyez, moi aussi j'aime les histoires d'aquariums, dit Kramer en désignant le « micromonde ».

L'ingénieur lui servit un verre d'eau et déposa dedans deux glaçons. Puis il décrivit le projet « Dernier Espoir ».

– 100 000 personnes ! Cela fait quand même une sacrée foule dans un vaisseau, reconnut Adrien. Comment comptez-vous les installer ?

– Eh bien normalement sur des sièges.

– Vous voulez entasser 100 000 personnes assises pendant 1 000 ans dans une fusée ?

Le psychologue prit un air narquois.

– Vous avez déjà fait un long trajet en avion ? Même avec de bons films et un bon livre à lire, dix heures d'avion c'est pénible... très pénible. Deux journées c'est insupportable. Alors 1 000 ans.

Le psychologue commença à jouer avec son bijou micromonde.

– Ils pourront se lever, concéda l'ingénieur.

– 100 000 personnes ?

– L'engin sera grand. Il y aura des salles de repos où ils pourront se détendre. Ils ne seront pas serrés.

Adrien Weiss sortit un carnet blanc et entreprit de griffonner vaguement la forme d'une fusée avec des sièges visibles par transparence.

– Vous ne vous rendez pas compte. Ils vont devenir déments. Un millénaire dans une boîte de conserve ! Comme vos poissons là-haut dans le bocal. Pas la peine de quitter la Terre pour être encore plus entassés dans un endroit encore plus étroit. Cela contredit votre poster.

– Nous les préparerons. Il paraît qu'on s'habitue à tout. Il y a bien des moines qui restent reclus toute leur vie dans des monastères.

– Ils ne sont pas 100 000. Et puis dans les monastères on peut ouvrir les fenêtres pour s'aérer et regarder la montagne. Dans une fusée c'est plus difficile.

– Il faut peut-être un peu de... foi dans le projet.

– Je veux bien croire que, au mieux, la première génération aura « foi dans le projet » mais cela m'étonnerait que pour la deuxième ce soit héréditaire. Même des moines deviendraient neurasthéniques enfermés toute leur vie dans une fusée.

– Elle sera vraiment très grande. Je crois que vous avez énoncé dans un de vos ouvrages que pour qu'il n'y ait pas d'agressions entre humains, chacun doit disposer de 50 mètres carrés d'espace vital.

– Merci d'avoir lu mes livres. Mais hum... ce n'est pas un problème de taille, c'est une question d'habitudes de vie. Déjà pour la première génération on ne peut pas maintenir des humains qui ont vécu debout, collés au sol pendant toute leur jeunesse, assis tout le reste de leur vie dans les fauteuils d'une fusée sans gravité.

Adrien Weiss continuait de griffonner des dessins.

– La critique est facile. Mais vous proposez quoi, comme solution ?

Le psychobiologiste laissa traîner un silence tout en poursuivant le dessin de son vaisseau.

– Vous voulez la vérité ou vous voulez que je vous fasse plaisir ?

– La vérité.

– À mon avis il n'y a aucune solution. Désolé. Votre projet ne tient pas. Il n'y a pas la moindre chance pour que ça marche. Mieux vaut laisser tomber que perdre votre temps sur une chimère. Vous vouliez mon avis, le voilà. Enchanté de vous avoir rencontré.

Il se leva, remit sa veste et se dirigeait vers la porte, quand il s'arrêta, comme s'il avait oublié quelque chose.

– À moins que...

– À moins que quoi ?

– Non, c'est stupide.

– Allez-y quand même.

– Il faudrait construire un vaisseau vraiment très très grand.

Il semblait dialoguer avec lui-même.

– Non, finalement. Ça ne suffirait pas. Sauf si... oui, pourquoi pas... non, impossible. À moins que...

– Quoi... ?

– En fait ce n'est pas qu'un problème d'espace, il faudrait recréer artificiellement une gravité similaire à celle de la Terre. Comme cela les gens pourraient voyager non pas assis mais debout ! Et ils pourraient marcher dans le vaisseau plutôt que flotter dans la fusée.

Il se mit à griffonner un autre dessin.

– Il faudrait bâtir un gros cylindre et le faire tourner. Avec un moteur. Autour d'un axe. Comme une machine à laver.

Le dessin représentait un cylindre relié à un moteur. À l'intérieur du cylindre il avait dessiné des petits hommes qui marchaient.

– Cela va pomper beaucoup d'énergie, le *Papillon des Étoiles* n'a pas assez d'électricité pour faire tourner un tel moteur, déplora Yves.

Un coup à la porte, et Satine Vanderbild entra, portant une pile de dossiers. L'ingénieur les consulta et elle resta à côté d'eux, intriguée par les dessins de fusée et de cylindre.

– Satine, mon assistante. Adrien nous propose de recréer une gravité artificielle pour éviter que les passagers ne deviennent fous.

La jeune femme se pencha sur les croquis.

– Je lui disais que cela nécessiterait beaucoup d'énergie.

– À moins que le vaisseau soit immense et que nous disposions d'un grand nombre de panneaux solaires, proposa Adrien Weiss. Plus il y aura de panneaux mieux ça marchera. Il suffira de recouvrir toute la surface du vaisseau de panneaux photosensibles.

Yves Kramer était impressionné par l'assurance du jeune chercheur.

– Cela ne sera quand même pas facile de vivre sur la paroi d'un cylindre, signala Satine.

– Notre Terre est ronde il me semble, répondit Adrien Weiss.

– Il a raison. En fait plus c'est grand, plus l'horizon est plat. Et lorsque la gravité se mettra en marche l'intérieur du cylindre sera comme notre Terre. Si ce n'est qu'au lieu de vivre « sur » l'arrondi, on vivra « dans » l'arrondi, dit Yves, de plus en plus enthousiaste.

– Comme si on était « dans » notre Terre en creux, compléta Adrien.

Cependant Satine n'était toujours pas convaincue.

– La terre en creux, dites-vous ? Dans ce cas on n'a qu'à faire non pas un cylindre mais une sphère creuse.

– Le cylindre est plus facile à faire tourner que la sphère, remarqua Adrien Weiss.

Déjà Yves regardait par la fenêtre comme s'il voyait le nouveau vaisseau en train de se constituer.

– Il faudra encore réviser tous nos chiffres à la hausse, murmura-t-il.

Satine avait déjà entendu plusieurs fois cette phrase et elle se contenta d'opiner de la tête, consciente qu'il serait nécessaire d'engager du personnel dans les jours à venir.

Adrien Weiss, pour sa part, était plongé dans de nouveaux schémas, comme s'il n'y avait plus personne autour de lui.

19. PHASE DE CRISTALLISATION

La cuillère tournait dans le café, dispersant en volutes claires le nuage de lait qui y avait été disposé pour former des fractales.

Yves Kramer observait le phénomène et pensa un instant que ce lait dans le café était comme la galaxie dans l'univers. Tout tourne. La planète. Les sentiments. Les problèmes. Ce qui est en bas est destiné à monter. Ce qui est en haut est destiné à descendre.

Il se dit aussi que si l'on tournait très longtemps il y avait peut-être une chance de retrouver le premier nuage de lait d'origine.

Le lait s'était maintenant parfaitement mélangé au café et formait une mare beige. L'ingénieur y déposa un sucre. Un moucheron vint y atterrir et, s'étant mouillé les ailes, ne parvint pas à redécoller.

Yves le recueillit du bout de sa cuillère et le déposa dans un lieu sec où le petit insecte pourrait attendre que ses ailes soient à nouveau opérationnelles.

Il faudra construire un petit engin annexe pour atterrir, le gros vaisseau ne pourra pas aborder la planète, songea-t-il.

Un œuf avec un monde à l'intérieur s'approcha de lui. C'était le pendentif du psychobiologiste.

– Venez vite, dit-il, j'ai quelque chose à vous montrer.

Dans le bureau de prospective, il présenta devant les yeux étonnés d'Yves Kramer et de Gabriel Mac Namarra une maquette qu'il avait bricolée dans la nuit. L'assemblage était formé de cinq barils de lessive accolés. Ils étaient coupés en deux sur la tranche pour dévoiler l'intérieur. Adrien Weiss paraissait très satisfait de sa maquette.

– J'ai pensé qu'il valait mieux ne pas perdre de temps.

Et, sous le regard curieux d'Yves Kramer, Satine et Mac Namarra, il alluma un tube au néon placé au centre du long demi-cylindre.

Il éclaira la première section, dévoilant à la surface de toutes petites figurines en plastique.

– Ce tube néon, c'est l'axe de rotation, mais aussi le « soleil intérieur ».

– Le vaisseau tournera autour de ce tube de lumière ? demanda Gabriel Mac Namarra.

– Parfaitement. Il recréera une gravité artificielle similaire à la nôtre. Si bien que les passagers n'auront pas besoin de s'accrocher aux murs ou au sol. Rien ne quittera la surface, rien ne flottera dans l'espace intérieur. Quand on lâchera un caillou, il tombera.

Il souleva une figurine placée au bas du cylindre et la regarda chuter.

Intrigué, le milliardaire sortit un étui à cigares et après en avoir proposé au psychologue, choisit le plus parfumé comme s'il s'agissait d'une friandise et le mit en contact avec la flamme d'une allumette.

– Et pour recréer un cycle écologique complet pour 100 000 personnes durant 1 000 ans je propose de pousser le réalisme jusqu'à recouvrir les parois du cylindre non pas de moquette ou d'un revêtement artificiel quelconque mais de... vraie terre. Ainsi les végétaux pousseront normalement avec une pesanteur semblable à la nôtre.

Adrien Weiss alluma un deuxième néon placé dans le prolongement du premier, révélant un nouveau segment du cylindre, où se trouvait une imitation de plaine de gazon et de forêt. Entre deux segments, un anneau formé de grandes baies cristallines servait de hublot.

– Très intéressant..., murmura Gabriel Mac Namarra.

– J'ai même prévu des dénivellations : une petite colline, une forêt, des champs, un emplacement pour le village, un lac. Nos spationautes pourront pêcher, faire de la barque, construire des cabanes en forêt. Et cela en plein milieu du vide de l'espace.

Il désigna une petite surface bleue symbolisant l'élément liquide.

– Un lac ? Cela sous-entend que la gravité soit assurée, s'inquiéta Yves Kramer. Or l'arrivée de la lumière solaire sur les panneaux extérieurs ne pourra jamais être certaine.

– Je songe à une batterie électrique qui se rechargera en permanence. Ainsi on ne manquera jamais d'énergie.

Satine Vanderbild scrutait la maquette avec curiosité.

– Et comment va-t-on pouvoir disposer votre lac au décollage ? s'enquit-elle.

– Nous le remplirons d'eau lorsque la gravité sera fonctionnelle. Et puis ce ne sera pas un très grand lac, mais il bénéficiera d'un écosystème vraiment complet. En fait, j'aurais aimé disposer une montagne avec des cimes enneigées et des torrents, des nuages, de la pluie, du vent, une mer salée...

– Un soleil artificiel. Une gravité artificielle. Un lac artificiel..., répétait le milliardaire, songeur.

– Pour une humanité artificielle, compléta Satine.

– Non, pour une humanité *nouvelle*, renchérit l'ingénieur.

L'arrivée d'Adrien Weiss eut un effet positif qui fit complètement oublier l'échec du lancement du prototype de *Papillon des Étoiles.*

Désormais, à la tête du projet « Dernier Espoir » il y avait un quartet formé par Mac Namarra : le pouvoir, Kramer : l'invention, Weiss : la psychologie, Malory : la navigation.

Ensemble ils se sentaient plus forts.

Pour la première fois Yves eut la conviction que le *Papillon des Étoiles* réussirait un jour son envol vers un autre système solaire.

À nouveau il pensa à son père et se dit qu'il aurait été fier d'assister à cette réunion. Il entendait sa voix qui murmurait en lui : *Chenille, change, métamorphose-toi en papillon. Papillon, déploie tes ailes et envole-toi vers la lumière.*

20. SUBLIMATION DU SEL

Les cerveaux étaient en ébullition. Ils avaient la sensation d'être des pionniers. L'ampleur des défis leur donnait des ailes. Une idée en entraînait une autre. Après avoir calculé la taille idéale du vaisseau par rapport à la taille idéale de la voile, par rapport aux contraintes de création d'un immense cylindre tournant avec une gravité opérationnelle et une écologie complète, les ingénieurs du projet « Dernier Espoir » parvinrent à fixer des chiffres définitifs. Ceux-ci paraissaient exorbitants.

Le thorax du *Papillon des Étoiles* serait un tube de 32 kilomètres de long.

Le cylindre serait au décollage de un kilomètre de long et se déploierait grâce à 32 tubes coulissants l'un dans l'autre comme une longue-vue.

Le diamètre du cylindre du thorax serait de 500 mètres.

La taille de la voile de Mylar serait de 1 million de kilomètres carrés soit l'équivalent d'un grand pays ou d'un petit continent.

Le nombre de passagers idéal pour garantir une survie au bout de 1 000 ans serait de 144 000 personnes.

Le soir, après le travail, les ingénieurs se relaxaient dans la branche gauche du T. Le restaurant et la cafétéria étaient devenus des lieux de détente avec jeux, musique, bibliothèque. Le samedi soir le restaurant se transformait en salle de danse. Une petite salle de cinéma était apparue à l'arrière de la cafétéria.

Élisabeth Malory, quant à elle, fuyait toujours Yves Kramer. Ce dernier ne s'en offusquait pas. Il ne tentait même pas de la saluer quand il voyait son fauteuil roulant passer au loin.

Et si par inadvertance celle-ci lorgnait dans sa direction, par respect pour elle, il détournait la tête, lui évitant ainsi la gêne d'avoir à le faire. Élisabeth Malory continuait sa reconquête d'elle-même par des séances de musculation intensives. Elle avait progressivement arrêté de boire et de fumer. Son alimentation s'était recentrée sur les fruits et les légumes frais. Elle avait arrêté les antidépresseurs et ne prenait plus que des somnifères. Jusqu'au jour où elle parvint à quitter sa chaise roulante pour se tenir debout. Elle essaya de marcher avec des béquilles. Après plusieurs chutes, elle parvint à parcourir quelques dizaines de mètres en tirant la langue et en ahanant.

Plus vite, plus fort.

Elle avait l'impression de renaître, ou plutôt de revivre cet instant exceptionnel de son enfance, quand pour la première fois elle était passée du déplacement à quatre pattes à la marche debout.

À cet instant son objectif était d'atteindre les poignées de porte pour passer d'un espace clos à un autre espace clos.

Atteindre les poignées de porte.

Elle réussit à sortir de sa chambre. À sortir de son appartement. À sortir de son jardin.

Elle poussa alors un immense cri de joie, que certains voisins prirent pour un cri de douleur.

Pour marquer l'événement elle donna le soir même une grande fête dans le restaurant et, devant les habitants du centre « Dernier Espoir », elle arrosa sa chaise roulante d'essence et y mit le feu.

Tous savaient l'importance de ce geste pour la jeune femme et cette victoire du mental sur la matière leur donna un regain d'entrain.

Yves Kramer ne vint pas, mais envoya un simple mot qui fut lu à haute voix par Satine.

– « *J'ai vu un papillon perdre ses ailes et redevenir chenille.*

J'ai vu une chenille ramper.

J'ai vu une chenille œuvrer à redevenir le papillon qu'elle avait été.

J'ai vu ses ailes repousser.

Il y a toujours une métamorphose possible.

Il y a toujours un moyen de prendre son envol.

Bravo Élisabeth. YK. »

Le cuisinier du restaurant présenta son propre cadeau.

Il avait confectionné un gâteau sur lequel il avait sculpté un papillon en sucre posé sur une chaise roulante.

Puis un musicien se mit au piano, un autre à la guitare électrique, un troisième fit une batterie avec des casseroles et ils dansèrent en vaste ronde autour de la chaise roulante en feu.

Élisabeth chanta un air de son enfance. Sa voix éraillée et fausse avait quelque chose de réjouissant. Gabriel Mac Namarra invita la nouvelle marcheuse à danser et la soutint fermement. Alors qu'elle perdait l'équilibre il la retint et éclata de son grand rire particulier que la jeune femme adorait entendre. Comme par contagion, elle s'esclaffa elle aussi d'un rire énorme, libérateur, relâchant d'un coup la terrible tension qu'elle avait accumulée depuis plusieurs mois.

Durant ce moment de détente Adrien Weiss dansa avec Satine Vanderbild et on les vit s'embrasser avec timidité puis avec fougue. D'autres couples se formèrent. La vie dans les grandes mégapoles était loin et, réunis dans ce centre isolé, ils avaient la sensation de former une nouvelle tribu.

Le lendemain, Adrien Weiss provoqua une réunion d'urgence afin de définir qui formerait l'équipage des 144 000 du *Papillon des Étoiles*. Son regard avait changé. Il semblait beaucoup plus investi dans le projet.

– Nous sommes en train de nous livrer à une expérience d'autant plus merveilleuse et unique qu'elle sous-entend la possibilité de recréer ailleurs, comme l'a nommée Yves, une « nouvelle » humanité. Mais comment procéder pour que cette nouvelle humanité ne reproduise pas les erreurs anciennes ?

Devant eux la maquette réduite du thorax du *Papillon des Étoiles* était maintenant construite et on voyait des petites figurines en plastique sur la paroi intérieure marcher sur la pelouse.

– Comme vous le savez tous, j'ai échoué dans mon expérience d'Aquarium 1. Des humains réunis dans un espace clos finissent instinctivement par reproduire les schémas qui ont entraîné notre espèce vers ce qu'elle est actuellement. Quel que soit le groupe d'individus il finit par produire des exploiteurs, des exploités, des autonomes et des souffre-douleur. Plus on rassemble de gens plus les chefs deviennent durs, plus les souffre-douleur sont maltraités. Il faut réfléchir et trouver un moyen de sortir de ce schéma pour notre « nouvelle humanité ». Surtout qu'en augmentant le nombre de cobayes de l'expérience nous jouons avec de la nitroglycérine. (Il contempla l'assistance.) Si c'est pour reproduire ailleurs les mêmes catastrophes, ce projet n'a aucun sens. Pire, avec notre bêtise, nous allons souiller et contaminer une autre planète.

– Que proposes-tu alors ? demanda calmement Yves Kramer.

– Je propose qu'on fasse une sélection draconienne pour que dans le *Papillon des Étoiles*, il n'y ait ni « cons » ni « salauds ».

Ces deux mots dans la bouche du scientifique jusque-là si flegmatique accentuèrent l'impact de l'idée.

Un murmure de gêne parcourut l'assistance.

Satine Vanderbild ne put s'empêcher de remarquer :

– Nous sommes tous le « con » ou le « salaud » de quelqu'un.

– Soit. Alors disons de gens violents, destructeurs ou suicidaires.

– Même ces mots sont perçus par chacun d'une manière différente, reconnut Gabriel Mac Namarra.

– Alors soyons positifs, dit Adrien, prenons les « moins mauvais possible ». Je fais confiance à Yves Kramer pour inventer le vaisseau « extraordinaire » qui nous permettra de quitter notre système solaire. Faites-moi confiance et donnez-moi les moyens pour inventer une nouvelle humanité « extraordinaire ».

Gabriel Mac Namarra comprit que cela allait demander un

nouveau budget lui aussi « extraordinaire ». Mais cela ne le perturbait pas.

– Vu l'ampleur de la tâche j'aurai besoin de nombreux spécialistes en « matière humaine ». À commencer par Satine, si elle veut bien se joindre à moi.

La jeune femme prit un air soucieux. Elle plongea la main dans la boîte remplie des petites figurines en plastique qui servaient à symboliser l'équipage et les laissa couler entre ses doigts, comme une poudre.

21. SÉLECTION DES 144 000 ÉTINCELLES

La pointe de la branche passa dans le bosquet et réveilla un groupe de lucioles. Une vingtaine de petites lueurs vivantes s'envolèrent en tournoyant dans l'obscurité.

Elles n'ont pas besoin d'aller vers la lumière, elles fabriquent leur propre lumière intérieure.

Yves Kramer les observa longtemps, en train de danser, jusqu'à ce que le froid lui donne des frissons.

À quoi sert à l'homme de conquérir l'espace extérieur, s'il n'est pas capable de conquérir son espace intérieur ?

À quoi sert d'aller vers une étoile lointaine, si on n'est pas capable d'aller vers l'étoile qui se trouve dans notre cœur ?

Il se reprit.

Zut, il ne faudrait pas que je commence à devenir poète. Ça ne va pas avec mon style.

Une haute silhouette vint le rejoindre.

Adrien Weiss.

– Vous êtes un solitaire, n'est-ce pas ? Les balades nocturnes c'est votre truc.

– Qui n'est pas solitaire ? Nous juxtaposons parfois nos solitudes, c'est tout. C'est cela un couple. Deux solitudes qui se côtoient. Nous pouvons avoir des parents, des enfants, des femmes, des maîtresses, mais nous sommes toujours seuls.

Adrien lui donna une tape dans le dos.

– C'est bien une réflexion de célibataire ! Pour ma part je ne partage pas cette idée. L'alchimie humaine est la plus passionnante. Mélanger des gens comme on mélange les ingrédients d'un gâteau. Chaque personne compte. Un peu trop de sel, un peu trop de levure, et le gâteau est raté. Dans l'aquarium j'avais mal dosé les ingrédients, mais le *Papillon des Étoiles* bénéficiera de mes erreurs passées.

Yves regarda le barbu, et il eut l'impression que son micromonde s'illuminait, mais ce n'était qu'un reflet de lune sur le verre du petit œuf.

Dans les jours qui suivirent, Adrien Weiss créa une cellule psychologique réunissant quelques-uns des meilleurs recruteurs d'entreprises, chasseurs de têtes, directeurs des ressources humaines, psychologues, psychanalystes, directeurs de casting de cinéma.

Il leur demanda à tous de plancher sur l'élaboration d'un test qui permette de sélectionner les 144 000 humains « les moins mauvais possible ».

De leur première réunion les 32 experts plus Yves, Satine et Gabriel établirent trois critères.

1. *Autonomie.* C'est-à-dire la capacité à se prendre soi-même en charge sans dépendre des autres.

2. *Sociabilité.* C'est-à-dire la capacité à percevoir les intérêts collectifs et généraux au-delà de son intérêt personnel.

3. *Motivation.* C'est-à-dire la volonté que le projet « D.E. » dans son ensemble réussisse.

À ce moment la porte de la salle s'ouvrit et Élisabeth Malory entra en s'appuyant sur ses béquilles.

Yves baissa la tête, mais la jeune navigatrice, comme si elle avait dépassé sa répulsion, s'installa à la table pas très loin de l'ingénieur. Il n'y avait entre eux que deux personnes : Satine et Adrien.

Le biologiste-psychologue, comprenant qu'il fallait détendre l'atmosphère, remercia la jeune femme aux yeux turquoise de se joindre à eux. Il lui fit un rapide résumé des débats qui avaient commencé sans elle.

– Il faut ajouter un critère simple, dit-elle.

4. *La bonne santé.*

Venant d'elle, l'idée avait quelque chose d'incongru.

– Pas de fumeurs, pas d'alcooliques, pas de drogués, pas de

personnes prenant des médicaments. Tout simplement parce que nous ne pourrons pas en fabriquer dans le vaisseau, ajouta la navigatrice.

– Sans alcool et sans cigarettes, on risque de ne pas rigoler tous les jours, remarqua insidieusement l'industriel milliardaire.

Pour sa part il demanda qu'on ajoute un critère.

5. *La jeunesse.* Il est hors de question de prendre des personnes aussi âgées que... moi, dit-il en retenant son rire. Je veux être le seul fumeur, alcoolique, drogué, prenant des médicaments et ayant dépassé 50 ans.

Il lâcha enfin son énorme rire, qui finit en toux douloureuse.

L'ingénieur ignorait si Mac Namarra plaisantait ou non. Dans le doute, il considéra que pour un tel projet ils n'avaient pas le choix, les 144 000 devraient osciller entre 20 et 50 ans.

6. *Pas d'emprise familiale,* ajouta Satine. Ils doivent être célibataires, sans enfants, sans parents à charge.

Tous approuvèrent.

Adrien Weiss réclama aussi son critère.

7. Il faut que les habitants du Cylindre aient *une spécialité professionnelle,* un talent particulier.

Il argua qu'à l'intérieur du vaisseau il faudrait recréer non seulement une chaîne écologique mais aussi une chaîne sociale. Il serait donc nécessaire d'avoir des connaissances spécifiques complémentaires, des médecins, des biologistes, des chimistes, mais aussi, vu la configuration « campagnarde » du vaisseau, des agriculteurs, des boulangers, des cuisiniers, des forgerons, des tisserands, des architectes, des maçons, des artisans.

– Et même quelques artistes, ajouta Satine. Des musiciens, des peintres, des chanteurs.

– Peut-être même des comiques pour détendre l'atmosphère... Puisque nous n'aurons ni alcool ni drogue, rappela Yves Kramer, il faudra bien trouver des moyens de se détendre.

– Et accessoirement des navigateurs de l'espace peut-être ? Nous n'allons pas pouvoir nous contenter de la seule et pourtant superbe Élisabeth Malory, souligna Mac Namarra.

Celle-ci reconnut qu'elle aurait besoin d'embarquer tous les autres skippers qui avaient travaillé au projet dans sa cellule Navigation.

– La seule chose qui ne me semble pas indispensable, souligna Adrien Weiss, ce sont des politiciens, des soldats et des prêtres. Nous pouvons espérer construire la première société sans administration, sans armée ni religion. Le pouvoir, la violence et la foi sont trois formes de dépendance, remarqua-t-il.

Comme la masse des passagers était énorme, l'équivalent d'une ville de province, Yves Kramer proposa qu'ils recrutent dans le monde entier. Son assistante passa donc une petite annonce dans les journaux de plusieurs dizaines de pays : « *Recherchons personnes pour projet nouveau. Rémunération importante. Santé. Jeunesse. Pas d'attaches familiales. Motivation indispensable.* »

Ils reçurent 1 700 000 candidatures, la plupart attirées par la mention « rémunération importante ».

Après le premier tri éliminant celles qui ne répondaient pas aux critères de base, 932 000 personnes restèrent en liste d'attente.

Dans son bureau de la cellule psychologique, Adrien Weiss regardait les fiches défiler.

– Maintenant reste à sélectionner les plus autonomes, les plus sociables, les plus motivés, dit Yves.

– J'ai déjà un premier critère pour détecter les plus motivés, signala Adrien. Un test très simple est utilisé pour la sélection des agents des services secrets. Nous allons convoquer les candidats dans différents centres, et les faire attendre des heures sans explication. Nous pourrons ainsi reconnaître ceux qui ont des nerfs et ceux qui n'en ont pas.

Satine trouva l'idée judicieuse.

– Et on leur parle du projet ?

– Bien sûr que non. Il faut qu'ils soient motivés sur un projet imaginaire qu'ils ne connaissent même pas.

Tous les centres convoquèrent donc, dans des gymnases ou des grandes salles, les 932 000 candidats à 8 heures du matin, puis les firent attendre jusqu'à 21 heures. Dès la première heure, un quart abandonnèrent. À la fin de la treizième heure, il ne restait plus que la moitié des effectifs : 433 000 candidats.

22. PHASE DE DÉCANTATION

Le vent du désert soufflait en bourrasques.

Les nuages glissaient dans le ciel en accéléré comme s'ils faisaient la course.

Après la phase de sélection, les fondateurs du projet « Dernier Espoir » passèrent à une phase dite de décantation.

Adrien Weiss fit construire une ville nouvelle à côté du centre proprement dit. C'était une cité de forme circulaire qui surplombait le haut du T dans le prolongement de la barre centrale.

La première ville du centre, où vivaient les ingénieurs, dans le bras gauche du T, étant baptisée Papillon-Ville, la deuxième ville reçut le nom de Chenille-Ville. Ainsi était sous-entendu que ceux qui réussiraient dans Chenille-Ville pourraient un jour passer à Papillon-Ville.

Toute la cité de Chenille-Ville fut truffée de caméras et les 32 psychologues et leurs assistants se relayèrent devant les écrans pour observer la vie des 433 000 candidats. Dans la rue, en groupe, mais aussi chez eux.

C'était comme une gigantesque émission de téléréalité.

Tous les candidats étaient conscients qu'ils étaient surveillés et filmés. Tous les sélectionneurs étaient conscients que la plupart des candidats pouvaient se faire passer pour ce qu'ils n'étaient pas.

Mais le temps agissait.

Adrien partait du principe qu'on ne peut pas tromper son entourage en permanence. Il y a forcément des moments où l'on se révèle.

La décantation eut lieu. Au début, le conseil des 32 sélectionneurs évacua toutes les personnes qui manifestaient des signes de violence.

Celles qui étaient colériques.

Celles qui étaient insensibles aux problèmes d'autrui.

Celles qui avaient des comportements antisociaux.

Celles qui ne faisaient que suivre les leaders sans utiliser leur libre arbitre.

En une semaine on passa de 433 000 à 310 000.

Satine Vanderbild restait méfiante.

– Nous risquons d'avoir au final les meilleurs escrocs. Les plus habiles à duper leur entourage.

Adrien Weiss ne partageait pas ce point de vue.

– Fais confiance au temps, les masques finissent toujours par tomber. Quand on marche sur la pointe des pieds pour paraître plus grand on finit par se fatiguer.

Au bout de 15 jours, ils étaient 250 000.

Au bout d'un mois, ils étaient 218 000.

– Il est temps de souffler sur les braises pour accélérer la cuisson et donc l'évaporation des plus légers, annonça simplement Adrien Weiss.

On signala alors aux candidats que la mission « Dernier Espoir » était un emploi à vie. S'ils l'acceptaient ils ne pourraient jamais plus rien faire d'autre durant le reste de leur existence.

Le nombre chuta aussitôt à 185 000.

– Soufflons encore.

On leur signala ensuite que les salaires allaient être revus à la baisse. Tous ceux qui n'étaient motivés que par l'argent partirent.

Il ne resta plus que 145 000 personnes.

On évacua encore un dernier millier de « douteux » pour parvenir enfin au nombre parfait de 144 000.

Ceux-ci s'engagèrent de manière contractuelle.

Ils furent dès lors informés du projet « Dernier Espoir » et de l'existence du vaisseau spatial-voilier solaire.

La première surprise passée, les sélectionnés commencèrent les préparatifs de leur nouveau travail.

Le matin, les 144 000 cosmosnautes potentiels devaient s'exercer physiquement à la vie dans l'espace par un entraînement spécial. L'après-midi, après un déjeuner diététique, ils apprenaient le fonctionnement du *Papillon des Étoiles* et la meilleure manière de répartir les tâches une fois que la ville dans l'espace serait fonctionnelle.

Désormais le quartet avait 144 000 complices.

Ils espéraient qu'il n'y aurait pas trop de brebis galeuses dans cet étrange troupeau d'humains.

23. PHASE DE PUTRÉFACTION

Le secret ne pouvait pas éternellement être maintenu. Les radars militaires gouvernementaux avaient détecté le décollage de la fusée *Papillon des Étoiles IV*.

Et même s'ils pouvaient faire passer certaines fusées pour l'agrément d'un club d'amateurs, le fait que l'engin de douze mètres de haut se soit élevé jusqu'à l'orbite géostationnaire ne pouvait laisser indifférents les observateurs extérieurs.

Les politiciens furent alertés.

Des satellites photographièrent la base « T ».

Des espions furent envoyés.

Ils finirent par révéler le pot aux roses : quelque part loin des habitations, en plein désert, un milliardaire excentrique avait lancé un projet aéronautique personnel.

Quand on finit par en déduire qu'il voulait construire un vaisseau spatial géant contenant plus de cent mille personnes l'affaire prit une tournure différente.

Après les espions, ce furent les journalistes qui se ruèrent au centre « Dernier Espoir ».

On suspectait Gabriel Mac Namarra d'être devenu fou et, dans sa mégalomanie, de vouloir créer une secte apocalyptique.

On le soupçonnait de vouloir réduire cent mille hommes en esclavage. De se livrer à des expériences inhumaines.

Une commission d'enquête fut envoyée sur place pour interroger les 144 000. Elle ne put porter la moindre accusation précise. Le problème resta entier : peut-on laisser un simple particulier se lancer à la conquête de l'espace ?

L'affaire finit par dépasser le cadre local.

Les Nations unies sommèrent le gouvernement de leur transmettre le dossier et de révéler l'activité de ce milliardaire.

Ce furent les pays les plus pauvres, souvent dirigés par des dictateurs, qui s'insurgèrent le plus. Ils exigeaient que le projet soit placé sous le contrôle des Nations unies, et qu'un représentant de chaque État figure au sein de l'équipage. À la suite de quoi les religieux se firent entendre eux aussi. Choqués qu'aucun prêtre ne figure parmi les 144 000, ils exigèrent à leur tour la présence d'un représentant de chaque religion dans l'équipage. Ensuite ce furent les féministes qui exigèrent une totale parité hommes-femmes. Mais comme celle-ci existait déjà, elles n'insistèrent pas.

Enfin les politiciens imposèrent une représentation proportionnelle à chaque courant politique. On parla d'élection démocratique des passagers. Ou bien de tirage au sort par le loto. Ou bien d'examens scolaires.

Les médias s'en donnaient à cœur joie, le projet « secret » « Dernier Espoir » et son prototype de fusée *Papillon des Étoiles* étaient maintenant le thème favori des reportages.

Le fait que le Centre soit isolé et ait longtemps été tenu secret ajoutait au côté fantasmatique de l'événement.

Pour pouvoir garder à distance les paparazzis accourus dans le désert, Gabriel Mac Namarra se résolut à engager un service de sécurité comprenant près d'une centaine de personnes. Le Centre lui-même fut entouré d'une double barrière.

Mais la tension montait et Gabriel Mac Namarra décida de faire une déclaration face à ce qu'il appelait dans le privé les « représentants du monde ancien ».

24. PHASE DE CALCINATION

Il s'était pour l'occasion aspergé d'un parfum à base de bois de santal.

Seul sur l'estrade, le petit homme en pantalon de cuir et en veste à la mode but un verre d'eau et s'éclaircit la gorge avant de lire le texte qu'il avait préparé. Autour de lui la centaine de représentants des nations le fixaient sans aménité, mais il était bien décidé à s'exprimer.

Il se tourna vers les micros et fit face aux caméras qui affichaient leur petite lueur rouge signalant qu'elles étaient opérationnelles.

– Être intelligent, c'est ne pas répéter les mêmes erreurs.

Il toussa.

– C'est le titre de mon discours, précisa-t-il.

Gabriel Mac Namarra développa ce thème une heure durant. Il expliqua que les mêmes comportements déboucheraient sur les mêmes impasses.

Il fallait donc tenter autre chose, autrement et ailleurs. À la question de la représentation de toutes les nations, il répondit que pour lui il n'y avait pas de pays, de nations, de frontière ou de religion mais juste des êtres humains, une espèce grouillant sur la croûte terrestre.

Il n'avait pas l'intention de se contraindre à enrôler des gens médiocres pour plaire à tel ou tel groupe de pression ayant barre sur d'autres individus plus faibles et plus crédules.

Une huée lui répondit.

Cependant le milliardaire poursuivit sa lecture.

De même qu'il considérait personnellement qu'existaient des génies et des imbéciles partout, chez tous les peuples, dans toutes les religions, toutes les nations, il ne pouvait s'empêcher de constater que certaines cultures encourageaient le racisme et le fanatisme, décourageaient la créativité, la générosité et l'empathie. Et que ce n'était pas parce que ces cultures étaient souvent majoritaires et influentes qu'il allait en prendre des échantillons dans son projet.

Nouvelle réaction hostile.

Gabriel Mac Namarra déclara qu'il se sentait d'autant plus libre de choisir ses « employés » qu'il avait entièrement financé « Dernier Espoir » avec son argent personnel et sans l'aide d'aucune subvention d'État.

À nouveau le milliardaire attendit que le calme revienne pour poursuivre. Cette fois-ci il abandonna la lecture de son texte.

– Je ne vous parle pas du respect de vos privilèges acquis empiriquement sur l'exploitation de la peur, de la superstition et de la bêtise. Je ne vous parle pas de vos traditions qui consistent à répéter des comportements inefficaces, nocifs ou dangereux au seul prétexte que vos parents faisaient pareil. Je vous parle de la survie de l'espèce humaine. Être intelligent, c'est ne pas répéter les mêmes erreurs. Être conscient, c'est ne pas céder aux pressions pour faire plaisir à la majorité qui est forcément toujours ancrée dans un consensus mou. Si on avait dû demander l'avis de tous, si on avait dû interroger les technocrates, si on avait interrogé les politiciens, croyez-vous que « Dernier Espoir » existerait ? Je rappelle à ceux qui auraient la mémoire courte que ce projet a été inventé par un ingénieur du nom d'Yves Kramer, et qu'il a été aussitôt rejeté par sa hiérarchie de l'Agence spatiale. Le propre des projets vraiment nouveaux est qu'ils n'intéressent pas les esprits sclérosés. Ce n'est que maintenant que vous vous réveillez ! Alors que nous avons accompli tout le travail ! Trop facile !

Cette fois la réaction fut encore plus hostile, surtout de la part des responsables de son propre gouvernement.

– Désolé, je ne prendrai pas des « cons » dans ma navette spatiale juste sous prétexte qu'ils sont majoritairement représentés dans l'humanité et que cela vous rendrait populaires face à vos troupeaux de moutons bêlants !

Tollé général.

Mac Namarra laissa retomber la tempête, avant de poursuivre sur le même ton :

– Je vous parle du futur de l'humanité, je ne vous parle pas de vos sondages, de votre popularité, de vos électeurs. Je ne vous parle pas de la gestion de vos privilèges et de vos pots-de-vin. Je vous parle de nouveaux horizons. Êtes-vous seulement capables de regarder plus loin que le bout de votre nez ne serait-ce qu'une minute ? Sinon pour vous, au moins pour vos enfants.

Gabriel Mac Namarra avait rentré les épaules comme un boxeur s'apprêtant à foncer tête baissée sur son adversaire. Il tenait à deux mains la tige du micro comme s'il s'agissait d'une épée.

– Mais aimez-vous seulement vos enfants ? Je vois ici des représentants d'États qui ont applaudi quand leurs propres gamins kamikazes se faisaient exploser dans des bus remplis de civils ! Je vois ici des représentants d'États qui ont applaudi quand des bombes éclataient dans le métro ! Je vois ici des représentants d'États qui veulent fabriquer des bombes atomiques pour anéantir un maximum de gens ! Et ce sont eux qui entendent me donner des leçons de morale !

Grondements et menaces.

– Si vous aimiez vos enfants, si vous aviez un projet pour les générations futures, est-ce que vous souilleriez aussi facilement l'air et l'eau ? Pour qu'un jour il puisse y avoir un futur meilleur, il faut l'imaginer aujourd'hui. Yves Kramer l'a imaginé. Et moi je le soutiens ! Alors si vous n'êtes pas capables de faire le bien, laissez les autres s'en charger à votre place ! Foutez-nous la paix ! Laissez-moi accomplir un petit quelque chose de constructif dans mon coin pendant que vous semez le pire aux yeux de tous.

Comme les insultes fusaient de partout, que des boulettes de papier et des bouteilles en plastique pleuvaient sur lui, Mac Namarra s'emporta.

– Je vois que les esprits rétrogrades sont toujours majoritaires dans cette assemblée, je pense que dans ce cas aucune...

Cette fois-ci le tumulte fut tel que Mac Namarra ne put ni poursuivre ni reprendre la parole.

Des projectiles en verre se brisaient autour de lui avec fracas.

Son discours fut pourtant publié dans les journaux et relayé par tous les chroniqueurs.

« Je pense que dans ce cas aucune... » en était la dernière phrase.

25. ÉLIXIR DE VIE

La tension monta d'un cran.

Beaucoup de chefs d'État exigèrent l'arrêt pur et simple du « Dernier Espoir », quand ce n'était pas l'emprisonnement du dangereux maniaque mégalomane qui en était l'instigateur. Mais le droit à la propriété individuelle empêchait d'obliger le milliardaire à abandonner son projet.

Il se poursuivit donc, envers et contre les espions et les paparazzis qui, perchés sur des grues, photographiaient l'intérieur du Centre.

On vit bientôt apparaître dans la zone de construction des alignements de cônes-réacteurs de taille phénoménale. Chaque réacteur s'élevait à vingt mètres du sol ce qui laissait présager de la taille du futur *Papillon des Étoiles V*.

C'est alors qu'une bombe incendiaire explosa dans le hangar principal.

En une minute ce furent des semaines de travail gâchées.

La méfiance s'installa. Yves Kramer dut remplacer certains ingénieurs suspects. Même les membres du service de sécurité se révélèrent peu fiables. La suspicion s'installa partout.

Après l'enthousiasme du début, une grande tension régnait dans le centre « Dernier Espoir ».

Une deuxième bombe incendiaire, placée cette fois dans Papillon-Ville, détruisit la cafétéria, heureusement déserte la nuit. Le message était clair, leurs ennemis comptaient s'attaquer aux machines, et si cela ne suffisait pas, ils s'attaqueraient aux personnes.

Comme un malheur ne vient jamais seul, un des 144 000 harangua les autres pour les inciter à abandonner leur travail.

– Nous ne pouvons pas lutter contre le monde entier, affirmait-il. Nous ne pouvons pas défendre le projet d'un seul individu qui s'oppose à toutes les nations du monde.

Il parvint à convaincre deux cents personnes de partir. Il fallut les remplacer.

Yves Kramer était déprimé, il avait l'impression que quelque chose, peut-être l'enthousiasme initial, était brisé.

Gabriel Mac Namarra, lui, ne perdait pas courage. Il convia Yves à partager une pizza et un verre de vin dans le restaurant en pleine reconstruction.

Là, autour d'une table qui n'avait plus rien à voir avec celle de leur première rencontre, il lui dit :

– Prenons ces épreuves comme des opportunités. Vous espériez quoi, que tout serait facile ? Cette contestation nous permet de décanter un peu plus la masse de nos candidats au vol. Vous imaginez la catastrophe si ces types avaient embarqué ? Ces événements nous permettent de vérifier la qualité de la motivation de chacun. Croyez-moi, tout ce qui nous arrive, aussi déroutant que cela paraisse, est dans l'intérêt du « Dernier Espoir ».

Ils déjeunèrent, puis Mac Namarra le guida vers la fenêtre.

– J'ai confiance. Nous y arriverons.

Yves semblait songeur.

– Il faut intégrer la notion de « Paradoxe ». Par exemple nous pensons que le jour nous voyons mieux que la nuit. C'est faux, le jour nous discernons des événements tout au plus à quelques dizaines de kilomètres, et dans le ciel notre vision est limitée par les nuages ou la couche atmosphérique. Alors que la nuit... la nuit nous apercevons des étoiles à des millions de kilomètres. La nuit nous voyons loin, nous voyons dans l'espace et dans le temps.

Le milliardaire, amusé par cette remarque, alluma son cigare.

– Et comme par hasard c'est au moment où nous pouvons scruter le plus de choses, que les gens dorment et ne pensent pas à regarder...

Gabriel eut un début de grand rire mais le contint comme on retient un cheval qui s'emballe.

– Moi, je possède une méthode secrète, qui n'explique peut-être pas ma réussite matérielle mais en tout cas mon équilibre cérébral.

– Je vous écoute.

– À ma manière je suis comme vous : j'utilise la nuit pour « y voir ». Juste avant de me coucher, je pense à une question. Et le lendemain je sais qu'au réveil j'aurai la réponse.

L'ingénieur regarda différemment le milliardaire.

– Pas bête. Vous posez la question à votre ange gardien ?

– Ou à mon lutin, ou à mon inconscient ou à Dieu ou à l'univers. J'exprime en tout cas clairement ce que je veux savoir. Durant mon sommeil, je ne suis plus influencé par l'angoisse, le désir, l'émotion. Un instant je suis libre. Même la peur n'a plus prise sur moi.

Gabriel Mac Namarra lâcha une bouffée de fumée en direction des étoiles.

– Vous poserez quelle question avant de vous coucher ce soir ? demanda Yves Kramer.

– Je ne sais pas encore. J'accomplis un autre travail avant de poser la question. J'examine ma journée. Je m'efforce de voir où je me suis trompé, et en pensée j'essaie de rectifier mes erreurs du jour. Alors la question m'apparaît.

– Réparer les erreurs ? Mais le soir il est trop tard, les erreurs de la journée sont déjà réalisées.

Gabriel sourit, énigmatique.

– Non, il n'est jamais trop tard. On peut nettoyer « après ». Nous pouvons enlever les insultes reçues ou proférées. Nous pouvons gommer les erreurs de choix. Comme une tête de magnétophone qui efface et qui remplace un son par un autre.

– La pensée plus forte que le temps et l'espace ?

– Je le crois, oui.

– Alors si l'on peut aller dans le passé pour nettoyer, on peut aller dans le futur pour interroger, votre théorie est un peu compliquée mais elle a le mérite de se tenir, reconnut Yves, intéressé.

Le ballet des insectes qui tournaient dans le ciel se fit plus bruyant. Un papillon de nuit s'approcha de la lampe et heurta la vitre de protection de l'ampoule.

– Ça c'est mon père, Jules Kramer. Il vient me voir de temps en temps pour me dire ce que j'ai à faire.

– Il répond à vos questions ?

– Mieux : il m'indique les questions que j'ai oublié de me poser.

Ils observèrent ensemble l'insecte nocturne.

Le papillon aux ailes grises avait quitté la lampe et venait de se poser sur le bord de l'assiette, comme pour renifler les restes du repas, puis il s'envola vers le rebord d'un pot de fleurs. Il déploya alors sa trompe et se mit à boire le nectar dans le cœur de la fleur.

– Alors, ça signifie quoi selon vous ? Qu'il faut penser à amener des fleurs dans le vaisseau ? plaisanta le milliardaire.

– Je vais poser la question à mon ange gardien avant de m'endormir, répondit Yves pour montrer qu'il avait saisi la force de l'idée.

26. ASSEMBLAGE DES ÉLÉMENTS

Agitation. Grouillement d'ingénieurs en combinaison bleue et casque blanc.

Allées et venues de camions chargeant et déchargeant ce qui ressemblait aux énormes pièces d'un puzzle en relief.

Au terme de plusieurs mois d'un travail acharné dans les nouveaux locaux sécurisés, *Papillon des Étoiles V* commençait à exister en pièces détachées dans les immenses hangars.

Au jour dit, les éléments furent assemblés pour former le vaisseau spatial dans son ensemble.

Imposant comme un building, l'engin avait quelque chose de disproportionné.

1 000 mètres de hauteur, telle était la taille du premier segment du cylindre contenant lui-même 32 autres segments.

500 mètres de diamètre.

Les oiseaux, intrigués, tournoyaient autour de sa cime. Cent fois plus grand, plus gros, plus lourd que toutes les fusées jamais lancées jusque-là, *Papillon des Étoiles V* parvenait à créer une zone ombragée dans le désert.

Chacun pouvait enfin voir le vaisseau spatial de nouvelle génération dans son ensemble. Un vrai monument de métal fin. Dans la partie basse, l'« abdomen », se trouvait le premier étage, équipé de 30 énormes réacteurs coniques disposés en croix comme l'empennage d'une flèche.

Au-dessus, le deuxième étage de taille plus restreinte contenait lui aussi une dizaine de réacteurs disposés en croix.

Puis venait le troisième étage, le thorax de 1 kilomètre de haut, énorme cylindre qui était la zone de vie proprement dite.

Enfin, surplombant le cylindre, la zone de pilotage, la tête du papillon. Cette excroissance posée sur le cylindre possédait la particularité d'être flanquée de deux grosses sphères transparentes qui formaient deux yeux globuleux.

Yves Kramer présenta son œuvre à son mécène.

– Ici, dans la sphère droite, le poste de pilotage de la partie fusée terrestre. Et là, dans la sphère gauche, le poste de pilotage des voiles solaires. Mais la partie décollage terrestre pourra devenir un poste de navigation parallèle durant le vol.

– Subtil. Et là, dans la zone épaisse du cou qui relie la tête au thorax ?

– La zone de transit où l'on mettra l'équipage assis au moment du décollage et la soute qui contient la navette d'atterrissage, pour l'arrivée sur la planète étrangère.

– Une fusée ?

– Non, ce petit vaisseau est à propulsion chimique puis à propulsion photonique comme le *Papillon des Étoiles*. Satine a eu l'idée de le baptiser *Moucheron*.

– Ah, Satine Vanderbild, elle est vraiment une précieuse auxiliaire, dit-il machinalement.

Gabriel Mac Namarra admirait l'immense vaisseau. Yves lui expliqua ensuite que sur tout le pourtour de l'engin étaient placés des panneaux solaires incurvés pour épouser parfaitement la forme du cylindre. Entre deux panneaux solaires il montra les bandes brillantes formées par les baies vitrées servant de hublots.

– Bravo, Yves, vous ne pouvez pas savoir avec quelle impatience j'ai attendu ce jour. Désormais vous n'êtes plus un simple ingénieur, vous êtes un inventeur. Vous avez inventé cette machine géante.

Gabriel lui donna une bourrade amicale.

Dès que ceux qui travaillaient au centre « D.E. » purent voir le *Papillon des Étoiles* toutes les énergies se cristallisèrent.

Dans Chenille-Ville les entraînements visant à préparer les constructions et la gestion des éléments internes du cylindre s'intensifièrent. On découvrit encore quelques saboteurs mais cela ne perturbait plus personne. On les considérait semblables à des orages, petits phénomènes agaçants et dangereux mais qui n'empêcheraient pas la récolte de pousser.

Même l'explosion qui dévasta un hangar n'affecta pas le moral.

Cependant, un problème inattendu vint troubler le bon fonctionnement général. Satine, s'étant disputée avec Adrien pour des raisons « personnelles », avait décidé de quitter le Centre et d'abandonner le programme. La perte de l'assistante n'était pas négligeable. En quelques mois la jeune femme était devenue le lien privilégié entre les techniciens et les passagers.

En outre elle était le pont entre Yves Kramer et Élisabeth Malory. Elle s'était révélée depuis le début le meilleur soutien d'Adrien Weiss pour créer son monde écologique cohérent.

Gabriel Mac Namarra la supplia de rester, lui proposant même de doubler son salaire. Mais, sa déconvenue avec le psychologue l'ayant profondément blessée, elle préféra prendre le large en demandant que personne n'essaie de la rappeler.

Elle promit de ne rien révéler sur ce qu'elle savait du projet « D.E. »

Effet corollaire, la défection de Satine jeta Adrien dans une période de total abattement, voire de prostration, pour finir dans une drague frénétique.

Son terrain de chasse était évidemment les plus jeunes femmes. Sa barbe se transforma en moustache. Il abandonna l'usage de sa pipe pour la remplacer par des chewing-gums qu'il mâchait en permanence. Il s'habillait tout le temps en tenue de sport.

Enfin, comme un problème n'arrive jamais seul, Gabriel Mac Namarra eut une attaque cardiaque. On dut l'hospitaliser d'urgence pour l'opérer, et l'action industrielle Mac Namarra chuta en Bourse. Les investisseurs, conscients que l'empire Mac Namarra tenait avant tout grâce au charisme et à la santé de son unique leader, perdaient confiance. L'argent, qui jusque-là n'avait jamais fait défaut pour payer les futurs cosmonautes, les ingénieurs, les vigiles et les achats de pièces et de matières premières, commença à manquer.

Un nouvel attentat à la voiture piégée détruisit l'entrée du Centre et, tuant l'homme du poste de contrôle, acheva de troubler le jeu.

Une fois de plus le facteur humain venait tout perturber.

Le doute revint, lancinant.

Quelqu'un prononça la phrase : « Ce projet a la poisse. »

Les travaux prirent du retard. Pour ne rien arranger une sorte de tempête s'était levée, venue du désert, recouvrant tout d'une fine poussière beige et collante.

Élisabeth décida d'aller frapper au bureau d'Yves Kramer.

– Je crois que maintenant il faut qu'on parle tous les deux, lança-t-elle sans préambule en posant ses béquilles près du fauteuil dans lequel elle s'effondra avec un soupir douloureux.

27. PURIFICATION DU SEL

Yeux dans les yeux.

Ils se fixèrent longtemps avant d'engager le dialogue.

L'inventeur était ému comme au premier jour où il avait entrevu la navigatrice en colère sur le banc de l'accusation.

Il avait encore en mémoire ses cris, son doigt pointé vers lui, ses yeux turquoise enflammés, sa crinière rousse qui volait alors qu'elle fustigeait celui qu'elle appelait son « destructeur » ou l'« assassin ».

Dehors le vent faisait mugir les grues disposées autour du *Papillon des Étoiles* et depuis la fenêtre de sa villa il pouvait voir la tour cylindrique et ses gros réacteurs se couvrir peu à peu de poussière beige.

– Servez-moi à boire, lâcha-t-elle enfin.

Il s'empressa de lui servir du vin blanc mais elle réclama quelque chose de plus fort.

– Bon, je dois vous dire pour commencer que je vous déteste toujours. Je vous hais depuis le jour où je vous ai vu. À un moment j'ai eu envie de vous tuer. Puis j'ai considéré que la mort était quelque chose de trop rapide alors j'ai voulu vous torturer. Et puis j'ai fini par me dire que, comme vous aviez l'air de vous en vouloir vous-même énormément, la meilleure torture serait peut-être encore le remords qui ronge.

Il eut un imperceptible mouvement de tête.

– Et puis il y a eu votre assistante qui est venue tout casser chez moi. Cela n'a pas vraiment participé à l'amélioration de votre image. Mais elle a eu le temps d'évoquer ce projet. Le *Papillon des Étoiles*. Qu'est-ce qui m'a pris de l'écouter ? Qu'est-ce qui m'a pris de l'imaginer ? Dès que j'ai entrevu ce que pourrait être un tel « voilier des étoiles » j'en ai rêvé. J'ai ainsi contre ma volonté commencé à faire un petit bout de chemin vers vous. J'aurais dû refuser. Ah, ça, j'aurais dû refuser. Je me suis fait avoir par ma propre capacité à m'illusionner. Déjà dans le passé je me faisais avoir par les gens qui m'appelaient au téléphone pour me vendre des cuisines aménagées ou des doubles vitrages. J'ai dû changer trois fois des unes comme des autres. On ne se refait pas.

Elle but une gorgée d'alcool. Il la regarda et constata combien elle s'était amincie depuis son séjour au centre « Dernier Espoir ». Elle avait perdu son embonpoint, ses cheveux roux étaient à nouveau gonflés et ondulés, son regard bleu était éclairci.

Mais surtout c'était son parfum qui le troublait. Elle sentait la « femme aventurière », un mélange d'odeurs d'épices et de sueur.

Il la trouvait plus belle que jamais.

La pensée peut tout. On peut nettoyer le passé juste en le voulant, se répéta-t-il.

– Ce projet, le « Dernier Espoir », j'ai fini par l'aimer. Sauver l'humanité en envoyant un vaisseau dans l'espace, il faut vraiment être cinglé pour faire ça. Mais j'aime les défis. Maintenant que j'ai commencé à m'investir, je ne vous laisserai pas tomber. Et puis je trouve les plans du *Papillon des Étoiles V* magnifiques. Ce voilier solaire est à mon avis l'un des plus beaux moyens de se déplacer que j'aie pu rencontrer. Et pourtant je peux vous dire que j'en ai vu, des vaisseaux fendant les flots et les airs.

Il la regarda fixement.

– Aujourd'hui, continua-t-elle, tout semble aller de travers. C'est comme si nous avions épuisé notre capital chance. (Elle marqua un temps.) Toujours est-il que vous détester est un luxe que je ne peux plus me permettre. Je ne vous ai pas pardonné, je ne vous pardonnerai jamais, mais je voulais que vous sachiez que dans ces instants difficiles, eh bien... comment dire... malgré tout... je suis avec vous.

Elle vida son verre d'un trait.

– Merci, dit-il.

– Non, ne me remerciez pas, c'est normal. Je vous l'ai dit : j'aime ce projet. Et je n'ai pas l'habitude de baisser les bras dans la difficulté. Question d'éthique personnelle.

– Merci, répéta-t-il.

– Je vois les vents contraires. L'abandon de Satine, les problèmes de santé de Gabriel, le désinvestissement d'Adrien, les sabotages, les menaces, la réduction des budgets ainsi que toutes sortes de problèmes au sein des 144 000... Adrien est obligé d'en remplacer au moins une centaine toutes les semaines...

– Je sais. Le bateau coule.

– Je vous interdis de dire ça. Il ne faut pas oublier comment est né ce projet et quelle est son ambition, déclara-t-elle.

Elle eut soudain une petite grimace, comme si son bassin la faisait souffrir.

– Nous ne pouvons plus abandonner.

Ce « nous » avait quelque chose de tellement inattendu qu'il préféra ne rien répondre.

– Nous sommes épuisés. Et c'est normal car nous avons foncé. Maintenant il nous faut trouver un second souffle pour atteindre la ligne d'arrivée.

Cet instant qu'il avait attendu depuis si longtemps le laissait décontenancé.

– Nous sommes allés trop loin pour faire demi-tour. Nous ne nous pardonnerions jamais si nous baissions les bras. Nous n'avons plus le choix. Nous devons aller de l'avant.

Comme il la fuyait du regard, presque par habitude, elle chercha un moyen de le faire réagir.

– Vous avez remarqué ? Depuis peu j'arrive à marcher avec des béquilles. Les médecins n'ont jamais cru que j'y arriverais. Même lorsqu'ils me disaient que ça allait s'arranger, ils n'y croyaient pas. Je ne savais pas que c'était impossible... alors je l'ai fait. Comme ce projet. Nous ne savions pas que c'était impossible alors nous sommes en train de le réaliser.

Yves Kramer déglutit.

– Pourquoi avez-vous changé d'avis à mon égard ? demanda-t-il.

– À cause de quelques-unes de vos phrases qui n'ont jamais cessé de trotter dans mon esprit, avant de s'y nicher définitivement.

Elle s'installa différemment car sa position lui était douloureuse.

– Par exemple ?

– « Le dernier espoir c'est la fuite », et puis encore : « Un jour l'humanité s'installera ailleurs, et de préférence autrement », enfin il y en a une de Gabriel, je crois. Un soir il m'a dit que « tout était paradoxe et que la vraie sagesse était de percevoir ces paradoxes ».

Elle parlait de leur ami comme s'il était déjà mort. Cela gêna un peu l'inventeur, mais il comprit ce qu'elle voulait dire. C'était un hommage plus qu'une nécrologie.

– J'en suis arrivée à me demander si mon accident ne pouvait pas être « paradoxalement »... une « bonne chose ».

Elle eut un petit rire nerveux comme si elle voulait imiter celui de Mac Namarra ou se convaincre elle-même d'un mensonge.

– Vous avez énormément souffert à cause de moi. Ce ne peut pas être une bonne chose, c'est une catastrophe, répondit laconiquement l'inventeur.

Il se mordit les lèvres.

– Qui sait ? En me fermant le corps vous m'avez peut-être ouvert l'esprit. Si je n'avais pas eu cet accident cela aurait été quoi ma vie ? Même la gloire ne dure qu'un temps. J'aurais fini par ne plus gagner, par ne plus pratiquer la voile. Je me serais installée avec un beau play-boy plein d'argent et j'aurais eu plein de gosses premiers de la classe avant de crever de vieillesse. C'était ça mon chemin de vie « normal ». Et je n'aurais pas bougé dans ma tête. À ne penser qu'à mon plaisir et à ma petite vie confortable. Alors que là... grâce à notre rencontre et à vos idées délirantes, je vais peut-être sauver l'humanité et découvrir une autre planète.

– Aucun d'entre nous n'y arrivera, rectifia Yves. Il faut au moins 1 000 ans de voyage.

Elle fit un geste pour évacuer ce détail.

– Alors tout du moins je vais donner une possibilité à mes enfants d'aller bâtir ailleurs un monde meilleur.

Ils restèrent un long moment à distance, silencieux.

– Gabriel m'a dit que le soir on pouvait avant de s'endormir poser des questions à son ange gardien, et que le lendemain on avait la réponse.

Il paraissait étrange à Yves que son mécène partage avec la jeune femme les mêmes thèmes de conversation qu'avec lui.

– J'ai posé une question avant de me coucher et j'ai eu la réponse au matin.

– Quelle question ?

Elle fit semblant de ne pas entendre et poursuivit.

– Gabriel m'a signalé aussi qu'on pouvait, le soir, juste avant de s'endormir, repasser le film de sa vie et aller nettoyer, reprogrammer, défaire les nœuds. Hier soir je suis revenue dans mon passé et j'ai défait un nœud.

– On ne peut pas changer le passé. Ce qui a été fait a été fait. Le vase brisé ne peut pas être recollé.

– Qui sait. Le pouvoir de la pensée est sans limite. Regardez, j'ai récupéré l'usage de mes jambes, si ce n'est pas une victoire du mental sur la matière qu'est-ce qu'il vous faut ?

Comme elle disait cela elle voulut lui montrer qu'elle pouvait marcher sans béquilles. Après avoir fait quelques pas avec assurance, elle s'effondra.

28. INTRODUCTION D'UN INGRÉDIENT INUTILE

Une bourrasque d'air frais faisait claquer les drapeaux arborant Papillon bleu clair sur fond noir et étoiles blanches.

Le centre « Dernier Espoir » avait ralenti sa cadence mais tous ses occupants poursuivaient sans relâche leur activité d'entraînement à la vie dans le cylindre.

Les médias, après avoir connu une période où ils racontaient tout et n'importe quoi sur le *Papillon des Étoiles*, finirent par ne plus leur accorder d'attention.

Les journalistes, à quelques exceptions près, s'excitaient vite et se lassaient aussi vite. Il leur fallait de nouveaux os à ronger, et justement un tremblement de terre particulièrement violent venait d'effacer de la carte une ville côtière avec tous ses habitants. Dans le même temps un dictateur parmi les plus véhéments contre le projet « Dernier Espoir » annonça que son pays venait de faire l'acquisition de l'arme nucléaire et qu'il comptait bien s'en servir pour anéantir son voisin immédiat au nom de la cause religieuse. Toutes les tensions planétaires montaient d'un cran. C'était comme si l'Histoire s'accélérait.

Au-dessus des grandes capitales la pollution stagnait en permanence sous la forme d'un épais brouillard ambré. Les citadins respiraient difficilement l'air empesé. Les attentats terroristes étaient devenus si fréquents que les journaux ne se donnaient même plus la peine de les évoquer. Les métros et les bus étaient des cibles privilégiées.

Un nouveau virus transmissible par la salive faisait des ravages sans que les scientifiques trouvent de parade.

Dans le centre « Dernier Espoir » l'assemblage du vaisseau était terminé. *Papillon des Étoiles V* était pratiquement opérationnel. Il restait à en fignoler les aménagements intérieurs.

Gabriel Mac Namarra, revenu au centre « Dernier Espoir », reprenait doucement des forces, puisant dans le projet une motivation pour améliorer sa convalescence.

Adrien Weiss s'était mis en couple avec l'une des ingénieurs du centre, Caroline Toledano, spécialisée en astronomie. Sous l'impulsion de son amant elle fut intégrée dans l'équipe dirigeante pour remplacer Satine Vanderbild. Brune, plutôt dynamique et artiste, la jeune femme n'eut aucune difficulté à se révéler indispensable.

Élisabeth Malory et Yves Kramer se côtoyaient désormais régulièrement pour travailler sur les systèmes de contrôle des deux grandes ailes du *Papillon des Étoiles.*

Ils ne parlaient entre eux que des problèmes techniques et fuyaient toute conversation qui pouvait les impliquer personnellement.

Yves Kramer avait prévu pour actionner les voiles solaires tout un système de câblage qui n'était pas sans rappeler les gréements des vieux voiliers trois-mâts. Élisabeth Malory avait trouvé des mécanismes de poulies qui permettaient d'ajuster au mieux la forme de la voile par rapport aux vents de photons venant par l'arrière ou sur les flancs.

Un jour la navigatrice fit un cadeau à l'inventeur.

Étonné, il secoua la boîte entourée d'un ruban et dégagea le papier décoratif. Ce qu'il sortit du carton était une boule soyeuse de poils blancs et noirs qui couinait par un museau d'où sortait une petite langue râpeuse toute rose. Un chaton de deux mois.

– J'ai toujours un chat sur mes bateaux, dit-elle en guise d'explication. C'est un porte-bonheur de marin, je pense que cet usage date de l'époque où les cales des gros voiliers étaient infestées de rats qui s'attaquaient aux réserves de nourriture. Les chats étaient des protecteurs.

L'inventeur caressa le chaton qui se mit à ronronner.

– C'est un mâle ou une femelle ?

– Je n'en sais rien, à cet âge, on ne voit pas bien, nous devrons attendre un peu.

– J'accepte, mais il faudrait le baptiser, signala l'inventeur.

– Il est blanc et noir, nous n'avons qu'à l'appeler Domino. Et puis ça marche pour un mâle ou une femelle.

L'inventeur contempla l'animal qui continuait de ronronner.

– Ce sera notre mascotte, je suis sûr que tant que Domino sera avec nous tout ira bien.

Yves Kramer prit dès lors l'habitude de circuler dans les couloirs avec le chaton Domino perché sur son épaule droite comme un perroquet de pirate.

Dans Chenille-Ville, les équipages étaient passés à la check-list des gestes précis à effectuer au décollage.

Élisabeth et Mac Namarra voyaient leur santé s'améliorer, comme si l'avancée du projet avait déclenché un processus de reconstruction biologique.

29. PHASE DE CUISSON FORTE

Après la période des vents, s'abattit une grande chaleur qui épuisait tout le monde et freinait le travail. Dans les ateliers de construction, une odeur de sueur, de métal tiède, de plastique et de poussière régnait. Les gens restaient plus longtemps à la cafétéria, certains s'endormaient sur leur établi.

Une torpeur lente envahissait le centre « Dernier Espoir ».

Même les insectes se faisaient discrets.

Un simple article dans la presse vint tout bouleverser.

Le journaliste d'un grand quotidien national avait titré son éditorial : « ET SI L'ON ÉTAIT FICHUS ? ET SI LE PROJET DERNIER ESPOIR ÉTAIT RÉELLEMENT LE DERNIER ESPOIR NON PAS DE QUELQUES ILLUMINÉS MAIS DE TOUTE L'HUMANITÉ ? »

Sans doute le rédacteur avait-il connu un coup de déprime ou de paranoïa et était-il tombé par hasard sur un vieux reportage parlant du *Papillon des Étoiles.*

L'article n'apportait rien d'exceptionnel, aucune révélation, juste un « billet d'humeur », mais, arrivant après un tremblement de terre particulièrement meurtrier et avant des élections présidentielles délicates, son effet fut disproportionné.

Le chef de l'État, faisant référence à cet article et toujours soucieux de diversion quant aux problèmes économiques et sociaux qui touchaient le pays, lança une campagne sur le thème : « Ne laissons pas les égoïstes fuir sans nous. »

Le mot était lâché. *Égoïstes.*

Les gens du projet « Dernier Espoir » étaient désormais catalogués comme un groupe d'égoïstes ne pensant qu'à sauver leur peau dans un monde en perdition. Au début, Gabriel Mac Namarra n'y accorda pas d'importance. Ce n'était pas la première attaque des médias contre le projet. Il craignait bien davantage les sabotages des espions que les mots des journalistes et des politiciens.

Il avait cependant sous-estimé leur capacité de nuisance.

Des manifestations anti-*Papillon des Étoiles* apparurent spontanément. Les portraits des créateurs du centre « D.E. » étaient brûlés, ainsi que des drapeaux représentant le papillon bleu avec ses étoiles.

– Qui peut nous haïr au point de manifester contre nous ? s'étonna Yves en regardant les actualités à la télévision.

– Les réactionnaires. Nous représentons tout d'un coup les nouvelles personnes à détester. Il faut tout le temps offrir à la populace des gens à détester. Un milliardaire ça agace. Une navigatrice célèbre ça excite la jalousie.

– Moi je n'ai rien réussi.

– Un ingénieur licencié... certes. Ça n'inspire pas la jalousie. Mais il y a deux catégories d'individus que les gens n'aiment pas. Ceux qui réussissent et ceux qui échouent.

– Encore une de vos théories ?

– Elles sont issues de l'expérience. À nous trois nous représentons tout ce qui horripile la masse des moutons bêlants qui foncent en aveugles vers le précipice. Et en plus nous avons un projet commun : sortir du troupeau pour le sauver. Nous ne pouvons pas être plus « subversifs ».

Il eut son grand rire ravageur.

– C'est presque un miracle que nous n'ayons pas essuyé ces mouvements hostiles plus tôt. Vous verrez : il n'y avait personne pour nous aider quand nous en avions besoin. Il n'y aura personne pour prendre notre défense maintenant que nous sommes attaqués.

– La règle des trois ennemis, n'est-ce pas ? ceux qui veulent faire pareil, ceux qui veulent faire le contraire, et ceux qui ne veulent rien faire ? se souvint Yves Kramer. « Le clou qui dépasse attire le marteau. »

Gabriel Mac Namarra haussa les épaules avec fatalisme puis ajouta :

– Il faut simplement garder la tête froide et maintenir le cap.

Une semaine plus tard, l'assemblée nationale votait un amendement visant à déclarer le projet « Dernier Espoir » hors la loi pour « non-assistance à personnes en danger ».

C'était cela le plus étonnant : désormais les députés, de quelque bord qu'ils soient, considéraient « Dernier Espoir » comme une solution pour la collectivité.

De manière paradoxale les écologistes étaient les plus virulents pour dénoncer ce projet « mégalomane ». Comme d'habitude, une fois le chemin tracé, tout le monde s'y engouffrait sans réfléchir. Les éditoriaux sonnaient l'hallali. C'était une surenchère de sous-entendus, de procès d'intention, de dénigrements des personnes impliquées, à qui les journalistes reprochaient d'un côté de ne pas être sérieuses et crédibles, et de l'autre, d'oser réussir sans eux. « Dernier Espoir » offensait les pauvres en tant que projet de riches. « Dernier Espoir » froissait les riches en tant que projet dont ils étaient exclus. « Dernier Espoir » déplaisait à la gauche, à la droite, aux religieux, mais bientôt aux athées qui sous-entendaient que l'espoir de trouver une autre planète habitable était de l'ordre de la foi.

Les sondages donnaient 83 % de la population hostile à la prolongation de la construction du voilier, et ce pour des raisons contradictoires. Plusieurs pays étrangers sommèrent le gouvernement d'agir pour mettre fin à cette « mascarade ».

D'abord les pensées, ensuite les mots, enfin les actes. Une loi exceptionnelle fut votée à l'Assemblée interdisant de « fuir dans l'espace sans autorisation ». En même temps un texte fut promulgué signalant que le centre « Dernier Espoir » ainsi que sa fusée et tous les objets contenus dans le périmètre du Centre étaient désormais nationalisés et dépendaient du ministre de la Défense.

Une patrouille de gendarmes composée de cinq cents hommes d'une section d'élite, accompagnés de petits engins blindés et de tanks légers, fut envoyée pour prendre possession du centre spatial de celui que la plupart des médias baptisaient déjà le « milliardaire fou ».

30. FUMÉE BLANCHE

La température ne cessait de monter. L'air sec en devenait étouffant.

Gabriel Mac Namarra avait donné comme consigne à son service de sécurité de résister le plus longtemps possible quitte à faire usage d'armes à feu. Mais dès l'annonce de l'arrivée imminente de l'escouade de gendarmes, près de la moitié des vigiles firent défection.

La deuxième moitié, ne se sentant pas de taille à arrêter seule un régiment armé, suivit rapidement. L'industriel regarda avec fatalisme ses troupes l'abandonner.

– De la part de mercenaires il ne fallait pas s'attendre à un miracle. Nous avons bien fait de ne pas prendre de militaires à bord.

Yves Kramer hocha la tête, pensif.

– Comment être sûr d'avoir raison quand le monde entier vous hurle que vous avez tort ?

Adrien Weiss fit mine de n'avoir rien entendu et poursuivit son rapport :

– Cela fait une semaine que j'ai placé les 144 000 en isolement, ils n'ont plus accès aux actualités. Ils ne sont pas au courant de ce dernier petit « souci ». Mais ils vont bien finir par se douter de quelque chose.

– Vous proposez quoi ?

– Sans être des militaires, nous sommes quand même nombreux et déterminés. Nous pouvons peut-être tenir. J'ai un stock d'armes que j'avais mises de côté en cas de problème, je vais les faire distribuer.

Yves Kramer intervint :

– Inutile. Les 144 000 ont été précisément sélectionnés pour leur non-violence. Ils feront de très mauvais combattants.

– Alors que fait-on ? Nous ne pouvons pas céder maintenant.

Ce fut Élisabeth Malory qui trancha :

– Ne pas combattre : fuir. N'est-ce pas la devise du projet ? « Le dernier espoir c'est la fuite. »

– Elle a raison, déclara Gabriel Mac Namarra. Quand est-ce que nous serons prêts à décoller ?

Yves Kramer alluma un ordinateur relié au central et examina plusieurs schémas et listes de chiffres.

– À la limite, si nous n'effectuons pas tous les contrôles, nous sommes prêts. Nous pourrions décoller demain.

– Et on annonce l'arrivée des gendarmes pour quand ?

Adrien Weiss se brancha sur Internet et après avoir franchi plusieurs pages d'identification pénétra dans le cœur du centre de décision de la Défense. Il annonça :

– Demain.

Les piliers du projet « Dernier Espoir » se regardèrent et se comprirent. C'était comme si le destin leur avait donné rendez-vous.

– Bon, lança Mac Namarra en allumant son cigare, soyons précis : quand peut-on décoller au plus tôt et à quelle heure sont-ils censés arriver ?

Adrien Weiss examina quelques pages informatiques.

– Étant donné qu'ils sont ralentis par les engins blindés, ils seront probablement là demain matin vers 11 heures.

– Et nous, à quelle heure pourrions-nous décoller, Yves ?

L'inventeur tapota à son tour sur l'ordinateur et vérifia quelques chiffres.

– Demain soir 20 heures.

– Trop tard. Ce serait bête d'échouer pour quelques heures de retard...

L'inventeur éteignit l'ordinateur et se tourna vers les autres.

– Bon, nous allons travailler toute la nuit. Il faudra lancer le *Papillon des Étoiles* demain matin aux aurores.

– Impossible, dit Caroline Toledano qui supervisait les finitions du projet.

– C'est ça ou nous aurons accompli tout ça pour rien, déclara Mac Namarra avec un geste fataliste.

L'inventeur se mordit la lèvre.

– D'accord, annonça Yves Kramer, je mets tous les gars au boulot. Encore autre chose... je leur propose à tous d'embarquer sur le vaisseau ?

– Évidemment.

– C'est-à-dire qu'il y en a beaucoup qui ne répondent pas aux critères de santé, de jeunesse, d'autonomie, d'absence de médications...

– Certaines règles sont faites pour ne pas être appliquées à la lettre. Du moment qu'ils répondent au critère de motivation cela remplacera tout le reste.

Sourires entendus du groupe.

– Pour ma part je vais proposer aux 32 psychologues du recrutement de se joindre à nous, ajouta Adrien Weiss.

– Il y a aussi une vingtaine de militaires qui sont restés, reconnut Caroline Toledano. Probablement par passion pour le projet.

– Comme quoi, nous devons nous méfier des étiquettes, il y a des gens bien partout..., compléta Adrien Weiss.

– En fait tous les gens qui sont là actuellement peuvent monter, trancha Mac Namarra avec impatience. Ils n'ont pas travaillé avec nous depuis si longtemps pour que nous les laissions en pâture aux autres. Et puis, mieux vaut que le moins de personnes possible puissent donner des informations sur la technologie de notre *Papillon des Étoiles*. Il ne faudrait pas qu'ils essaient de le saboter à distance, ou d'envoyer un engin nous attaquer.

Yves Kramer considéra le ciel au loin qui semblait l'appeler. Sa vie tout entière et peut-être le destin de l'humanité allaient se jouer dans les prochaines heures.

Il sentit une présence. Il reconnut le parfum mais ne se retourna pas.

– Nous sommes tous ensemble maintenant, il n'y a plus de marche arrière possible. C'est réussir ou crever.

– Et si on crève ?

– Au moins nous aurons essayé..., trancha Élisabeth Malory.

31. PHASE DE SUBLIMATION

Après la chaleur torride, des nuages sombres venus de l'ouest opacifièrent le plafond du ciel. Soudain l'orage. Un éclair zébra l'horizon et fit trembler le sol et les bâtiments. La température chuta d'un coup. Comme si en une nuit la canicule estivale avait laissé place à un courant d'air glacé. Rarement la météorologie avait offert aussi vite un tel contraste de climats.

Tous étaient épuisés. Pourtant personne n'imaginait revenir à sa vie normale.

Ils étaient dans le rêve d'Yves Kramer : « Un jour l'humanité s'installera ailleurs, et de préférence autrement. »

À 4 heures du matin, en longue file, les 144 000 entrèrent dans le vaisseau spatial géant. Chacun avec sa tenue de cosmonaute et sa valise. Ils s'installèrent dans la zone de transit et bouclèrent leur ceinture de sécurité.

L'orage laissa la place à une averse de grêlons qui flagella la fusée avec un bruit de balles de ping-pong lancées contre un tube creux.

À 6 heures, on introduisit les animaux qui allaient faire partie du cycle écologique. Des plus petits, les insectes, aux plus gros, les vaches. Puis l'armoire autoréfrigérée avec son moteur à pile nucléaire. Le meuble contenait les tubes avec les fœtus congelés des animaux que Gabriel Mac Namarra pensait indispensables pour recréer sur la planète d'arrivée une faune et une flore similaires à celles de la Terre.

À 6 h 30, les deux citernes-réservoirs d'air et d'eau qui formaient les étages inférieurs du cylindre furent remplies, ainsi que la zone de combustible nécessaire au décollage.

À 6 h 45, il n'y avait plus une seule personne dans Papillon-Ville, ni dans Chenille-Ville. Tout le centre « Dernier Espoir » était abandonné.

À 7 heures, la grêle avait laissé la place à une pluie intense.

– La météo aussi a l'air contre nous. Ça ne va pas gêner le décollage ? demanda Caroline en fixant le plafond de nuages noirs.

– De toute façon, nous n'avons pas le choix, ce sera le premier décollage de fusée sous la pluie, annonça l'inventeur.

À 7 h 45, Yves, Gabriel, Élisabeth, Adrien et Caroline, après avoir accompli les derniers contrôles, empruntèrent la passerelle la plus élevée, celle qui reliait directement la haute tour mobile du centre de contrôle à l'œil droit de la tête du Papillon.

À 8 heures, les trente moteurs des tuyères commencèrent à chauffer et Élisabeth lança le compte à rebours à partir de 150.

Alors que l'écran affichait 130, les caméras extérieures dont les images étaient relayées à l'intérieur du cockpit révélèrent que l'escouade de gendarmerie était arrivée, beaucoup plus tôt que prévu.

– Il faut décoller maintenant, soupira Gabriel Mac Namarra. Faites dégager la passerelle.

Soudain Yves détacha sa ceinture de sécurité et se leva devant les yeux étonnés de ses compagnons d'aventure.

– J'ai oublié quelque chose ! lança-t-il.

– Trop tard ! jeta Adrien en le retenant par le bras.

Yves se dégagea d'un coup sec.

– Non, je ne pars pas sans.

Déjà l'inventeur avait ouvert la porte et filait sur la passerelle.

L'industriel n'en croyait pas ses yeux.

– Il va tout ficher en l'air !

– Je vais l'aider ! déclara Élisabeth en se détachant à son tour. N'arrêtez pas le compte à rebours, nous serons rapides. Je sais ce qu'il cherche et il n'y a que moi qui sais où cela se trouve

Dans la salle de contrôle Yves Kramer cherchait Domino à l'endroit où il l'avait vu pour la dernière fois.

L'orage faisait vibrer le Centre. Derrière les fenêtres le ciel était si sombre qu'on aurait pu se croire en pleine nuit. Sur les vitres l'eau ruisselait.

– Il est caché sous l'évier, lança de loin la jeune femme. J'ai repéré qu'il s'y mettait souvent.

En effet l'inventeur entendit un petit couinement en provenance de l'orifice placé sous le bac de l'évier. Il voulut prendre le chat mais celui-ci, pensant qu'on voulait jouer avec lui, griffa la main qui allait l'attraper, bondit et commença à galoper joyeusement dans la pièce.

– Non, Domino ! Pas maintenant ! Reviens !

Déjà ils entendaient au loin les sirènes des voitures de gendarmes qui forçaient l'entrée et pénétraient dans l'enceinte du centre « Dernier Espoir ».

Le chaton alla se nicher sous un bureau.

– Laissez tomber ! le conjura Élisabeth. Tant pis pour lui.

– C'est notre mascotte, notre porte-bonheur, c'est vous qui l'avez dit !

– Domino, Domino ! reprit en écho Élisabeth qui soudain regrettait de lui avoir fait ce cadeau.

Elle vit le chaton noir et blanc filer et, après avoir tenté de courir après lui, trébucha et s'effondra.

Yves Kramer s'empressa d'aider la jeune femme à se relever. Le chat au loin prenait des poses comme pour indiquer qu'il avait compris qu'on était venu jouer à la poursuite avec lui et que cela tombait bien car il était d'humeur ludique. Avec un miaulement mignon il invita à poursuivre la partie.

– Il faut abandonner ce chat, tant pis ! clama la navigatrice. Il n'y a que dans les films que les chats sont sauvés au dernier moment.

Il n'y a que dans les films qu'il y a des chats intelligents, songea-t-elle in petto.

– Je ne le laisserai pas !

– Par moments il faut savoir abandonner des éléments du passé, aussi attachants soient-ils, pour aller vers le futur !

– C'est vous qui me dites ça ?

Des bruits de moteurs, de voix et de galopades se faisaient entendre, de plus en plus proches.

– Rentrons je vous en supplie ! Et puis... être superstitieux... ça porte malheur !

Elle marqua d'une grimace la douleur qui fouaillait sa jambe. Il la soutint et ils se mirent à courir alors que les bruits d'invasion des gendarmes dans le centre se rapprochaient.

– Allez-y, par là ! vociféra une voix autoritaire dans un mégaphone.

En courant Yves Kramer renversa un écran d'ordinateur qui se fracassa. Aussitôt des voix résonnèrent :

– Ils sont encore là ! Vite !

Les gendarmes étaient derrière eux.

Yves et Élisabeth progressaient difficilement en direction de la passerelle.

Le chat, qui ne comprenait pas qu'après l'avoir excité on l'abandonne, se mit à les poursuivre joyeusement, prêt à piquer un sprint en direction inverse dès qu'ils essaieraient de l'attraper.

Au moment où ils atteignirent enfin la passerelle, ils purent distinguer les petites silhouettes des gendarmes à leurs trousses et le chat Domino au milieu.

La pluie frappant le pont de plastique et de métal produisait un vacarme ponctué par le bruit lancinant de l'orage. Le chat se mit à miauler.

– Je n'aurais jamais dû vous offrir ce chat !

Élisabeth se précipita dans la fusée, suivie par Yves.

– Arrêtez ou on tire ! vociféra de loin une voix parmi les silhouettes en uniforme.

Déjà, Yves actionnait le bouton de fermeture du sas, mais, ce dernier étant bloqué, il dut poursuivre la manœuvre à la manivelle. Le chat, trottant sur la passerelle, regardait l'humain s'escrimer, puis, voyant que l'issue se refermait lentement, il se mit à réfléchir : avec qui préférait-il jouer ? Les nouveaux humains qui couraient ou ceux qu'il connaissait ?

Ne laissant parler que son instinct, il accorda une priorité à ceux qu'il avait déjà vus remplir sa gamelle de croquettes.

Il était temps, le chat bondit juste avant que la porte ne se ferme. Yves, après avoir verrouillé l'issue, actionna le mécanisme de dégagement de la passerelle.

Les poursuivants qui s'y étaient engagés n'eurent que le temps de reculer.

La passerelle se détacha, coupant la fusée de tout lien avec le centre de contrôle.

Déjà les hommes en armes encerclaient le Papillon et un officier lançait un ultimatum dans son mégaphone.

– Sortez, vous êtes cernés !

Dans la salle de pilotage, placée au sommet de la fusée, Yves, Élisabeth, Adrien, Mac Namarra et Caroline suivaient les images de l'extérieur relayées par les caméras de contrôle. Les canons des tanks et les mitrailleuses des blindés dardaient dans leur direction.

– Nous allons tirer !

– Ils n'oseront pas, proféra Gabriel Mac Namarra. S'ils tirent tout peut exploser. Aucun gouvernement ne peut prendre le risque d'avoir sur la conscience la mort de 144 000 personnes non armées. Continuons.

Yves Kramer saisit le chat qui commençait à courir dans le cockpit et le rangea à l'intérieur de sa combinaison où il se lova en petite boule tiède et miaulante.

Le compte à rebours s'égrenait sur l'écran-plafonnier 65, 64, 63.

– Ils oseront ! murmura Adrien. La jalousie est l'un des moteurs humains les plus puissants. Ils ne veulent pas que nous nous en tirions. Ils préfèrent que l'on crève tous ensemble plutôt qu'un petit groupe s'échappe.

Le compte à rebours indiquait maintenant 49, 48, 47. L'officier réitéra sa menace dans le mégaphone :

– Nous allons tirer !

– Ils bluffent. On ne cède pas, trancha Mac Namarra.

Le compte à rebours était maintenant à 35, 34, 33 et les soldats s'étaient disposés de manière à bénéficier du meilleur angle de tir.

– Ils vont tirer, répéta Élisabeth. Ils ont dû recevoir des ordres en ce sens.

– Non, dit Caroline Toledano, tout dépend maintenant de la psychologie d'un seul homme, cet officier qui a l'air de les contrôler et qui nous parle.

– Nous allons tirer, annonça le gendarme.

Yves Kramer comprit que Caroline avait raison, cet homme était partagé entre l'obéissance à sa hiérarchie et la peur de la responsabilité d'une hécatombe. Il était écartelé entre son devoir et sa morale personnelle.

15, 14, 13, 12...

La pluie redoublait d'intensité.

Dans la zone de transit les 144 000 attendaient, inquiets des bruits alentour.

Dans le cockpit les cinq serraient les dents.

3, 2, 1, 0.

Les tubes lâchèrent une fumée et d'un coup s'arrêtèrent.

– Merde ! s'exclama Yves, ce n'est pas le moment que les moteurs tombent en panne !

– Qu'est-ce qui se passe ? demanda Adrien.

Déjà Yves Kramer s'était détaché de son siège et vérifiait les écrans.

Dehors, les gendarmes qui avaient compris que la fusée n'avait pas réussi à décoller s'activaient différemment. Ils amenaient une longue grue qui souleva une grappe d'hommes en uniformes. Arrivés à hauteur d'un des sas d'entrée inférieurs ils se mirent en devoir d'attaquer au chalumeau la porte de métal. À côté un gendarme équipé d'un grand marteau tapait sur les gonds.

Le bruit résonnait dans tout le vaisseau.

Voir cet homme équipé d'un simple marteau remettre en cause tout le projet avait quelque chose de dérisoire. Il ressemblait à un minuscule pic-vert en train de frapper un baobab.

– Nous allons investir l'engin ! Ouvrez au nom de la loi ou nous entrons de force ! lança l'officier, ragaillardi d'avoir trouvé une solution intermédiaire qui ne l'obligeait plus à tirer.

– Bon sang, Yves, faites quelque chose ! s'agaça Mac Namarra qui ne contenait plus sa colère.

– C'est le système de refroidissement qui bloque tout. À cause de la température extérieure, concéda enfin l'inventeur après avoir effectué plusieurs contrôles. Il fait trop froid. La nuit a été trop fraîche. Le combustible a gelé dans les tuyaux. Nous dépendons de la météo. Si cela chauffe un peu le mécanisme pourra peut-être se débloquer.

Les coups de marteau résonnaient. Sur les écrans de contrôle les gerbes des chalumeaux éclairaient le bas de la fusée.

– À ce stade, dit Caroline, je me demande si le mieux n'est pas encore de... prier.

Elle joignit ses mains et ferma les yeux.

– Non, dit Adrien, fondamentalement athée. Faisons confiance au destin.

Yves se débattait avec les manettes, surveillant d'un œil le niveau de la température extérieure et celui des moteurs.

Gabriel Mac Namarra finit par fermer lui aussi les yeux et murmurer une prière.

– S'il y a quelque chose qui m'entend là-haut, mon ange ou mon Dieu, je tiens à lui rappeler que je ne lui ai jamais rien quémandé. J'ai toujours perdu au loto et aux jeux de hasard, j'ai toujours eu des PV quand j'étais mal garé, j'ai toujours attrapé toutes les maladies qui étaient dans l'air, et je n'ai jamais rencontré de grand amour. Bon, alors s'il peut concentrer tous mes points de bonus maintenant, je les prends.

Élisabeth surveillait avec inquiétude les écrans de contrôle extérieurs où l'on voyait les gendarmes amener une nouvelle grue pour essayer de percer la porte du réservoir de combustible dans l'abdomen du *Papillon des Étoiles.*

Chenille, change, métamorphose-toi en papillon.

– S'ils utilisent des chalumeaux tout risque d'exploser, signala Yves comme pour répondre à la question qu'elle n'osait pas poser.

– Qu'est-ce qu'attend le soleil pour se lever et réchauffer tout ça ! Soleil lève-toi ! lança la navigatrice. S'il te plaît Soleil, c'est l'heure, bondis de l'horizon et viens nous aider !

– Les tuyaux sont toujours bouchés, annonça Yves avec nervosité.

Déjà dans sa voix il y avait comme un renoncement.

Il revint vers son siège et se harnacha.

– Cela ne dépend plus de moi, reconnut-il.

À ce moment le chat bondit hors de sa veste entrouverte et commença à déambuler sur le clavier de contrôle. L'inventeur n'eut pas le temps de le retenir, l'animal avait appuyé sur plusieurs touches.

Un cadran changea de couleur et soudain l'aiguille de température des moteurs se mit à monter.

– Le chat, il a débloqué quelque chose ! clama Caroline.

– Ah ! zut, remarqua simplement l'inventeur, j'avais oublié ça ! Ce bouton, c'est un jeune ingénieur qui me l'a ajouté la semaine dernière. C'est une commande automatique pour forcer la pompe précisément en cas de gel.

Élisabeth n'en croyait pas ses oreilles.

Aussitôt Yves appuya sur de multiples boutons avec frénésie.

– Reprenons le compte à rebours, annonça-t-il.

– On reprend à 100 ? demanda Adrien en observant à la vidéo les progrès des gendarmes.

– Non. Plus maintenant. Tentons un décollage immédiat. À 10.

– 10, 9, 8, 7, 6...

Les tuyères se remirent à fumer.

Les gendarmes, comprenant que la fusée effectuait une nouvelle tentative, évacuèrent en courant.

– 5, 4, 3, 2, 1...

– Zéro !

Le vaisseau se souleva lentement au-dessus de sa zone de lancement.

Papillon, déploie tes ailes et envole-toi vers la lumière.

Tout en s'élevant il élargissait la zone où les tuyères lançaient leurs flammes. Les gendarmes n'eurent pas le temps de reculer assez vite. Bientôt ils furent tous réduits en cendres par l'immense fusée qu'ils avaient tenté de percer.

La vibration énorme du décollage secoua les parois et les fauteuils. Tous les passagers s'agrippaient à leur siège avec appréhension. Les vibrations persistèrent quelques dizaines de minutes encore puis s'apaisèrent.

Le *Papillon des Étoiles* avait décollé.

Dans la zone de transit les 144 000 étaient fébriles.

Ce fut Gabriel Mac Namarra qui, en épongeant son front luisant de sueur d'angoisse, eut la phrase historique du moment :

– Bon, ça, c'est fait.

II

LE VILLAGE DANS L'ESPACE

32. PHASE DE DISTILLATION

Après le Souffle du lancement, vint l'Envol proprement dit.

Le gigantesque vaisseau spatial se soulevait poussivement dans les airs. Les réacteurs arrière étaient prolongés de cercles de feu qui faisaient vibrer l'air et les alentours.

Le premier étage du propulseur à combustible fut abandonné dès que la fusée eut franchi la moitié de l'épaisseur de l'atmosphère.

Et l'immense tour remplie d'humains poursuivit sa montée, fendant les couches d'air dans un vacarme ahurissant.

Le second étage de l'abdomen propulseur se détacha à l'approche de la couche supérieure de l'atmosphère.

Les deux étages ayant été abîmés par les chalumeaux des gendarmes, ce fut un grand soulagement pour Yves Kramer de constater qu'ils avaient résisté à la pression.

Désormais le *Papillon des Étoiles* n'avait plus d'abdomen. Juste un gros thorax et une petite tête.

Le vent de la vitesse fouettait l'œil droit sphérique où les cinq étaient harnachés face aux pupitres et écrans de contrôle.

Le vaisseau ralentit sa progression puis finit par s'immobiliser en orbite géostationnaire.

Par les hublots, les 144 000 passagers assis dans la zone de transit voyaient leur planète natale comme une grosse boule bleutée marbrée de nuages qui s'effilochaient en volutes et en spirales. Là d'où ils étaient partis, des points blancs clignotants indiquaient les zones d'orage.

– Maintenant c'est à moi de me mettre au travail, annonça Élisabeth en détachant sa ceinture.

Comme il n'y avait plus de gravité dans l'appareil, elle s'envola aussitôt vers le plafond du cockpit.

Après avoir pris des appuis elle se dirigea vers le sas de sortie qui reliait l'œil droit à l'œil gauche.

Elle s'installa. L'immense toile de 1 million de km^2 de Mylar était fine comme un dixième de cheveu mais le déploiement s'avérait très complexe avec un fort risque de déchirement.

L'œil gauche comprenait une vaste pièce sphérique avec un fauteuil de cuir face à la grande baie vitrée. Devant le fauteuil un pupitre et un gouvernail de bois finement sculpté apportaient une touche de passé à ce vaisseau ultramoderne.

C'était Caroline Toledano qui avait insisté pour que la zone de pilotage des voiles soit décorée à l'ancienne. Les cadrans en cuivre des photomètres étaient munis d'aiguilles et non d'écrans à cristaux liquides. Caroline avait même disposé deux grands rideaux de velours pourpre autour de la baie vitrée qui servait de parebrise au vaisseau.

Élisabeth évolua au-dessus des panneaux de contrôle et activa plusieurs boutons. En apesanteur son corps flottait sans appuyer sur les zones douloureuses.

Adrien Weiss, sachant que la manœuvre de déploiement des voiles durerait plusieurs heures, se détacha à son tour de son fauteuil de décollage et quitta la pièce.

– Je vais faire tourner la « machine à laver », déclara-t-il en ouvrant la porte qui menait à la zone inférieure du vaisseau.

Yves Kramer, libéré lui aussi, se souleva au-dessus de son siège, puis, en effectuant les gestes adéquats, sortit de l'œil droit pour rejoindre Élisabeth dans l'œil gauche du *Papillon des Étoiles*.

Arrivé près de la navigatrice affairée, il ouvrit sa combinaison et libéra le chaton qui fut tout étonné de ne plus avoir les pattes collées au sol.

La petite boule de poils tournait sous le plafond en brassant l'air tout en poussant des miaulements effrayés, puis étonnés, puis amusés.

– Je n'aurais jamais dû vous offrir ce chat ! déclara Élisabeth sans quitter des yeux ses instruments de contrôle.

– C'est lui qui nous a permis de décoller.

L'inventeur vint la rejoindre après avoir fait tourner Domino.

– En quittant le vaisseau vous avez failli tout ficher en l'air, les gendarmes auraient pu vous tuer !

– Ils tiraient mal.

Elle appuya sur plusieurs boutons et vérifia des écrans.

– Les batteries recevant l'énergie des panneaux solaires sont en train de se charger. Quand elles seront prêtes on enclenchera les petits moteurs électriques de déploiement des voiles. Il n'y a plus qu'à attendre.

Ils se placèrent tous deux face à la baie vitrée.

– C'est joli ces rideaux de velours rouge, reconnut Yves. On se croirait dans un cinéma.

– J'adore ce gouvernail en bois sculpté.

Elle savait qu'il avait tenu à imaginer lui-même le motif gravé.

Elle toucha la plaque métallique dorée au centre de l'axe, sur laquelle était gravé en relief un papillon au milieu de trois étoiles, et au-dessus, la devise du projet :

« LE DERNIER ESPOIR C'EST LA FUITE »

Il apprécia l'ensemble de la décoration. La moquette verte pour évoquer le gazon, les pupitres en bois sculpté eux aussi, les cadrans en cuivre, trois autres sièges en cuir rouge matelassés. La jeune astronome avait même poussé le goût du détail jusqu'à disposer des plantes vertes.

– Ce sont des palmiers, et ceux-ci des bambous, indiqua la navigatrice en secouant sa longue crinière de cheveux roux.

– C'est la première fusée dont l'intérieur a été aménagé et décoré par une femme, reconnut-il.

Yves Kramer se dirigea vers le pupitre de contrôle. Chacun des écrans était encadré de bois sculpté et doré à l'ancienne. Caroline avait raffiné le détail jusqu'à reproduire sur tous les appareils leur logo : papillon bleu argenté entouré de trois étoiles.

– Pour des voyages de quelques semaines, c'est vrai, la déco importe peu, mais sur des siècles, elle commence à avoir son influence, reconnut la navigatrice.

– Ça change des cockpits techno avec des pupitres et des écrans froids comme ceux de l'œil droit.

– Comme pour le cerveau humain, il y a l'hémisphère poétique et le mathématique, l'analogique et le numérique, le rêveur et le technicien.

Ils fixèrent la Terre, fascinés.

Yves enclencha un morceau de musique classique, une symphonie ample et majestueuse qui montait par vagues.

Soudain une larme coula de l'œil de la navigatrice. La larme se transforma en sphère étincelante comme une perle.

Elle l'écrasa d'un geste.

– Qu'est-ce qu'il y a ? demanda Yves.

– C'était..., dit-elle en inspirant profondément. C'était là où nous vivions.

– C'était notre prison et nous nous en sommes libérés.

– C'était notre berceau.

– Lorsque l'enfant grandit il finit par le quitter, répondit sobrement Yves. Notre espèce y a passé son enfance, maintenant nous devons devenir « adolescents ».

– De toute façon, si nous avions échoué d'autres auraient essayé, et ensuite encore d'autres jusqu'à ce qu'un humain réussisse.

– Je crois que je n'ai toujours pas pris conscience de ce que nous venons d'accomplir. La bonne gravité, la bonne lumière, le bon air. Nous étions quand même bien sur la Terre, reconnut-elle.

– Quitter le monde connu pour l'inconnu est le processus logique d'évolution.

L'inventeur releva ses lunettes sur l'arête de son nez.

– Vous imaginez le premier poisson qui est sorti de l'eau pour ramper sur la terre ferme ? Il a dû avoir une sacrée émotion. À peine sorti de l'eau il a dû vouloir y revenir. D'ailleurs, beaucoup y sont retournés, reconnut-elle.

– Et un petit nombre se sont adaptés à ce nouvel habitat déroutant.

– Lesquels selon vous ?

– Les insatisfaits. Ceux qui n'étaient pas bien dans l'eau. Dans le confort on n'a aucune raison de vouloir changer de vie. Seules les souffrances nous réveillent et nous donnent envie de tout remettre en question.

La musique ample résonnait dans le poste de pilotage.

– Je crois que nous pouvons évoluer sans souffrance, articula-t-elle.

– Je l'espère, mais si on regarde l'histoire de l'humanité, celle-ci a toujours avancé dans la souffrance... C'est une habitude.

– Nous pouvons changer les habitudes.

– C'est bien de le croire.

Elle se remit à tripoter des boutons et faire des réglages, alors qu'Yves fixait le soleil qui n'en finissait pas de se coucher.

Gabriel Mac Namarra vint les rejoindre, flottant sur le dos, les mains sur le ventre et se déplaçant par un mouvement de jambes, comme s'il nageait.

– Nous avons peut-être réussi là une grosse bêtise ! déclara-t-il avec un grand sourire.

Il éclata de son énorme rire qui pour une fois ne se termina pas en toux. Puis il ajouta, comme s'il se répondait à lui-même :

– Il n'y a qu'en persévérant que nous le saurons. De toute façon, nous crèverons tous un jour, autant nous livrer à quelques expériences qui sortent de l'ordinaire.

Il tira dc sa combinaison une flasque d'alcool.

– Je sais que c'est interdit, mais ce sont des amis qui le distillent, et puis après toutes les émotions vécues jusqu'ici, nous pouvons nous relâcher un peu.

Il ne put s'empêcher lui aussi de faire tourner le chat en suspension qui cette fois, par sa manière de miauler, fit comprendre qu'il en avait assez et que, si cela continuait, il grifferait le prochain qui lui toucherait un poil. L'industriel eut alors l'idée de verser dans l'air une goutte d'alcool qui forma une petite boule transparente orange. Le chat, intrigué, se démena pour la rejoindre. À peine l'eut-il touchée que la boule d'alcool éclata en sphères tremblantes, au grand émerveillement du félin qui découvrait un nouveau jeu.

– Je préfère attendre que la voile soit déployée et que le tube tourne, dit Yves en désignant la bouteille. Je n'aime pas fêter la victoire alors que la bataille n'est pas terminée.

Élisabeth et Gabriel hésitèrent puis, se souvenant qu'Yves était l'initiateur du projet, ils ne voulurent pas le contredire.

L'industriel observait avec amusement le chat qui maintenant poursuivait les boules d'alcool comme autant de proies.

– Je me demande si ce chat n'est pas complètement débile, énonça la navigatrice.

Élisabeth constata que les batteries solaires étaient chargées. Elle activa les moteurs de déploiement des voiles en les réglant sur la puissance minimum.

Sur les écrans vidéo de contrôle extérieur ils pouvaient distinguer la voile gauche qui commençait à se dégager comme un fin foulard argenté sortant de la main d'un magicien.

33. LE TROISIÈME CHAUDRON : L'ALAMBIC

Musique rythmée. Lumières crues. Bruits de combinaisons froissées.

Adrien Weiss, après avoir donné des directives pour que les 144 000 de la zone de transit se détachent de leur siège, leur intima de se ranger en file par groupes de dix, comme ils y étaient préparés, puis d'attendre.

Caroline actionna le mécanisme d'extension des 32 cylindres. Le vaisseau s'étira comme une longue-vue. Chaque fois qu'un segment d'un kilomètre arrivait en bout de course, un bruit sec signalait que le verrouillage était enclenché.

Les 144 000 passagers attendaient face à la porte donnant accès au Cylindre.

Tous appréhendaient la découverte de leur nouveau lieu de vie.

La porte s'ouvrit enfin, dévoilant en perspective le cylindre de 32 kilomètres de long sur 500 mètres de diamètre.

Pour l'instant le fond était dans l'ombre.

Jouxtant le seuil s'étalait une large terrasse recouverte de marbre. Elle était posée comme un perchoir au centre du premier cylindre. Deux escaliers, l'un partant du sol et l'autre du plafond, convergeaient vers elle. Là encore, pour obtenir un effet rétro, Caroline avait tenu qu'elle soit décorée de quatre sculptures représentant des géants soutenant la plate-forme.

Les 144 000 passagers entrèrent, se regroupèrent en une sorte de nuées d'insectes flottant au-dessus, puis autour de la terrasse de marbre.

Tandis qu'Élisabeth restait dans l'œil gauche à surveiller le déploiement progressif de la première voile du *Papillon des Étoiles*, Yves, Gabriel et Caroline rejoignirent Adrien.

Ils étaient suivis par Domino tenu par une ficelle servant de laisse improvisée. Le chaton, dont le poil était par endroits mouillé d'alcool, flottait au-dessus d'eux comme un ballon.

Au signal, et alors que la musique classique résonnait maintenant dans les haut-parleurs de la terrasse, Adrien appuya sur le clavier de son ordinateur portable.

Il déclencha les néons tubulaires qui allaient servir de soleil artificiel.

Les lampes s'allumèrent segment par segment, dévoilant l'intérieur du cylindre jusqu'à perte de vue. Mais ce qui leur apparut n'avait en dehors de sa démesure encore rien d'impressionnant. Le décor du premier des 32 cylindres était recouvert de bâches en plastique blanc, elles-mêmes plaquées par des cordages censés retenir la terre et les végétaux lors du décollage. Les autres segments étaient nus, simples cylindres de métal.

Adrien déclencha le phénomène de gravité artificielle. Tous les murs se mirent à vibrer comme si une tempête soufflait sur les parois.

Il fit voler ses doigts sur le clavier, et les parois bougèrent, le mouvement circulaire devint clairement identifiable.

Les passagers perçurent la gravité qui commençait à naître dans le thorax du *Papillon des Étoiles.*

Plus cela tournait plus ils étaient attirés par les parois circulaires.

Sur le cadran de son ordinateur Adrien surveillait l'apparition progressive de la gravité artificielle.

Il fallait atteindre 1 G, soit une gravité similaire à celle de la Terre, sinon les humains, les animaux et les végétaux flotteraient au milieu du Cylindre comme des poissons dans un aquarium.

L'indicateur de gravité commençait à grimper : 0,08 G puis 0,13 G. Quand il arriva à 0,38 G il accéléra d'un coup à 0,54 G.

À 0,81 G, les 144 000 passagers se posèrent sur les parois comme des feuilles légères tombant sur le sol. Cependant le biologiste-psychologue en fixant l'écran de son ordinateur comprit qu'il allait y avoir un problème. Du fait de l'inertie, le Cylindre continuait d'accélérer sa rotation. 1,23 G. Les quelques personnes qui étaient débout commencèrent à tomber à quatre pattes. 1,52 G. Tout le monde se retrouva à plat ventre. 1,73 G. Tous étaient collés aux parois de plastique ou écrasés sur les baies transparentes.

Adrien se releva avec difficulté et appuya sur les touches afin de ralentir le mouvement, mais l'ensemble du cylindre était trop lourd pour réagir vite. La gravité cessa de monter pour se stabiliser à 2,12 G, ce qui empêchait tout le monde de se relever.

Adrien se livra encore à quelques réglages et la gravité commença enfin à redescendre. Comprenant qu'il fallait anticiper bien avant d'être à la bonne gravité il ralentit le moteur. Et parvint finalement à stabiliser à 0,91 G, ce qui pour Adrien était une marge acceptable, il ne voulait pas prendre le risque de relancer le moteur et de dépasser 1 G, de peur de casser le mécanisme.

– À 0,91 G on sera un tout petit peu plus légers que sur la Terre, voilà tout, conclut-il.

– Et les plantes pousseront plus haut, non ? demanda Caroline, intéressée.

– Oui, et les animaux se déplaceront plus vite. Mais la différence est infime. Ce qui est important c'est que la « machine à laver » fonctionne.

– Non, déclara Yves. Il faut arriver exactement à 1,00 G.

– Pourquoi ?

– À cause du lac. Si on veut le remplir d'eau il ne faut pas que ça déborde.

Alors, par à-coups, passant de 0,91 à 1,13 puis de 0,98 à 1,02, Adrien parvint enfin à reproduire une parfaite gravité à 1,01 G.

– À 0,01 G en excédent, l'eau restera dans le lac. Ça va. Juste... plus tard, avec la pression, les gens naîtront peut-être plus petits.

Le phénomène de recréation de la gravité était si réussi qu'ils n'avaient même pas la sensation de tourner. Ils ne prenaient conscience d'une rotation du vaisseau qu'en regardant la lueur des étoiles qui glissaient sur les grandes baies vitrées circulaires. Des passagers s'amusèrent à marcher sur les bâches de plastique, ils pouvaient passer en continuité de ce qui était le bas à ce qui devenait le haut.

Jamais la notion de relativité dans l'espace n'avait pris autant de sens. Où qu'ils soient, les passagers avaient l'impression que lorsqu'ils évoluaient « en bas », ceux qui étaient au-dessus de leur tête se trouvaient « en haut ».

Pour tous c'était grisant de voir des petits humains marcher à l'envers, comme des fourmis à l'intérieur d'un baril de lessive.

– Bon, ça aussi, c'est fait, dit le milliardaire avec ravissement.

Seul le chat avait l'air déçu de ne plus pouvoir faire de pirouettes dans les airs. Il se tortillait au sol en miaulant.

Maintenant qu'ils évoluaient en gravité presque normale, Adrien Weiss rejoignit un pupitre à l'avant de la terrasse et parla dans le micro.

– Phase 1 : éclairage terminé. Phase 2 : gravité recréée. Nous pouvons passer à la phase 3 : dévoilement du décor.

Comme ils s'étaient préparés à le faire à Chenille-Ville, les 144 000 passagers se placèrent en ligne à l'avant du Cylindre et commencèrent à dégrafer les cordages qui retenaient les bâches.

Sous les yeux émerveillés d'Yves et de ses amis apparut ainsi le décor artificiel du premier segment : une colline, une forêt, un lit de rivière, une étendue plate, et bien sûr la cuvette qui devait recevoir l'eau du lac artificiel. Caroline avait particulièrement tenu à soigner la décoration intérieure. Elle s'était fait aider de jardiniers, d'un géographe et d'un décorateur de cinéma.

Adrien n'avait construit aucune habitation, il estimait que cela serait une bonne occupation pour les 144 000 passagers de bâtir eux-mêmes, dans l'espace, la ville où ils allaient vivre. Il y avait donc au bout du Cylindre, dans la partie la plus éloignée de la terrasse, une sorte de no man's land où s'accumulaient les matériaux de construction : poutrelles de bois ou d'aluminium, parpaings de ciment ou béton, parois de verre, briques et même éléments décoratifs : tableaux, tapisseries et moquettes, sculptures, meubles.

Quand toutes les bâches du premier segment furent enlevées (ce qui prit beaucoup moins de temps que prévu, car ils avaient hâte de découvrir leur nouveau terrain de vie), Yves Kramer, pressé par Mac Namarra, annonça qu'il allait prononcer le discours inaugural.

Tous se réunirent au bas de la terrasse. Des micros et une sonorisation furent réglés. Enfin le silence se fit, dans l'attente des premiers mots historiques de l'inventeur du projet « Dernier Espoir ».

Yves Kramer déglutit et se lança :

– En tant que scientifique je ne suis pas très doué pour les speechs, mais vu l'instant, je vais m'efforcer de faire de mon mieux. Tout d'abord, merci d'être là ici et maintenant.

La phrase, qui n'était pas sans rappeler celles que prononcent les vedettes de rock à leurs concerts, avait quelque chose de tellement dérisoire par rapport à la situation et aux épreuves qui les avaient amenés jusque-là que quelques-uns commencèrent à avoir des petits rires nerveux. Ce fut contagieux. 144 000 personnes se retrouvèrent bientôt à rire en chœur. Toutes les tensions accumulées se relâchaient.

Yves Kramer, décontenancé, crut un instant qu'ils se moquaient de lui, puis, dans le doute, il décida de rire à son tour.

– Nous avons décollé ! Tous les autres pensaient que c'était impossible et pourtant nous l'avons fait. Bon sang, nous l'avons fait !

Il leva le poing.

À ce moment une gigantesque ovation jaillit des 144 000 poitrines.

– Oui, ensemble malgré la peur, envers et contre l'avis de tous, nous l'avons fait ! Et je tiens tout particulièrement à remercier le seul humain qui nous a soutenus depuis le début : Gabriel Mac Namarra.

Applaudissements nourris.

Kramer passa le micro à son ami.

– Bon, annonça l'industriel, je peux vous l'avouer j'ai fait ça surtout pour... m'amuser.

Rire de la foule.

– Alors tout ce que je peux vous dire c'est que nous ne sommes pas là pour nous embêter, je propose que nous fassions dès ce soir une petite fête pour marquer le coup. J'ai personnellement veillé à introduire clandestinement des bouteilles d'alcool, malgré l'avis d'Adrien. Donc ce soir c'est la fête dans le Cylindre. Tant pis pour toi, Adrien, il y aura des vieux, moi, des malades, et bientôt des alcooliques dans ce vaisseau.

Nouvelles acclamations.

– Je tiens à vous le rappeler, au cas où ce ne serait pas clair pour certains, il n'y a plus de marche arrière possible. Nous mourrons tous ici. Et cela pour permettre à nos descendants de repartir de zéro ailleurs, si tout va bien sur une planète propre et non souillée par l'inconscience des hommes.

Cette fois les applaudissements furent plus timides.

– Nous sommes déjà en train, ici, dans ce *Papillon des Étoiles*, de commencer à bâtir une nouvelle société. Je crois au pouvoir des mots. Il faut être positif. Depuis le début nous avons appelé ce projet « D.E. » pour « Dernier Espoir ». Ce nom convenait parfaitement à la situation que nous connaissions sur Terre. Mais nous ne sommes plus dans le Dernier Espoir. Nous sommes désormais dans une aventure nouvelle. Un Nouvel Espoir. Si tout devait échouer maintenant, cela ne changerait rien. Nous avons osé, seuls contre l'avis de tous, nous l'avons fait !

Acclamations.

– Nous sommes allés jusqu'au bout d'une entreprise visant à trouver des solutions nouvelles à des problèmes anciens. Considérons que c'est un lieu de bonheur, de construction, de rénovation. Je propose donc qu'on appelle la future ville que nous allons construire « PARADIS-VILLE ». Car comme l'ont toujours dit les anciens « le paradis n'est pas sur terre ». C'est logique. Mais ce qu'ils ne savaient pas c'est que le paradis va bientôt être ici. Et c'est nous qui allons nous le bâtir avec nos mains et nos outils. Je vous propose que nous aménagions cette ville sur la plaine qui longe notre futur lac.

Cette fois les applaudissements étaient à leur comble.

Quand enfin ils commencèrent à décroître, Yves prit l'ordinateur d'Adrien et pianota. Aussitôt une vanne s'ouvrit en haut de la plus haute colline, libérant un torrent d'eau. Celui-ci se déversa dans un lit creux, sinueux, aussitôt transformé en rivière, puis finit sa course dans le bassin qui devait servir de lac artificiel.

Au grand étonnement de tous, l'eau n'était pas bleue mais scintillait de reflets mauves. Le lac mauve au milieu de la plaine de gazon vert clair et des roches beiges offrait une harmonie de couleurs originale.

Là encore, Yves savait que c'était Caroline qui avait soigné le tableau avec son décorateur de cinéma.

Déjà certains passagers fonçaient vers le lac. Arrivés sur les berges, ils enlevaient leurs vêtements et se jetaient nus dans l'eau. Ils nageaient dans cette piscine artificielle suspendue au-dessus de l'atmosphère. Tout le monde s'aspergeait.

Ce fut à ce moment que les lumières rouges de l'alarme générale se mirent à clignoter alors que les sirènes résonnaient dans tout le vaisseau.

34. OUVRIR LE COUVERCLE

Élisabeth Malory vint les rejoindre précipitamment sur la terrasse.

– La voile est coincée ! annonça-t-elle.

Tous savaient ce que cela signifiait. S'ils ne parvenaient pas à réparer, ils ne pourraient pas quitter l'orbite géostationnaire, ils resteraient tout au plus une station spatiale tournant sans fin autour de la Terre.

Yves Kramer, constatant l'avarie sur les écrans de contrôle, imaginait déjà les sarcasmes de ses anciens collègues sans parler des journalistes qui ne rateraient pas l'occasion de se moquer d'eux. Il voyait déjà les manchettes : « Le *Papillon des Étoiles* ne s'est même pas envolé. Il tourne autour de la terre, comme un insecte autour d'une ampoule électrique. »

L'inventeur fulminait de rage, cherchant dans sa mémoire le nom des responsables possibles.

– C'est moi qui me suis trompée, avoua Élisabeth. Je me suis basée sur les systèmes de déploiement des voiles en coton et plastique des bateaux. J'aurais dû tenir compte de la finesse du Mylar. Ça se froisse vite, et quand c'est fripé, ça se met en torche. Si le moteur continue de tirer, la toile fait carrément des nœuds.

– Vous êtes vraiment nulle ! lâcha Yves Kramer.

Élisabeth se rapprocha.

– Maintenant que je vous ai pardonné c'est vous qui me faites des reproches ?

– Vous avez fichu en l'air le travail de tous !

– C'est autre chose. Vous avez toujours estimé que j'étais la meilleure dans mon domaine : la voile. Comme vous estimiez que vous étiez le meilleur dans votre domaine : l'astronautique. L'union des meilleurs, n'est-ce pas ? Et voir que j'ai pu me tromper, réduit à néant votre système de « complémentarité d'excellences ».

– Non. Ce n'est pas ça ! gronda-t-il en donnant un coup de poing dans le mur.

– Mais si. Vous êtes déçu que je ne sois pas la meilleure navigatrice, celle qui a déjà pensé à tout.

Domino entra subrepticement, bondit sur le pupitre et commença à vouloir marcher sur les touches, mais la jeune femme le saisit et l'enferma dans le couloir où il commença à miauler.

– Eh bien je vais vous montrer, mon cher Yves, que je n'ai pas dit mon dernier mot. Je vais opérer comme sur mon voilier quand le spi ou le foc étaient coincés.

Une heure plus tard, malgré tous les avertissements, Élisabeth Malory enfilait un scaphandre de sortie dans l'espace muni d'un petit réacteur dorsal. Un câble la reliait à la carlingue.

Sur le grand écran disposé au-dessus de la terrasse les 144 000 pouvaient suivre l'évolution de la spationaute dans le vide, filmée par les caméras de contrôle truffant la paroi extérieure.

Arrivée près du fourreau de la toile, Élisabeth se démena pour dégager une sorte de nœud froissé qui n'était pas sans rappeler les boules de papier qu'on retire des imprimantes. Il lui fallut beaucoup d'adresse pour libérer le Mylar sans provoquer de déchirure.

Elle dut s'y reprendre à plusieurs fois.

– Revenez ! lança Kramer dans son écouteur, vous avez épuisé votre réserve d'oxygène.

– Avant de pratiquer la voile je m'adonnais à la plongée sous-marine, répondit la navigatrice. Au pire je continuerai en apnée.

Quelques longues minutes s'écoulèrent et le nœud principal résistait toujours.

– Revenez maintenant, c'est un ordre ! cria Yves.

– Pour la partie voile, je n'ai d'ordres à recevoir de personne, c'est moi le skipper, je décide des risques à prendre.

– Je ne plaisante plus. Rentre tout de suite !

Comme il l'avait tutoyée elle répondit sur le même ton :

– T'écouter me fatigue et j'ai besoin de toutes mes forces.

– Mais tu vas crever ! Nous avons besoin de toi ! Tu ne peux pas être stupide au point de ne pas comprendre ! Mieux vaut rater la sortie de la voile et que tu reviennes vivante que le contraire. Tu pourras toujours ressortir plus tard.

– J'y suis presque.

– Non, tu n'y es pas du tout !

– Tu m'énerves, Yves, tu as toujours eu le don de m'énerver.

Cette dispute en un instant pareil paraissait incongrue aux autres passagers.

– Maintenant je coupe la liaison audio, parler me prend de l'oxygène et j'ai besoin de tout mon air.

– Non ! Écoute-moi !

Un déclic signala la coupure de la liaison.

Alors que ses réserves d'oxygène étaient épuisées, elle n'était toujours pas venue à bout du nœud.

– C'est du pur suicide, murmura Adrien Weiss.

Bientôt les gestes de la navigatrice se firent plus lents. Tous percevaient en observant l'écran que chaque mouvement nécessitait d'énormes efforts. Elle tremblait, puis elle s'arrêta. Ses mains lâchèrent progressivement la voile et son corps partit dans le vide, retenu par le câble de sécurité.

– Elle s'asphyxie ! Elle va mourir ! cria Caroline.

L'inventeur enrageait :

– Ah celle-là ! Comme tête de mule, bornée et entêtée !

Déjà il avait enfilé un scaphandre et quelques minutes plus tard, le sas de sortie s'ouvrait et il partait la rejoindre, sans cesser de proférer des jurons dans son casque.

35. NE PAS OUBLIER DE METTRE UN FIL

Il entendait le soufflet assourdissant de sa propre respiration qui résonnait dans le casque du scaphandre. Dans son thorax il sentait les battements de son propre cœur. La sueur dégoulinait dans son dos.

Yves Kramer n'avait effectué aucune préparation de sortie dans l'espace. Emporté par sa colère et son impatience, il en avait oublié de fixer son câble de sécurité à la coque.

Il perdit une prise et commença à s'éloigner du *Papillon des*

Étoiles tout en brassant l'air de manière clownesque, comme s'il espérait par ces mouvements revenir vers le vaisseau spatial. Dans le vide, il n'y a aucun appui, même gazeux, et ses gestes ne modifièrent pas la trajectoire. Il s'éloignait du vaisseau.

Dans le Cylindre la foule des 144 000 passagers retenait son souffle.

Si Yves filait dans l'espace, avec juste sa réserve d'oxygène dorsale, il se transformerait en... astéroïde. Son cadavre, sous l'impulsion de départ, traverserait l'univers.

Mais par chance Yves se dirigeait vers la navigatrice.

Tout se passa au ralenti.

Les deux silhouettes claires, sur le fond noir de l'espace, se rejoignirent.

Yves essaya d'agripper le casque d'Élisabeth. Celui-ci étant sphérique, ses doigts glissèrent sur la surface lisse, et Kramer lâcha prise. Ses mains brassaient à nouveau le vide sidéral.

Le suspense était à son comble parmi la foule des passagers.

– Il est vraiment très maladroit, murmura Adrien en se mordant la lèvre inférieure.

Au-dessus d'eux le haut-parleur diffusait l'enchaînement de jurons choisis qui jaillissait du scaphandre de Kramer. En d'autres circonstances la situation aurait été comique.

Ce fut son pied qui en passant près de la voile solaire à moitié déployée se prit dedans. Le scaphandre était enfin relié au vaisseau. Par petits gestes craintifs, et conscient que l'avenir de l'humanité se jouait en ces secondes, l'inventeur remonta la voile puis rejoignit la coque.

Enfin, en s'agrippant aux aspérités du vaisseau, il parvint à rejoindre le point d'ancrage du câble d'Élisabeth.

Yves Kramer se mordit les lèvres et serra fort le câble pour remonter jusqu'à la navigatrice immobile.

– Je crois qu'il est très maladroit, mais qu'il a de la chance, soupira Adrien Weiss.

– L'Univers l'aime bien, compléta Mac Namarra qui se souvenait de sa théorie : « L'Univers a des projets et nous utilise pour les réaliser. »

À travers la buée de la vitre de son casque, Yves constata qu'Élisabeth était livide, narines pincées.

Il tira sur le filin d'une main et de l'autre saisit la nuque de son amie, comme un maître nageur ramène un noyé.

Lui ayant fait franchir le sas, il lui enleva son casque et lui fit un bouche-à-bouche tel qu'il se rappelait vaguement l'avoir appris en cours de secourisme au lycée.

Mais Adrien, qui avait effectué des études de médecine, le dégagea, lui signalant que ce n'était pas la bonne chose à accomplir. Il appliqua ses deux mains sur son cœur et commença à appuyer de manière sporadique.

Le corps de la navigatrice ne réagissait pas.

Un autre médecin accourut avec une sacoche d'où il tira un matériel électrique. Il plaça un électrocardiogramme qui afficha sur l'écran une ligne continue. Puis il envoya des chocs. Mais le cœur de la jeune femme ne repartait pas. Le médecin, après avoir envoyé plusieurs chocs, fit un signe négatif.

– Vous devez continuer, balbutia Yves, livide.

– Je suis désolé. Cela ne sert plus à rien. Elle est morte, déclara le médecin.

– Non ! Continuez !

Comme le médecin rangeait le défibrillateur, Kramer le lui arracha des mains, régla la charge au maximum et, se plaçant sur le thorax de la jeune femme, envoya une décharge.

Déjà Caroline et Adrien lui avaient saisi le bras pour qu'il cesse de s'acharner sur le cadavre.

À ce moment, Domino sauta sur Élisabeth et lui mordit très fort le lobe de l'oreille.

Le détecteur cardiaque émit un « ping » et une petite crête apparut sur la ligne continue qu'affichait l'écran.

Aussitôt le médecin prit le relais et à force de chocs parvint à régulariser le tracé.

36. LAISSER GONFLER

Un œil s'ouvrit.

La première phrase que prononça la jeune navigatrice en reprenant conscience fut :

– La voile est dégagée ?

Gabriel Mac Namarra l'aida à se relever et la guida vers un écran. On distinguait le fin tissu doré encore fripé et noué.

– Je vais peut-être y arriver par les servomoteurs de secours, annonça Kramer qui redoutait qu'elle reparte dans l'espace. J'avais oublié mais j'avais disposé des petits moteurs de soutien latéraux sans t'en parler. Sur le moment je n'ai pas pensé à les mettre en marche, mais nous pouvons essayer de les faire fonctionner.

La navigatrice le foudroya d'un regard furibond.

– Ça aussi tu l'avais oublié ?

Puis, épuisée, elle se rendormit.

Il n'y avait pas de petits moteurs de soutien latéraux, mais plusieurs spationautes se relayèrent pour dégager à la main la voile coincée.

Quelques heures plus tard, le triangle de l'aile gauche était entièrement déployé sous les acclamations de la foule des 144 000 passagers groupés sous la terrasse pour scruter le grand écran.

– Bon, ça aussi c'est fait, dit avec détachement Gabriel Mac Namarra en essuyant son front en sueur. Ce qu'on peut perdre comme temps en « formalités »...

Élisabeth, encore fatiguée, vint les rejoindre.

– Ce n'est pas que tu t'y sois mal prise, dit Yves comme s'il avait soudain mis de côté sa peur de la perdre, c'est que tu as été impatiente. Nous déploierons la deuxième aile du *Papillon des Étoiles* à une vitesse trois fois moindre. Tant pis si nous restons en orbite terrestre plus longtemps. Après tout, qu'est-ce qu'une journée de plus sur 1 000 ans de voyage ?

Il passa la main dans ses longs cheveux roux, et elle sentit combien il avait eu peur.

Le chat lui aussi vint se blottir contre ses jambes et réclama des caresses.

– Il y a d'autres systèmes de sécurité que tu as installés et dont tu as oublié de signaler au reste de l'équipage l'usage exact ? articula la navigatrice.

Plutôt que de répondre, Kramer proposa qu'on enclenche le mécanisme de déploiement de la deuxième aile.

Lorsque celle-ci fut enfin complètement sortie, les deux fines membranes dorées s'étiraient à partir du thorax du vaisseau spatial à la manière d'un vrai papillon grandiose.

La voilure d'un million de kilomètres était si large que, depuis la Terre, à l'œil nu, on pouvait voir les deux ailes et le long tube central.

– On dirait un insecte géant qui plane au-dessus de l'atmosphère, dit un badaud en levant les yeux.

– C'est immense !

– Un cerf-volant large comme une ville !

– Comme un pays ou même un continent. Regardez, il arrive à faire une petite ombre devant le soleil.

Les observatoires d'astronomie le suivaient eux aussi avec curiosité.

Ses anciens collègues de l'agence reconnaissaient qu'Yves Kramer était allé au bout de son délire. À la télévision, les experts aéronautiques témoignaient que tous les essais qu'ils avaient entrepris avec des voiliers solaires n'avaient abouti qu'à des fiascos, il y avait donc peu de chances que celui-là réussisse.

La société Mac Namarra avait fait faillite mais plus personne ne s'en souciait.

Pour la grande majorité, le *Papillon des Étoiles* n'était rien de plus qu'une expérience extravagante qui entraînerait le décès des 144 000 innocents qui avaient eu la naïveté d'entrer dans le rêve d'un savant fou.

Les plus curieux se demandaient cependant ce qu'il pouvait bien se passer là-haut.

37. SORTIR DU FEU

Tout le monde était à son poste.

Debout dans la sphère de l'œil gauche du papillon, Élisabeth et Yves scrutaient les écrans de contrôle.

– La toile de Mylar est remplie de photons et ça commence à tirer. Nous ne sommes plus retenus que par les réacteurs externes en poussée inversée qui servent de freins. Je suis prête à quitter l'orbite terrestre, annonça-t-elle.

– Parfait, alors allons-y, dit Yves Kramer.

Elle marqua une pause.

– Accessoirement, j'aurais encore une question simple. Je veux bien « y » aller, mais... où ?

Yves Kramer pointa son index :

– Par là. Il nous suffira de garder toujours en ligne de mire cette constellation en forme de triangle. Si un jour je disparais ou si j'ai un problème, rappelle-toi qu'il faut fixer comme cap ce triangle de trois lueurs.

Elle se plaça dans l'axe pour bien voir la direction qu'indiquait l'extrémité du doigt.

– Par là ?

– Non, plus à gauche, par là. La grosse lueur et les deux petites.

– C'est quand même incroyable qu'avec toute cette technologie de pointe, nous en soyons encore à désigner le cap avec le doigt !

Il fit semblant de ne pas avoir entendu la remarque.

– Hum, entre nous, pourquoi as-tu voulu garder le secret sur la direction à prendre ?

– Si tu veux nous en reparlerons après la manœuvre, d'accord ?

Elle vérifia que tout fonctionnait bien. L'écran de contrôle du thorax montrait la foule des passagers groupés devant la terrasse surmontée de l'écran double où l'on voyait la Terre sur une moitié et l'espace à l'avant du *Papillon* sur l'autre.

– Tout le monde est prêt ? demanda Yves dans le micro.

– Procédure enclenchée, prononça Élisabeth.

Elle coupa un à un tous les réacteurs qui retenaient le vaisseau dans l'orbite terrestre.

– 5, 4, 3, 2, 1... décollage !

Cette fois le long cylindre bleu tiré par ses deux immenses triangles dorés ne se mit même pas à vibrer en se déplaçant perpendiculairement à l'orbite géostationnaire.

Une immense clameur monta des 144 000 poitrines.

Sur l'écran partagé, la sphère ronde de la Terre commençait à rétrécir.

L'inventeur fit un petit signe de la main face à la vitre transparente.

– Au revoir... planète-maman.

– Adieu, rectifia la navigatrice.

38. CACHER DES COMPOSANTS SECRETS

Deux ailes dorées gonflées de lumière.

L'immense *Papillon* fourré de vie terrienne glissait lentement dans le vide sidéral inconnu.

Imperceptiblement il commençait à accélérer.

La jeune femme secoua sa longue crinière rousse et se tourna vers Yves Kramer.

– Donc les trois étoiles. Et quand nous serons tout proches comment savoir où aller ?

– Les trois lueurs ne sont pas des étoiles mais des galaxies lointaines. Quand nous serons proches nous distinguerons un nouveau point lumineux au centre. C'est une étoile de la taille de notre Soleil. Nous ne pouvons pas la distinguer à l'œil nu pour l'instant. C'est autour de ce soleil que j'ai repéré une planète potentiellement viable.

– Si on ne peut pas la distinguer comment l'as-tu repérée ?

– Avec un radiotélescope au centre d'Études spatiales. Je l'ai dirigé vers une zone précise que j'explore depuis longtemps, étoile par étoile. Et j'ai fini par trouver. Mais je n'en ai jamais parlé à personne.

– Pourquoi les autres ne l'ont-ils pas vue ?

– Ils l'ont peut-être vue, mais ils n'ont jamais pensé à organiser un voyage pour la rejoindre.

Cela paraissait suspect à la jeune femme.

– Elle s'appelle comment ton étoile d'arrivée ?

– Pour l'instant son nom scientifique est juste JW103683.

– Et la planète ? Tu l'a repérée aussi au radiotélescope ?

– En effet, j'ai couplé plusieurs appareils qu'on n'a pas l'habitude d'utiliser ensemble. J'ai pu ainsi déduire les compositions de ces planètes extrasolaires. Elles sont plusieurs autour de JW103683 et ont elles-mêmes plusieurs satellites. À mon avis une seule a la bonne taille, la bonne température, la bonne atmosphère, la bonne distance par rapport à l'étoile qui lui sert de soleil pour que la vie ne soit ni brûlée ni gelée.

– Arrête de faire ton mystérieux, alors elle est où ta planète d'arrivée ?

Yves Kramer fit un sourire énigmatique.

– Trop tôt pour le dévoiler. Ce sera la surprise du dernier moment. Je ne veux pas que l'humanité aille la souiller si nous ne sommes pas prêts. J'ai caché son identification. Ici. Dans ce vaisseau.

Élisabeth fronça les sourcils, elle se dit qu'Yves avait dû lire trop de récits de chasse au trésor. Des trucs de petit garçon introverti.

– En fait j'ai noté son emplacement exact sur une carte, que j'ai placée dans un coffre-fort.

– Ce n'est pas croyable, il en va du destin de l'humanité et il a fallu que tu t'amuses avec un secret, un trésor, un mystère. Tu as quel âge, Yves ?

L'inventeur semblait particulièrement satisfait de son stratagème.

– Le coffre-fort lui-même ne sera susceptible de s'ouvrir que dans 1 000 ans. Il y a une horloge à l'intérieur.

La navigatrice fixa son vis-à-vis.

– Je rêve. Nous sommes 144 000 passagers dans l'espace, et nous ne saurons qu'à la dernière minute où nous allons !

– Je réserve la révélation de la destination finale à la dernière génération de passagers du *Papillon des Étoiles*. Eux seuls en profiteront s'ils en sont dignes.

Elle le singea.

– Et comment tu sauras s'ils en sont « dignes » ?

– J'ai prévu un test d'intelligence simple. Une énigme facile. Grâce à ce test ils trouveront le coffre-fort qui contient la carte avec la destination précise. Le test donne une combinaison de lettres. Ces lettres ouvrent le coffre.

– Et c'est quoi l'énigme « facile » ?

– Je l'ai fait inscrire sur le tableau de bord pour être sûr que personne ne l'oublie.

Il désigna en effet au-dessus des écrans, en petits caractères, trois phrases que la navigatrice lut à haute voix, incrédule.

« Cela commence la nuit.

Cela finit le matin.

Et on peut le voir quand on regarde la lune. »

– Bon sang, une énigme d'astronome en plus. Nous voilà bien. Et où se trouve ce fameux coffre-fort ?

– Pas loin. Vraiment pas loin. En fait : en face de tes yeux.

Il désigna du menton le gouvernail. Le regard de la jeune femme suivit la direction indiquée et tomba sur la plaque de métal avec le papillon, les trois étoiles et la devise « LE DERNIER ESPOIR C'EST LA FUITE ».

– Tu ne vas pas me dire que c'est « dans » le gouvernail ?

Yves Kramer hocha la tête.

– Dans le gouvernail, la direction à prendre. Ou plus exactement dans l'axe creux dudit gouvernail.

Élisabeth Malory commença à tirer sur la plaque de métal comme si elle voulait l'arracher avec les ongles. En vain.

– J'ai demandé que ce petit coffre-fort soit fabriqué dans le métal le plus solide. C'est un feuilletage acier, titane, céramique. Même avec un chalumeau tu ne pourrais l'ouvrir. Et si par malchance un petit malin arrivait malgré tout à forcer la serrure électronique j'ai pourvu l'ensemble d'un mécanisme d'autodestruction.

– Alors tout sera perdu. Tout le projet « Dernier Espoir » n'aura servi à rien. C'est quand même faire tenir notre entreprise à peu de chose.

– Je préfère que tout soit perdu plutôt que des inconscients aillent reproduire ailleurs les mêmes erreurs. Si c'est pour faire pareil ou pire, il vaut mieux tout laisser tomber.

– Et le moyen de savoir si les derniers passagers du *Papillon* seront mieux que nous ou nos parents c'est, selon toi, une énigme avec un mot à trouver ?

Il afficha l'air ravi d'un enfant qui mijote une bonne farce.

Elle haussa les épaules.

– Et si tu t'es trompé, si ta planète étrangère vue de près s'avère hostile ?

– A priori dans ce système solaire il y a au moins cinq grosses planètes tièdes. Si aucune ne peut servir de solution de rechange, eh bien ils prendront encore 1 000 ans et 50 générations pour rejoindre le deuxième système solaire voisin. À ce point, ils ne seront plus à un millénaire près.

La plaisanterie ne fit pas rire la jeune femme.

Elle surveillait le cadran où un chiffre ne cessait d'augmenter.

– Merci de m'avoir secourue dans l'espace, dit-elle.

Ils fixèrent l'horizon céleste avec les trois lueurs qui allaient leur servir de cap.

– Nous ne verrons jamais l'arrivée, murmura-t-il.

– Nous non, mais nos descendants probablement.

Tandis qu'elle prononçait ces mots, il perçut comme une invite. Il s'approcha.

– Encore faut-il les concevoir...

Il s'avança d'un pas.

– Tu m'as vraiment complètement pardonné ? demanda-t-il.

– Non, pas complètement, je t'ai pardonné à 75 %. Quand mon bassin cessera de me réveiller la nuit, je te pardonnerai complètement.

– Qu'est-ce que je peux faire pour passer de 75 % à 76 % ?

– Impressionne-moi. Surprends-moi toujours. Je peux tout pardonner sauf une chose : l'ennui.

Alors Yves s'avança encore et leurs lèvres n'étaient plus qu'à quelques centimètres. Il se pencha. Elle recula imperceptiblement. Il s'arrêta, la fixant au plus profond des yeux. Puis ce fut elle qui approcha un peu. Il s'avança à nouveau, et cette fois elle ne recula pas.

Elle accepta son baiser et celui-ci dura plusieurs minutes, au grand agacement de Domino qui mordilla le plus fort qu'il put le mollet de l'inventeur.

39. LAISSER MONTER LA PRESSION

Plus vite, plus fort.

Plus loin, toujours plus loin.

Seule devant le gouvernail contenant le secret de leur lieu d'arrivée, Élisabeth Malory chantait faux face aux étoiles.

Son regard turquoise ultrasensible avait appris à différencier les lueurs qui éclairaient le sublime panorama en permanence. Tout ce qui n'était jadis pour elle que des points blancs dans le ciel nommés « étoiles » s'avérait une sorte de jungle dont il fallait connaître les dangers et les avantages : galaxies, groupements de galaxies, nuages stellaires, nuages de gaz, étoiles, groupements d'étoiles, météorites, supernovae, cordes cosmiques, mais aussi trous noirs, fontaines blanches...

Ces deux anomalies de l'espace étant repérables non pas à l'œil nu mais à l'aide du petit radiotélescope embarqué sur le *Papillon des Étoiles.*

Même les champs magnétiques et les vents solaires n'avaient plus de secret pour cette navigatrice de l'espace.

Les nébuleuses formaient des sculptures taillées dans la poussière chatoyante.

La ligne sans fin de la galaxie vue sur sa tranche s'affichait en arrière-fond.

Élisabeth Malory surveillait sur les photomètres l'intensité des vents de lumière stellaire qui s'engouffraient dans les deux grandes voiles triangulaires. Ceux-ci changeant tout le temps, elle régla au plus tendu les cordages grâce aux servomoteurs électriques télécommandés.

Face à elle le gouvernail avec son logo de papillon et sa terrible devise : « LE DERNIER ESPOIR C'EST LA FUITE. »

Au-dessus des claviers : l'énigme censée être facile, mais qu'elle ne résolvait toujours pas.

« Cela commence la nuit.

Cela finit le matin.

Et on peut le voir quand on regarde la lune. »

Le crépuscule ?

L'étoile du Sud ?

Le reflet du Soleil ?

Non, il devait y avoir un « truc ». Elle se dit qu'Yves était un enfant. Un enfant maladroit, étourdi, mais un enfant avec une imagination suffisamment audacieuse pour fabriquer ce grand jouet et y embarquer 144 000 personnes.

Et il existait 144 000 individus suffisamment stupides pour suivre cet enfant mal grandi. Parmi eux : elle.

La navigatrice se mit à rire toute seule, étonnée de voir, étrange mimétisme, comment le rire de Mac Namarra avait déteint sur elle.

Rire à la manière de Mac Namarra était un sport complet qui musclait la cage thoracique et la gorge, une activité totale qui nettoyait l'organisme.

À ce moment un écran se mit à signaler un astéroïde qui arrivait droit sur eux.

Aussitôt Élisabeth entreprit de tourner le gouvernail pour dévier le vaisseau spatial, une manœuvre très lente et progressive, si bien qu'aucun des passagers ne se rendait compte qu'elle avait changé de cap. Mais elle savait – c'était d'ailleurs sa fonction principale au gouvernail – éviter les astéroïdes. Un peu comme jadis elle savait éviter les icebergs, les baleines et les récifs.

Elle suivit l'objet céleste sur les écrans de contrôle.

Quand il fut assez proche elle sortit ses jumelles et suivit le trajet du gros rocher au ras de la voile droite. Puis elle tourna le gouvernail de bois pour replacer le voilier solaire sur son cap des trois lueurs. Derrière elle, la vie s'organisait dans le Cylindre.

Les 144 000 avaient très vite « meublé » les 31 autres segments.

Ils avaient étalé le sable, la rocaille, puis l'herbe et les arbres en provenance des hangars du fond pour créer selon les indications de Caroline ce qu'on appelait le « reste du décor ». Ils généraient ainsi d'autres collines, d'autres vallées, d'autres rivières, d'autres forêts.

Il y avait désormais 32 kilomètres de terre artificielle où l'on pouvait se promener en avant, en arrière et de haut en bas.

Un groupe de maçons travaillaient à bâtir le premier village, baptisé Paradis-Ville, en partie sur pilotis au-dessus du lac aux reflets mauves.

Quand tout le minéral, le végétal et l'habitat avaient été proprement disposés, Yves avait proposé qu'on libère l'élément animal

Il commença par lâcher les insectes. Du plus petit au plus gros. Des fourmis aux scarabées, en passant par l'araignée, l'abeille et bien sûr le papillon. Chacun ayant un prédateur naturel, c'était la règle.

Puis ils avaient procédé de même pour le monde aquatique, de l'algue au coquillage, du têtard au brochet.

Ils étaient ensuite passés aux animaux plus importants : les batraciens : grenouilles et salamandres, les rongeurs : rats et écureuils, les herbivores : moutons et vaches, les carnivores : renards et chats sauvages.

Yves préféra qu'on attende un peu avant d'installer les potentiellement nuisibles pour l'homme : moustiques, sangsues, mouches.

A fortiori il suggéra de patienter davantage encore pour les dangereux : scorpions, serpents, ours, tigres, lions, hyènes.

Ces derniers restaient pour l'instant à l'état d'œufs fécondés dans des éprouvettes de l'armoire réfrigérée, au cas où les prochaines générations auraient envie de les faire naître. En toute logique ils souhaitaient pouvoir se promener dans le Cylindre sans craindre de rencontrer un fauve enragé.

Parmi les 144 000, ceux qui n'étaient pas affectés aux travaux de bâtiments œuvraient dans les champs aux semailles de ce qui allait devenir la première récolte. D'autres faisaient paître les troupeaux d'herbivores. Tous savaient que les réserves de nourriture, d'air et d'eau étaient prévues pour à peine six mois et qu'ensuite, ils devraient fabriquer eux-mêmes ces trois éléments indispensables à leur survie.

Les tâches s'étaient réparties selon le principe du volontariat : « Qui veut faire quoi ? » Pour les tâches les plus ardues Adrien Weiss avait prévu un système de répartition différent. Ceux qui les choisissaient n'avaient à travailler que quelques heures par jour. C'était la règle : « Plus c'est pénible moins on travaille. »

Pour l'instant cela fonctionnait.

Sans le soleil – néon central qui produisait sa lumière blanche artificielle – et le fait qu'en regardant le ciel on voyait des plaines et des forêts avec des gens la tête en bas, certains auraient pu par moments se croire sur Terre.

La température générale, après avoir été trop fraîche puis trop chaude, avait finalement été réglée sur 24 °C pour le jour et 19 °C pour la nuit, ce qui correspondait à un été de zone tempérée terrestre.

Toutes les vingt-quatre heures une horloge spéciale recréait un crépuscule puis une nuit artificiels.

40. FILTRAGE DU SOUFRE

Chacun savait que le voyage serait long et qu'il n'en verrait jamais l'aboutissement.

Après avoir réglé les problèmes de survie : pesanteur, air, eau, nourriture, abri, les passagers commencèrent à penser aux autres activités moins indispensables : loisirs, arts, gestion des associations qui apparaissaient spontanément sur Paradis.

Au centre du village tout neuf, un comique, Gilles, proposa un one-man-show.

« C'est lors de la manif anti-"Dernier Espoir". Deux manifestants se croisent et l'un dit à l'autre : "Pourquoi tu es contre ce projet ? – Eh bien parce que c'est un projet de lâches qui n'assument pas la vie sur notre planète. – Et toi ? – Parce que j'aimerais bien en faire partie." »

Rires.

« Vous savez pourquoi les gendarmes n'ont pas tiré sur la fusée au moment où elle décollait ? Parce qu'ils croyaient que la fusée avait une propulsion à hydrocarbure, que les réservoirs formaient tout le thorax, et que s'ils tiraient tout allait exploser. »

Rires.

Gilles s'échauffait. Il fallait inventer un nouvel humour pour une nouvelle vie. Cependant Yves était conscient que plaisanter de leur aventure devenait indispensable à la bonne humeur générale.

« Ce sont deux Paradisiennes qui sont en train de déployer de la pelouse dans une vallée des 32 segments. L'une dit à l'autre : "Ça va être quoi selon toi la mode durant les 1 000 prochaines années dans le papillon ? – Bof, répond l'autre, moi je compte de toute façon me promener tout le temps en maillot de bain pour attirer l'attention des types costauds qui construisent les collines." »

Gabriel Mac Namarra était le meilleur public et dès que son rire commençait à fuser, on ne savait plus si on riait de Gilles ou des effets qu'il produisait sur l'industriel.

Et la première semaine s'écoula.

Alors qu'il commençait à y avoir des tensions, personne ne voulant exécuter les tâches pénibles, Yves Kramer parvint en orientant l'une des antennes radio du *Papillon des Étoiles* à capter les actualités télévisées de la Terre. Après tout, les ondes télé se propageaient dans toutes les directions y compris l'espace.

Adrien Weiss décida d'installer un grand écran de cinq mètres de hauteur au centre de Paradis-Ville.

Ce que virent les passagers du *Papillon* les sidéra. Les actualités n'étaient qu'un cortège d'atrocités et, avec la distance, il leur semblait de plus en plus clairement que tous les chefs d'État étaient ligués pour réduire la liberté des peuples, afin que ceux-ci n'aient plus qu'une alternative : se soumettre ou mourir de faim.

Même les conflits entre nations ou entre religions leur paraissaient soudain, avec la perspective de la distance, rien d'autre qu'un jeu entre dirigeants destiné à endormir ou embrigader les peuples.

Les dictateurs faisaient semblant de vouloir faire trembler les démocraties. Les présidents se querellaient entre eux ou avec les fanatiques, mais au final ce n'étaient que des chefs politiques, économiques, militaires ou religieux qui se débrouillaient pour réduire la marge de manœuvre et de réflexion des individus grâce à la peur.

Les journalistes appuyaient les effets afin que la terreur imprègne bien les esprits. Exhibition de cadavres d'enfants, manifestants scandant des appels au meurtre en brandissant des couteaux ou en tirant en l'air avec des armes automatiques, témoignages atroces d'observateurs, sous-entendus bien placés permettaient d'obtenir une sorte de consensus de pensée.

« Sur la Terre tout le monde pense pareil en même temps sans le moindre recul, sous le coup des émotions manipulées par la télévision », telle fut l'évidence qui surgit dans l'esprit des 144 000. Yves Kramer avait compris que, mieux que toutes les harangues, la projection des actualités de la Terre serait le meilleur moyen de garder intacts l'enthousiasme et la cohésion de la communauté des 144 000.

Beaucoup parmi eux avaient l'impression de ne plus faire partie de la même espèce que celle qu'on voyait se déchirer sur le grand écran.

Élisabeth quitta un instant le poste de pilotage pour observer elle aussi les images qui se bousculaient sur la chaîne d'information continue. Juste au moment où passait une brève à propos du *Papillon des Étoiles*.

Un spécialiste en astronautique expliquait que les 144 000 passagers du vaisseau spatial n'avaient aucune chance de s'en tirer car le voilier solaire ne pourrait pas survivre 1 000 ans, du fait de l'usure inexorable des matériaux.

– C'est comme s'ils voulaient nous dénigrer même maintenant

que nous sommes loin d'eux. Ils continuent à nous détester..., déclara l'inventeur.

– Ils se doutent peut-être que nous les écoutons et ils veulent nous faire peur.

– Comment être sûr d'avoir raison quand le monde entier vous répète que vous avez tort ? prononça Yves.

– Nous sommes comme des saumons qui nagent à contre-courant dans la rivière, nous ne saurons qu'au bout du chemin.

Les actualités se poursuivaient, signalant que les pôles fondaient, conséquence du trou dans la couche d'ozone. La montée des eaux avait entraîné une nouvelle série de tsunamis qui avaient submergé plusieurs villes côtières. Un nouveau virus mutant, transmis à l'homme par les oiseaux pour se transformer en grippe mortelle, faisait des ravages. Il n'existait aucun antidote. On craignait des centaines de millions de morts.

– Nous sommes nés à la pire époque. Jamais il n'y a eu autant de violence, de maladies, de détérioration de l'environnement.

Elle haussa les épaules.

– C'est ce qu'ont dû penser les gens de toutes les époques. Tu crois que dans le passé, quand il y avait la peste, le choléra, les guerres mondiales, l'esclavage, les gens ne pensaient pas ça ? À chaque génération on croit que c'était mieux avant et que ce sera mieux après. Mais peut-être que finalement c'est toujours pareil. C'est juste que nous sommes mieux informés, alors ça nous épouvante. Il faut garder la tête froide.

Les images télévisées continuaient leur cortège d'atrocités.

– Nous aurions peut-être dû rester, marmonna Yves.

– C'est toi qui as organisé tout ça et tu dis que nous aurions dû rester ! ?

– J'ai un doute. Fuir, n'est-ce pas de la lâcheté ?

– Alors c'est quoi le courage, selon toi ?

– Rester et combattre.

– On combat si on a une chance de gagner. Si nous étions restés sur la Terre, nous n'aurions fait que subir et être les observateurs passifs de l'humanité en train de se saborder.

L'inventeur se mordit la joue.

– Nous n'avons peut-être pas tout essayé.

– Ne sois pas stupide, Yves. Comment peux-tu encore douter ?

Tu as bien agi. Évidemment. Nous avons bien agi. Nous n'avions aucune chance de changer quoi que ce soit sur terre. Six millions d'années de mauvaises habitudes ne peuvent pas s'effacer en une génération. Le dernier (et le seul) espoir c'est la fuite !

Alors que des images de sport avec des foules scandant le nom de leur équipe s'affichaient maintenant sur le grand écran, Yves continuait à se mordre la joue. Un champion levait sa coupe, porté en triomphe par son équipe.

– Tout n'était pas mauvais sur la Terre, articula-t-il.

– Tu aurais voulu faire quoi, une révolution mondiale ?

Elle eut un petit haussement d'épaules.

– C'est déjà trop tard. Tu as vu comme le seul fait de construire le *Papillon des Étoiles* a su cristalliser contre nous toutes les énergies. Nous aurions été broyés avant même d'avoir pu lever une pancarte.

La foule des Paradisiens restait hébétée devant les images de ce monde qui leur paraissait de plus en plus étranger.

Après cette projection des actualités télévisées issues de leur ancien monde, Adrien Weiss décida de montrer sur le grand écran ce qui apparaissait à l'avant du cockpit : le ciel étoilé magnifique.

41. PHASE DE FUSION

Quelques artisans avaient eu l'idée de mettre au point un moyen de locomotion rapide adapté au Cylindre : le vélo. Comme les forges ne permettaient de fabriquer qu'un métal lourd, excellent pour les socs de charrue mais inadapté aux vélos de course, ils inventèrent des vélos de bambous. Seuls les axes des roues étaient en métal et les pneus en caoutchouc.

Ainsi l'on vit des Paradisiens circuler plus vite dans le Cylindre. Ces vélos, naturellement, entraînèrent le creusement de pistes puis de petites routes qui serpentaient entre les cultures, les forêts et les habitations.

Yves Kramer s'était fabriqué son propre vélo et, l'ayant garé à l'avant du Cylindre, monta pour rejoindre l'œil gauche du vaisseau.

– Tu veux piloter ? demanda la navigatrice.

– Tu sais bien qu'après « notre » procès, on m'a enlevé le permis de conduire les voitures, les motos et les scooters ! Je ne pense pas que les vaisseaux spatiaux soient autorisés.

Elle le guida et l'installa face au gouvernail. Il se laissa faire. Elle garda ses mains posées sur les siennes et lui montra comment surveiller les deux grandes ailes du *Papillon* pour que la toile de Mylar reste parfaitement gonflée, sans le moindre pli sur toute la surface de portance. Il eut le sentiment d'être un homme minuscule en train de guider une énorme machine.

Alors elle prit sa main.

Il eut un geste de recul.

– Arrête de fuir, dit-elle. En tout cas plus avec moi.

Il hésita, puis glissa sa paume dans la sienne.

– J'ai envie de toi, murmura l'inventeur en la fixant intensément dans les yeux.

Elle eut un infime mouvement de sourcils. Puis, sans rien dire, elle mit le chat dehors et ferma la porte d'accès au poste de pilotage.

– Sois doux, chuchota-t-elle.

Il tapota sur le système de contrôle jusqu'à trouver une musique lente qui montait progressivement. Puis il chercha dans un tiroir des bougies qu'il installa autour d'eux, et il éteignit la lumière.

Ils dansèrent, s'embrassèrent, se caressèrent, firent fusionner leurs corps, puis échangèrent leurs fluides vitaux.

Au summum de l'extase, la belle navigatrice aux cheveux roux, électrisée, poussa un immense râle libérateur qui résonna jusqu'au Cylindre.

Ensuite elle dégaga d'un tiroir une boîte où elle avait disposé ce qu'elle appelait ses « trésors à elle ». En fait des cigarettes et des bouteilles d'alcool fort. Ils fumèrent et burent.

– J'ai eu si peur que mon corps ne réponde pas, articula-t-elle en soufflant la fumée. Cela faisait tellement longtemps...

Elle l'embrassa avec fougue, puis eut un petit rire nerveux.

– Je crois que tu m'as débloqué les os du bassin. Tu as rebranché les nerfs d'une zone où je n'avais plus aucune sensation.

Elle essaya de se relever et, nue, sans béquilles, fit plusieurs pas avant de s'accrocher au mur.

– C'est l'effet thérapeutique de l'amour, émit Yves encore poisseux de sueur.

– Je crois que je vais prendre un abonnement à ta thérapie, soupira-t-elle avant de venir frotter ses cheveux mouillés contre son cou et le couvrir de petits baisers.

Ils s'embrassèrent puis firent plusieurs fois l'amour avant de s'endormir, tous deux enlacés à même le sol de la salle de pilotage.

Élisabeth Malory put bientôt marcher avec une seule canne. Ce qui lui donnait une allure de pirate au long cours qu'elle finit par assumer.

Adrien et Caroline décidèrent de lancer la construction d'une maison pour que le couple fondateur du projet s'installe enfin ensemble.

Quelques jours plus tard, le nouveau logis leur fut révélé. C'était une maison sur pilotis au-dessus du lac.

Caroline avait participé à la décoration et à l'architecture intérieures. Elle avait placé des miroirs sur les quatre murs et le plafond de la chambre. La cuisine, très fonctionnelle, donnait directement au-dessus du lac.

– Au cas où Yves aurait envie de pêcher le poisson depuis la fenêtre pour le lancer directement dans la poêle, suggéra Adrien.

Le salon avait une télévision, et de grands canapés à motif zébré qui ressortait bien sur les murs de bambou.

– L'avantage du Cylindre, c'est que comme il n'y a ni vent ni pluie, on peut construire avec des matériaux légers, se contenta d'expliquer la brune astronome.

– Nous avons choisi ce coin parce que nous n'habitons pas loin, compléta Adrien. Et juste à côté nous avons fait construire une maison pour Gabriel. Comme cela nous serons tous voisins. Au cas où l'un d'entre nous aurait besoin d'une chaise ou d'une nappe.

Le chat se faisait les griffes sur la grosse poutre de bois centrale qui donnait sa solidité à l'édifice, puis il sauta sur les rideaux en lin blanc et se laissa dégringoler en se retenant du bout des griffes plantées dans l'étoffe.

– Domino a l'air d'apprécier, remarqua Caroline.

Gabriel Mac Namarra arriva avec un grand gâteau.

– J'ai noté que c'était ton anniversaire, Yves, dit-il.

– Zut, j'avais complètement oublié, reconnut l'inventeur.

– C'est le fait d'être dans l'espace. Ça change la perception du temps.

Ils se réunirent dans la salle à manger de leur nouveau logis et Caroline alluma les bougies. Mais au moment de les souffler, Yves, qui n'avait pas bien repéré les lieux, en envoya une contre un rideau qui s'enflamma aussitôt, obligeant tout le monde à s'improviser pompier alors que le feu gagnait déjà une partie des murs de bambou.

Quand l'incident fut réglé, on en fut quitte pour un mur à reconstruire et un rideau à remplacer. Le chat, curieux de l'événement, s'était brûlé les moustaches et arborait des poils blancs et frisés à leur extrémité.

Mac Namarra s'approcha d'Yves.

– Juste une question : vous le faites exprès ou c'est pour vous créer un personnage ?

– Je... enfin... non, c'est peut-être que je ne suis pas assez attentif, répondit l'inventeur, gêné.

L'industriel éclata de rire.

– Si on pouvait s'attendre à ce que l'homme qui a lancé le plus grand projet pour l'humanité soit juste un gaffeur de première !

– Je me contente d'avoir des idées.

– Vous n'aimeriez pas être un maître à penser ? demanda sérieusement Adrien Weiss.

– Oh, non, surtout pas. Ça voudrait dire que je ne peux plus me tromper, mentir ou dire des bêtises. Je tiens trop à ces trois libertés pour les échanger contre d'autres privilèges.

Adrien Weiss sourit, compréhensif.

– C'est peut-être pour ça que l'Aquarium a raté et que le *Papillon* va réussir. Vous avez su rester simple et modeste, Yves.

L'inventeur rougit.

Adrien se pencha et lui murmura à l'oreille :

– Il y a des moments où être humble c'est bien, et puis des moments où il faut que vous jouiez un minimum votre rôle.

L'odeur de brûlé commençait à se dissiper et tous mangèrent le gâteau alors que Caroline apportait du café, ne laissant pas encore Élisabeth travailler dans sa propre cuisine.

La navigatrice eut le mot de la fin.

– Bon anniversaire, Yves, et merci de nous faire rêver.

42. SEL TRANSFORMÉ EN SUCRE

Le *Papillon des Étoiles* ne cessait d'accélérer.

Ayant quitté la Terre à une vitesse de 100 kilomètres-heure le premier jour, il était passé à 10 000 kilomètres-heure en une semaine, 100 000 kilomètres-heure en 15 jours, 1 million de kilomètres-heure en un mois.

C'était le formidable pouvoir de la lumière et du vide.

Comme l'avait prévu Yves Kramer, il n'y avait pas de frottement contre l'air, donc pas de résistance.

Rien qui puisse les freiner.

De même il n'existait ni gravité susceptible de les attirer ni obstacles susceptibles de les ralentir.

Le vaisseau glissait donc dans le « Grand Rien Spatial » sans la moindre vibration et sans le moindre souffle de vitesse.

Un point coloré qui s'avéra bientôt être une planète apparut dans les hublots. Sa surface était orange et en dehors de quelques gros cratères on distinguait des veines ocre creusées par le temps.

À l'avant, dans l'œil gauche du *Papillon*, Élisabeth et Yves s'étaient installés face à leurs instruments de contrôle. L'inventeur avait vérifié sur ses écrans les chiffres et les images renvoyés par les radiotélescopes du vaisseau.

– Il n'y a rien, ici, annonça-t-il.

– C'est la règle : rien nulle part, dit Élisabeth en sortant ses jumelles pour observer à travers la vitre la surface de la planète.

Elle baissa les jumelles.

– Il en faut des coïncidences pour que la vie apparaisse, énonça l'inventeur. Il faut que la planète ait la bonne taille, la bonne ellipse, la bonne température, la bonne gravité, la bonne lune...

– Et accessoirement que des gènes de vie y arrivent d'une manière ou d'une autre.

Le chat Domino entra, profitant que la porte était mal fermée. Il reçut aussitôt son lot de caresses. Il aimait venir dans cette pièce où il sentait qu'il se passait des événements étranges.

– Moi je crois que la vie a été amenée sur Terre par des météorites qui transportaient des acides aminés. Ces météorites sont comme les spermatozoïdes de l'espace. Elles touchent les planètes pour les féconder.

– Les planètes seraient alors des ovules ? L'idée a le mérite d'être poétique.

Élisabeth éclata du rire de Mac Namarra qu'elle singeait parfaitement.

– Et elles venaient d'où tes météorites avec leurs acides aminés ? Il a bien dû y avoir quelque part dans l'espace une première trace de vie qui a contaminé l'univers.

Ils regardèrent au loin les étoiles.

– À moins que la vie ne soit apparue que sur la Terre et uniquement sur la Terre dans tout l'univers. Ce serait un accident unique, et non reproductible, lié exactement à la taille, au centimètre près, de la planète, et à sa position au centimètre près par rapport au Soleil. Un miracle unique et exceptionnel.

– Dans ce cas... ce serait nous les spermatozoïdes de l'espace transportant la vie...

– Nous serions de cette façon les seules traces de vie de l'univers et notre responsabilité serait énorme.

– Et les autres inconscients qui détruisent la planète pour des raisons de politique, d'économie ou de fanatisme religieux.

– Attention ! cria Yves.

En dépassant la planète il venait de voir apparaître une lune. Ils pouvaient facilement dévier, mais compte tenu de la taille des voiles il fallait anticiper longtemps une manœuvre avant qu'elle puisse devenir effective.

Élisabeth tourna le gouvernail et actionna les moteurs qui allaient orienter différemment les deux ailes du Papillon.

Le vaisseau changea légèrement de cap, assez pour s'éloigner du satellite qui ressemblait à une boule de billard.

– Ça va aller, le rassura la navigatrice. Ce que tu peux être inquiet quand même. Il faut que tu te détendes, le *Papillon des Étoiles* est un vaisseau solide.

– J'ai toujours peur que ses voiles s'abîment, elles sont si grandes. (Il reprit ses jumelles.) Cette planète n'est formée que de glace, dit-il. Aucune chance qu'il y ait de la vie.

Élisabeth ramena sa tignasse rousse sur le côté et le fixa de ses grands yeux turquoise. Elle prit le chat dans ses bras et le caressa avec beaucoup plus de délicatesse que son compagnon.

– Qu'est-ce qui te fait penser que là où nous arriverons dans 1 000 ans l'humanité pourra survivre ?

L'inventeur fronça les sourcils.

– Mon petit doigt. Il y a un moment où il faut écouter ses intuitions plutôt que ses appareils de mesure.

– Et si tu te trompais ?

– Au moins on aura essayé. Tu doutes ?

– Bien sûr. Pas toi ?

– Si, mais j'essaie de ne pas le montrer. Ça démoraliserait tout le monde. Mieux vaut être ferme dans l'erreur que vacillant dans la vérité. On ne prend jamais au sérieux ceux qui doutent.

– Pourtant ce sont eux qui ont raison, non ? Ce monde est trop complexe pour induire la moindre certitude.

– Alors il faut se fier à ses intimes convictions. J'ai l'intime conviction que nous avons bien fait de partir, déclara-t-il.

La navigatrice alluma le téléviseur qui donnait les informations de la Terre et coupa le son. On voyait un politicien parler face à la caméra.

– Quand même, dit-elle, je repense à ton idée, si nous étions seuls dans l'univers et qu'il n'y ait aucune forme de vie ailleurs, nulle part... Quelle responsabilité !

Sur les images du politicien se superposèrent celles d'un dirigeant barbu qui semblait en colère, puis celles d'un homme en uniforme qui affichait un grand calme, puis un défilé militaire.

– Et... les humains ont fabriqué suffisamment de bombes atomiques pour détruire ce joyau unique dans le temps et l'espace.

– Ces bombes sont entre les mains de gens assez fanatiques pour vouloir les utiliser au nom d'une cause religieuse irrationnelle.

Élisabeth passa ses bras autour des épaules d'Yves.

– J'ai par moments honte d'être de la même espèce que ceux qui détruisent cette Terre, proféra-t-il.

Il lui prit la main et la serra fort avant de l'embrasser.

– Pourquoi est-ce toujours la victoire des menteurs et des médiocres ? Pourquoi est-ce que ce sont toujours les pires qui dictent leur loi ?

– Parce que les gens ont une mentalité d'esclave, affirma Élisabeth. Ils réclament la liberté, mais ils n'ont qu'une appréhension, c'est qu'on la leur offre vraiment. Par contre ils sont rassurés par l'autorité et la violence.

– C'est stupide !

– C'est le paradoxe humain. Et puis la terreur est la meilleure manière de manipuler les gens.

– Nous devrons essayer quand nous aurons des enfants de leur inculquer des valeurs « autres ».

– Encore faut-il comprendre pourquoi nous en sommes arrivés là, dit-elle.

– Peut-être que c'est une question de point de vue. Nous nous voyons toujours comme des singes avec une conscience élevée. Alors que c'est le contraire. Nous sommes des consciences élevées incarnées... dans des singes.

Yves alla s'asseoir au bureau des cartes. Il sortit un stylo et un grand grimoire dont les pages semblaient de parchemin.

– Tu tiens un journal de bord ? demanda la navigatrice.

– En effet, mais ça c'est autre chose.

Elle vint regarder par-dessus son épaule. Il montra le titre de couverture qu'il avait tracé en belles lettres calligraphiées :

« NOUVELLE PLANÈTE : MODE D'EMPLOI ».

– C'est quoi ?

– Les indications de ce qu'il faudra faire quand on arrivera là-bas... enfin, pas pour nous. Pour nos descendants, dans 1 000 ans.

– Tu penses déjà à ça ?

– Je pense loin dans le futur, mais j'ai des difficultés à penser dans le présent.

Il lui embrassa les mains.

– Sauf quand tu es là. Toi tu me remets dans le présent.

Elle l'embrassa sur la bouche et joua avec l'extrémité de sa langue.

– Et là, tu es dans le présent ?

– Je suis dans un présent « élargi », chuchota-t-il en lui rendant longuement son baiser.

Domino subrepticement se glissa dans le cockpit. Il réclamait lui aussi sa part de caresses.

43. L'ŒUF COSMIQUE

Le *Papillon des Étoiles* avait enfin atteint sa vitesse de croisière.

2 millions de kilomètres-heure.

Un observateur immobile dans l'espace aurait vu passer comme un bolide l'immense tube avec ses deux grandes voiles triangulaires dorées gonflées de photons.

À l'intérieur du cylindre les graines avaient donné des plantes. Les plantes avaient donné des feuilles, des fruits, des légumes, ou des céréales.

Maintenant Paradis-Ville ressemblait à une bourgade de campagne.

Beaucoup de chèvres étaient mortes. Les moutons, les poules et les lapins, en revanche, se reproduisaient bien.

Neuf mois plus tard Élisabeth Malory accoucha d'une petite fille qu'ils baptisèrent Élodie.

– Elle a les mains fermées et crispées, remarqua Yves.

– Nous naissons tous les mains serrées et crispées, dit Gabriel Mac Namarra, venu assister avec les autres à la présentation du nouveau-né.

– Et on meurt les mains ouvertes et décrispées, compléta Caroline.

– Pourquoi ?

– Parce qu'on est libéré de la lutte qui nous a fait naître et nous battre pendant quatre-vingt-dix ans.

Le bambin, réveillé par les bruits des adultes, commença à se tortiller dans sa couche.

– Quand on pense qu'Élodie ne saura jamais ce qu'est la Terre, soupira Adrien.

– Si, elle le saura par la télévision. Les émissions seront captées encore longtemps, répondit Caroline.

– Tant mieux. Et tant pis.

La nouveau-née se mit à agiter ses jambes.

Domino préférait se tenir à distance de ce qu'il considérait comme un monstre baveux, braillard, et pour tout dire hautement suspect.

– Élodie est la première enfant des étoiles. Elle est la première

« Homo Stellaris ». Même sa constitution n'est plus pareille, ajouta Adrien Weiss.

– Comme nous sommes un peu au-dessus de la gravité terrestre, ses os seront plus tassés, elle devrait être plus petite, précisa Caroline Toledano.

L'enfant, après un instant de surprise devant ces présences bruyantes, ferma les yeux et, nostalgique du ventre de sa mère, s'endormit en retrouvant le volume d'un gros œuf.

44. L'ÉCUME QUI APPARAÎT SUR LA SURFACE

Le cylindre tournait comme une lente centrifugeuse.

À l'intérieur la pâte commençait à prendre.

La terre qui recouvrait les parois était épaisse, odorante, aérée. À sa surface la vie végétale et animale grouillait, exhalant des odeurs multiples.

Après Élodie, il y eut beaucoup d'autres naissances.

Sur les 144 000, près des trois quarts s'étaient installés en couple.

L'apparition d'une nouvelle génération obligea à construire des crèches.

Comme il fallait trouver un mot pour caractériser les habitants du vaisseau, après avoir tenté les « derniers-espoiriens », ou les « cylindriens », ils choisirent de se nommer les « Papilloniens ».

Sous l'impulsion d'Adrien, on procéda à une élection à bulletins secrets pour désigner un coordinateur des activités qu'on baptisa le « Maire de Paradis-Ville ». De cette élection ressortit une jeune femme particulièrement dynamique : Jocelyne Perez. Jocelyne avait jadis travaillé sur la Terre dans des associations de bénévoles et des communautés hippies. Cette connaissance empirique de la politique et de l'organisation de la vie sociale lui permit de penser enfin à répartir plus « scientifiquement » les tâches au sein de la ville.

Au niveau des couples, les Papilloniens établirent une règle de libre association. Pas de mariage. Les gens se mettaient ensemble et se séparaient librement, sans contrat ni attache.

Jocelyne offrait sa bénédiction à ceux qui la demandaient. Elle avait une formule : « Vous êtes unis, jusqu'à ce que l'absence d'amour vous sépare. »

L'humoriste Gilles pour sa part avait ajouté dans l'un de ses sketches une phrase plus ironique : « Vous êtes unis et fidèles jusqu'à ce que... l'un des deux trouve mieux. »

Les portes des maisons ne fermaient pas. Tout fonctionnait sur la confiance. Une femme désirant un homme ou un homme désirant une femme n'avait qu'à le demander et l'autre acceptait ou refusait. Il n'y avait pas de problème d'identité des enfants, tous les nouveau-nés étaient considérés « enfants des étoiles » et en tant que tels, éduqués et pris en charge par la communauté.

Tous étaient donc « orphelins avec 144 000 parents ».

Un grand amphithéâtre fut construit où tous les soirs se déroulait un spectacle. Musique, théâtre, sketches. Jocelyne s'y entendait à varier les programmes pour ne pas lasser.

Le public papillonien était friand de musique classique propre à adoucir l'ambiance du Cylindre, mais aussi très demandeur de spectacles comiques.

Gilles était la vedette habituelle et avait trouvé une mine d'inspiration inépuisable en singeant les mauvaises habitudes des Terriens.

Car les passagers voyaient les actualités de la Terre retransmises par le tout nouveau réseau de télévision interne qui permettait à chacun de disposer de trois chaînes : la une qui diffusait les programmes terriens, la deux qui diffusait l'image du ciel étoilé captée par l'avant du vaisseau, et enfin la trois qui diffusait les spectacles de musique, de théâtre et d'humour de l'amphithéâtre de Paradis-Ville.

Plus que par les actualités, les Papilloniens étaient fascinés par les scènes de ménage telles qu'ils pouvaient les voir dans les séries télévisées terrestres. « Je te préviens chéri, si tu me trompes je divorce et je prends tout ton argent. »

Cela faisait beaucoup rire, dans un monde sans possession personnelle, donc sans argent et sans mariage. De même Gilles singeait les déclarations des représentants ultrareligieux aux Nations unies : « Nous fabriquons du nucléaire uniquement pour un usage civil. »

Esclaffades garanties dans le public du Cylindre.

D'autres phrases prenaient dans la bouche du comique un sens différent :

« Nous devons licencier du personnel car nos bénéfices sont en baisse », « Nous condamnons cet attentat perpétré par une minorité non représentative de notre population », « Les émeutes des banlieues ne sont que le fait de jeunes désœuvrés qui cherchent à attirer l'attention des médias », ou encore : « Nous sommes désolés pour la pollution des nappes phréatiques par le déversement d'acide de notre usine dans la rivière », et enfin quelques phrases typiques. Celles des ministres de l'Économie : « Tout ira bien tant que la consommation sera en augmentation croissante. »

Gabriel Mac Namarra était celui qui avait les crises de fou rire les plus spectaculaires à l'écoute des émissions terriennes. Tous étaient atterrés que le grand public de leur ex-planète reste dupe de ces discours de façade qui ne signifiaient rien d'autre que : « On vous prend pour des imbéciles et quand vous vous en apercevrez il sera trop tard. »

Adrien Weiss, pour sa part, considérait qu'avant de se moquer des Terriens, il convenait de bien surveiller la société des gens du Cylindre.

Lui seul ne riait pas.

45. PHASE DE MACÉRATION

Le premier incident notable fut d'ordre chimique.

Le taux de gaz carbonique grimpa d'un coup dans le Cylindre, la respiration devint plus difficile, l'air plus lourd.

Les fleurs commencèrent à faner et les animaux et les hommes ressentirent des fatigues inaccoutumées.

– Qu'est-ce qu'il se passe ? demanda Yves, inquiet.

Adrien avait aménagé l'œil droit du *Papillon* pour en faire un centre de contrôle de la gravité, de l'air, de l'eau, et de toute l'écologie interne du Cylindre.

Décoré par sa compagne, l'œil droit ressemblait à un jardin avec beaucoup de plantes vertes, des aquariums à poissons, des terrariums à insectes, des tubes remplis de graines en germination et une multitude d'écrans de contrôle.

– Le cycle gaz-minéral-végétal-animal est suffisamment délicat et fragile pour que la moindre perturbation provoque très vite un déséquilibre général. C'est un milieu clos. Dès qu'un agent est en excès ou en carence, toute la chaîne de vie amplifie ce décalage. Sur la Terre, la « cage » est grande, cela met du temps à agir, mais ici...

Déjà quelques manifestants s'étaient réunis au bas de la terrasse et exigeaient une amélioration de l'air.

– Comme ils sont pusillanimes, constata Adrien, songeur, en fixant un écran vidéo.

– Ils manifestent pour la qualité de leur air, c'est une raison légitime, remarqua Yves. Bon, qu'est-ce que tu peux faire pour arranger ça ?

Adrien déploya une feuille-listing.

– Excès de gaz carbonique ? Ce sont les plantes qui le rejettent durant la nuit. Leur sommeil est réglé par la lumière. Nous allons tout simplement réduire le temps d'extinction du soleil artificiel pour raccourcir les nuits.

Yves scrutait les listes de pourcentage des produits chimiques.

– Ça suffira ?

– Bien sûr. C'est un équilibre fragile, mais un équilibre sensible, il suffit d'agir un peu pour beaucoup d'effet. Annonce-leur que cela va s'arranger...

– Une annonce ? Pourquoi ?

– Je te l'ai dit, c'est un équilibre sensible, quand les humains sont nerveux, ils respirent plus fort et rejettent plus de gaz carbonique. Sur 144 000 passagers l'impact est réel. Rien que le soupir de soulagement qu'ils pousseront quand tu leur annonceras que tout va s'arranger devrait provoquer une modification de l'atmosphère interne.

L'inventeur se demanda si c'était de l'humour, mais il était à la fois effrayé et émerveillé qu'il soit aussi simple d'avoir un accident et de créer une panique et aussi simple de l'arrêter avec des mots rassurants et des nuits plus courtes.

Une fois qu'Yves eut prononcé une courte allocution, rapidement diffusée sur la télévision de la place et les récepteurs individuels, il rejoignit le psychologue-biologiste.

– Les fourmis et les rats...

– Ce sont les deux tendances naturelles d'évolution des animaux sociaux. La solidarité des fourmis ou l'égoïsme des rats. Les humains sont entre les deux. La loi de l'alliance ou la loi du plus fort. La loi des fourmis ou la loi des rats.

46. S'ACCORDER UN TEMPS D'OBSERVATION DU SUBSTRAT

Elles s'agitaient. Elles transportaient de la nourriture. Elles creusaient la terre.

Yves Kramer regardait une éprouvette avec des fourmis à l'intérieur.

Ce Cylindre aussi est une éprouvette. Dans le sens littéral, un lieu « d'épreuve », songea-t-il. Nous faisons non pas une expérience de révolution, mais une expérience d'évolution d'espèce... dans une éprouvette de 32 kilomètres de long...

Il manipula l'objet, le faisant tourner pour voir si les fourmis suivaient le mouvement.

Ce Cylindre est comme un chaudron, un athanor où l'on tente de faire l'expérience d'une nouvelle humanité, plus mûre. La « pierre philosophale des humanités ». Une humanité de lumière. Nous sommes des chenilles, nous allons nous transformer en papillons, mais l'étape suivante sera de devenir des papillons lumineux, avec leur propre source de lumière à l'intérieur. Des lucioles.

Il nota ses idées.

Après sa discussion avec Adrien, Yves avait installé une grande fourmilière dans un aquarium de un mètre de long dans sa propre maison et les observait souvent.

Il invita Jocelyne à les scruter elle aussi et lui expliqua comment il fallait déjà penser à orienter la société du Cylindre vers un système social plutôt similaire à celui des fourmis qu'à celui des rats.

– Je les ai contemplées. Elles ne travaillent pas toutes. Chez les fourmis, pendant qu'un tiers se reposent, un tiers effectuent des tâches inutiles et un tiers œuvrent de manière efficiente. Ce dernier tiers répare les erreurs et fait fonctionner la cité.

Jocelyne regarda les fourmis avec un premier sentiment de dégoût face à ces insectes grouillants.

– Je crois qu'on pourrait adopter pour la communauté papillonienne la même subdivision, dit-il.

Jocelyne, après une hésitation, accepta de se laisser guider par la nature comme le proposait Yves et installa à son tour une fourmilière de un mètre de long dans sa maison.

De l'observation de cette cité animale elle déduisit des idées pour gérer la cité humaine.

Et de fait le tiers qui travaillait suffisait à produire de la nourriture et des bâtiments pour tous.

Ensuite, Jocelyne Perez établit en toute logique une règle de relais. Ce n'était pas toujours le même tiers qui travaillait. Tous les mois, cela tournait. Ceux qui avaient travaillé se reposaient ou s'occupaient. Et ainsi de suite.

La règle des trois tiers était aussi appliquée à la production.

Un tiers d'agriculture.

Un tiers d'industrie.

Un tiers de création artistique.

Il n'y avait pas d'argent sur Paradis. Et il n'y avait pas non plus d'administration, ni de chefs ou de sous-chefs établis. Des leaders apparaissaient spontanément sur des projets, et une fois le projet réalisé, ils retournaient dans l'anonymat. Jusqu'à ce qu'un autre projet du même type réclame leur expérience ou leur charisme particulier.

De manière générale Jocelyne établit la notion de « Pas de travail efficace sans enthousiasme ».

Pour les tâches ingrates indispensables, comme le nettoyage des bâtiments ou certains travaux des champs épuisants, elle avait prévu un système de tirage au sort afin qu'il reste égalitaire.

Yves Kramer fit alors quelque chose qu'il ne s'était pas accordé depuis longtemps. Se promener à pied. Pris par l'angoisse du décollage, l'amour d'Élisabeth, puis ses devoirs de père qui l'obligeaient à se lever dans la nuit pour préparer des biberons et chanter des berceuses au nouveau-né, il n'avait jamais pensé à constater l'œuvre accomplie. Il ne faisait que circuler entre l'œil du *Papillon* et sa maison sur pilotis, trajet qu'il effectuait avec son vélo de bois. Il aimait ce mode de locomotion rapide et silencieux.

Il décida donc de marcher dans la campagne environnante pour visiter des zones qu'il n'avait pas l'habitude de fréquenter.

D'abord le village de Paradis-Ville proprement dit. Les rues de terre étaient flanquées de petites bâtisses en bois de trois étages, aux styles différents, entourées de jardinets, de fleurs, de légumes et de fruits.

Adrien Weiss, aidé de sa compagne, avait mis au point une maison écologique fonctionnant en circuit fermé, les ordures et leurs déjections servant de compost pour les végétaux, leur fermentation produisant du méthane utilisable pour les dynamos qui fournissaient l'électricité à la maison.

Il y avait à la périphérie du village des chantiers où chacun travaillait à son rythme. Les habitants s'entraidaient pour construire les maisons.

L'inventeur nota qu'une mode vestimentaire papillonienne était spontanément apparue. Les vêtements affirmaient des couleurs franches : rouge, bleu, jaune, vert. Le rose fuchsia, le mauve, l'or étaient très prisés. Les gens habillés de noir ou de blanc ou de couleurs pastel étaient rares.

Comme si chacun voulait être sûr d'être vu. Les motifs étaient souvent des fleurs, des oiseaux, des poissons.

La mode dans le Cylindre était aussi aux bijoux assez larges avec des représentations de papillons sous différentes formes.

L'humoriste Gilles avait fait un sketch sur ce thème. Il disait que les hommes du vaisseau spatial se prenaient pour des papillons et les femmes pour des fleurs. Et qu'à force le phénomène pourrait entraîner sur 1 000 ans une mutation d'espèce. Il apparaîtrait dès lors des hommes-papillons venant butiner des femmes-fleurs.

Yves ramassa une pomme tombée d'un arbre et commença à la croquer, mais il dut la recracher aussitôt car elle était remplie de vers. Il avait oublié ce léger désagrément de la nature : elle n'offre pas ses fruits uniquement aux êtres humains. Toute une vie à consommer des pommes irradiées, recouvertes de pesticide et d'herbicide lui avait fait croire que les pommes n'avaient pas de vers et ne pourrissaient pas.

Il inspecta le fruit, ôta la zone habitée par les vers et mangea le reste.

Un son de harpe lui parvint d'une maison où quelqu'un accordait l'instrument.

Yves huma en prenant son temps les parfums typiques de Paradis-Ville.

Il passa à côté de l'herboristerie. Odeurs de thym, de sauge et de sarriette. Ils étaient au moins arrivés à ça, ne plus dépendre des médicaments, se soigner par les plantes poussant dans le Cylindre. Un petit hôpital avait été aménagé pour les soins plus difficiles : dentisterie et chirurgie.

Yves vit un rat traverser la rue à toute vitesse et un instant il songea que quelque part il avait recréé un monde ancien, puis il se ravisa, et pensa qu'ils avaient pris du monde ancien et du monde moderne certains de leurs bons côtés.

La boulangerie exhalait des odeurs de pain chaud. Ici le pain devenait dur en une journée. Comme autrefois. La forge libérait des odeurs de braises et de fer, seule peut-être la tannerie lâchait des effluves plus désagréables.

Il remonta la rivière où l'on voyait par transparence des truites et des grenouilles s'insinuant entre des algues filandreuses spontanément apparues depuis leur décollage.

Les abords du cours d'eau bruissaient de vies de toutes tailles. Odeurs de lavande. Des femmes lavaient le linge, d'autres tissaient sur de grands cadres. Ils avaient maintenant suffisamment de vers à soie pour que Paradis-Ville produise sa propre soie, et les artistes aimaient la peindre de couleurs bigarrées.

Dans un champ un homme fatigué d'enfoncer le soc d'une charrue tirée par un bœuf fut relayé par l'un de ses amis qui lui tendit une gourde pour le réhydrater. L'homme s'assit dans un coin et se mit à lire l'un des ouvrages qui garnissaient la grande bibliothèque du vaisseau.

Un joli monde pour Élodie, l'enfant des étoiles, pensa-t-il.

Il marcha dans la forêt et constata qu'Adrien avait dû lâcher dans le Cylindre de nouvelles espèces animales car il y avait maintenant des écureuils dans les branches des arbres, des lézards sur les écorces, des papillons, et bien sûr des fourmis qui se relayaient pour transporter des feuilles découpées qu'elles brandissaient à bout de pattes jusqu'à des dômes de branchettes.

Il se souvint de la phrase d'Adrien :

Le choix de l'humanité dans le futur lointain sera de vivre soit comme des rats soit comme des fourmis.

Des filles aux longs cheveux qui circulaient en vélo de bois le saluèrent, il leur rendit leur salut.

Plus loin, un champ de tournesols attirait des nuées d'abeilles qui se relayaient elles aussi pour polliniser les fleurs et faire leur miel.

Yves Kramer se rappelait la première fois où il avait goûté le fameux miel « Fait au Paradis ». Le goût était différent de celui qu'il connaissait. En fait il était moins bon, mais c'était « leur » miel.

Il cueillit un tournesol et le renifla. Cette fleur leur avait montré depuis le début la solution.

Se tourner vers la lumière.

Il monta sur la colline, à la source de la rivière, et de là put contempler de haut le village de Paradis-Ville.

C'est aussi bien que sur la Terre, pensa-t-il.

Il suivit des yeux un petit moineau et son regard s'éleva jusqu'au soleil tubulaire et même au-delà du ciel.

Il distingua dès lors un autre champ de tournesols mais à l'envers. Une autre forêt à l'envers. D'autres gens en vélo de bois qui circulaient sans même lui prêter attention et sans que leurs cheveux tombent.

C'est mieux que sur la Terre.

Il n'avait même plus la nostalgie du vent ou du vrai soleil.

Il avait mis de côté le passé. Il n'était plus obsédé par le futur.

Il atteignait enfin à ce présent élargi idéal.

Une main se posa sur son épaule. Il se retourna.

C'était Gilles l'humoriste.

– Alors patron, on vient visiter la prison et faire un petit salut aux condamnés ?

– Bonjour Gilles. Tu te détends ?

Il désigna la bouteille d'alcool que le comique tenait à la main.

– Faire le bouffon est un travail épuisant, faut bien qu'on ait des moments de relâche.

– Tu es heureux ici ?

– Vous voulez la vérité ? Non. En tant que touriste, ça peut aller, la bouffe est bonne et les filles sont mignonnes et « ouvertes d'esprit ». Mais en tant qu'humoriste je m'ennuie. Je ne peux pas vraiment me moquer de vous, vous n'êtes pas assez caricatural. Il n'y a pas assez de crises pour que je puisse déployer mon humour. En fait tout va trop bien. Nous les comiques on est là pour faire contrepoids à l'angoisse, mais s'il n'y a pas d'angoisse, on sert à quoi ? Vivement une bonne guerre qu'on se marre et que j'aie l'impression d'être utile.

Yves fronça les sourcils, puis comprit que c'était une plaisanterie. Dans le doute, il eut un petit rire forcé. Gilles lui répondit par une bourrade puis partit boire dans la forêt avoisinante.

L'inventeur resta toute la soirée au sommet de la colline pour contempler l'extinction progressive du soleil artificiel qui correspondait à l'apparition des premières lucioles. Il se dit que, pour que ce soit parfait, il ne manquait plus que la rosée du matin.

Pour l'instant il n'y avait qu'un peu de condensation qui s'accumulait sur le néon central et qui gouttait.

47. RISQUE DE CARAMÉLISATION

Inspirer. Souffler. Inspirer. Souffler.

Dès le matin, sur la place du village, Caroline dirigeait une séance de gymnastique collective. Sur une musique rythmée, la jeune femme brune indiquait des gestes visant à faire fonctionner tous les muscles et régler la respiration et les battements cardiaques.

Yves Kramer, assez maladroitement, essayait de suivre l'exemple de l'astronome, mais sans grand succès.

Soudain l'alarme rouge se mit à clignoter et la sirène se déclencha.

La dernière fois qu'elle avait résonné c'était lorsque la voile était coincée, remettant en question leur décollage.

À la télévision, le visage barré d'un grand trait de contrariété, Jocelyne apparut pour annoncer la terrible nouvelle.

Il y avait eu un crime à Paradis-Ville.

Yves prit son vélo et rejoignit la mairie où déjà Gabriel Mac Namarra, Adrien Weiss et Jocelyne Perez siégeaient dans la salle centrale.

– C'était trop beau pour durer, souligna Gabriel avec amertume. Il y en a un qui a craqué.

Renseignements pris, c'était une affaire sentimentale. Un amant éconduit avait bu et trouvé dans l'alcool l'énergie de prendre un couteau de cuisine et de poignarder son ex-compagne.

– L'alcool et la jalousie ont suffi à briser la sérénité du paradis, conclut Jocelyne qui semblait la plus affectée par l'événement.

Ainsi l'absence d'armes dans la société papillonienne n'avait pas été un frein suffisant pour empêcher le meurtre. Un simple couteau de cuisine avait suffi pour commettre l'irréparable.

– Nous n'allons quand même pas confisquer tous les couteaux coupants pour les remplacer par des couteaux à bouts ronds comme pour les enfants...

Yves Kramer se rappelait la phrase de son père Jules :

L'amour n'est pas la voie à suivre, on peut tuer par amour, on peut se livrer à des actes ignobles sous le prétexte d'aimer. La seule voie sûre est de suivre la lumière.

– Que faire du coupable ? Le mettre en prison ? Le tuer ? Lui pardonner au nom de la tranquillité générale ?

– Comment se fait-il qu'on n'ait pas détecté le potentiel destructeur de ce type au moment du recrutement ? demanda Mac Namarra.

– C'est un type charmant, travailleur, enthousiaste, en tout point sociable depuis le début du voyage. En plus il détient un savoir-faire particulier.

– C'est le boulanger, reconnut Adrien Weiss. Et pas n'importe lequel, le meilleur boulanger de Paradis-Ville.

Yves se souvint des délicieux croissants qu'il dégustait tous les matins, et fut d'autant plus désappointé. Si on mettait ce boulanger hors du système il faudrait manger des croissants moins bons.

– Manquait vraiment plus que ça... Je vous l'avais dit, c'est le facteur humain qui est le plus difficile à maîtriser. Bon sang pourquoi ? POURQUOI ?

Il ne put se retenir de prendre un des verres d'eau sur la table et de le projeter de toutes ses forces contre le mur où il explosa.

La colère de l'industriel passée, tous se regardèrent avec inquiétude.

– Il faut faire un exemple ! déclara-t-il. Afin que cela ne se reproduise plus. Où est ce boulanger actuellement ?

– Il est enfermé chez lui, et il pleure.

– Nous ne pouvons pas le remettre en liberté et lui pardonner. Cela signifierait qu'on peut assassiner impunément à Paradis-Ville.

– Ni le tuer, cela voudrait dire qu'on fonctionne sur un mode œil pour œil dent pour dent.

– Nous pourrions l'obliger à travailler plus, la nuit par exemple ? proposa Yves, conciliant.

Il se ravisa, comprenant qu'il avait énoncé une stupidité, puisque les boulangers commencent de toute façon à travailler avant le lever du soleil.

Jocelyne Perez proposa de créer un tribunal populaire. Douze personnes tirées au sort.

Ce qui fut fait. Le procès fut rapide, car personne ne savait par quel bout prendre le problème. Le tribunal vota pour une peine de prison. Les Papilloniens durent construire assez vite un lieu fermé pour loger le condamné.

Cependant ce premier crime avait brisé le sentiment d'innocence collective. C'était le premier point noir sur la surface blanche.

Dans la prison, le boulanger criait par moments le soir en prononçant le prénom de sa défunte assassinée.

– Je t'aimais Lucinda ! JE T'AIMAIS !

Jocelyne Perez vint voir Yves Kramer alors qu'il était en train de donner le biberon à Élodie.

– Maintenant nous sommes redevenus une société humaine comme les autres. Je suis tellement déçue. Un seul imbécile et tout est fichu.

– Non. C'est formidable.

– Un crime, formidable ?

– Vous espériez quoi ? 144 000 petits saints ? C'est extraordinaire que nous n'ayons pas eu de problèmes plus tôt. La question reste : comment arriver à créer de la justice sans créer du ressentiment ?

Jocelyne Perez avait du mal à comprendre où voulait en venir l'inventeur.

– Vous croyiez réellement que nous allions avoir 1 000 ans de voyage sans un crime ? demanda-t-il.

– Nous n'aurions peut-être pas dû laisser s'installer l'alcool. Nous l'avions interdit avant le départ.

– Ils font fermenter leurs propres jus de fruits pour distiller de l'alcool clandestin. Normal. Ils ont besoin de se détendre. Même les animaux ont leur « décontractant ».

Il désigna Domino qui mangeait de l'herbe-aux-chats et semblait s'en régaler au point d'en être ivre.

– Nous aurions dû instaurer une interdiction absolue, affirma Jocelyne.

– Ils auraient fini par trouver autre chose. Ils auraient fumé des plantes, des lianes, du chanvre.

– Nous l'aurions interdit aussi.

Yves posa sa fille en travers de son épaule, lui fit émettre un petit rot puis la déposa dans son lit.

Jocelyne Perez regarda le bébé qui gazouillait.

– Pour être vraiment tranquille il faudrait interdire beaucoup de choses. Mais dans ce cas nous tombons dans une dictature. Et nous les infantilisons. Ce n'est pas ainsi que je vois l'Homo Stellaris du futur.

– Bon sang ! dit Jocelyne, pourquoi ne savent-ils pas se tenir ? Je croyais pourtant qu'ils avaient été sélectionnés.

– Faut pas rêver, même avec le meilleur des castings, ce ne sont que des êtres humains et il y a des millions d'années de crimes derrière nous. C'est dans notre sang, ça ne s'efface pas aussi facilement.

Élisabeth Malory, épuisée après avoir évité un astéroïde et dû replacer le vaisseau sur son cap, venait d'entrer dans la pièce. Aussitôt le nouveau-né se mit à gazouiller différemment, appelant sa maman en ouvrant et fermant les mains.

– Tu proposes quoi, Jocelyne ? demanda la navigatrice, se mêlant directement à la conversation.

– Je crois qu'il va être temps de poser clairement les règles du jeu qui étaient jusque-là tacites. Ce qui va sans dire ira mieux en le disant.

La petite Élodie fut sortie du lit, prise dans les bras, embrassée et caressée par sa mère.

– Il va nous falloir créer une Constitution. Nommer ce qui est interdit. Indiquer les sanctions pour chaque délit et chaque crime.

– Des sanctions ? Mais qui va les appliquer ?

– La police. Il va nous falloir une police. Nous ne pouvons plus prendre le risque de ne tenir les gens que par l'enthousiasme, il faut ajouter la peur de la punition, sinon tout va s'effondrer et après la fin de l'innocence nous basculerons doucement vers le début de la barbarie.

Élisabeth Malory, tout en embrassant son bébé comme pour le charger d'amour, se tourna vers eux.

– Tu croyais quoi, Jocelyne ? Qu'on allait se sourire sans le moindre heurt pendant 1 000 ans ?

– Je l'ai espéré. Sans argent, sans propriété privée, sans mariage, sans alcool, sans impôts et sans gouvernement, j'espérais que, naturellement, en comptant sur le civisme de chacun, ça marcherait.

– Il est temps de... j'allais dire « revenir sur terre », disons plutôt « retrouver le réel ». Nous ne sommes que des êtres humains.

Élodie se mit à gazouiller de nouveau. Tous trois se consultèrent du regard, mais Élisabeth trancha :

– C'est une enfant des étoiles, mais sa génération n'est pas encore majoritaire. Nous sommes les « Anciens de la Terre » avant d'être les « Nouveaux de l'Espace ».

Jocelyne Perez fit une moue désabusée.

– Il nous faudra une assemblée de sages pour rédiger la Constitution. Nous n'y arriverons pas à cinq.

Élisabeth reposa le bébé dans son lit et sans réfléchir proposa à Jocelyne un verre d'alcool, que la maire dédaigna avec fermeté.

– Donc une assemblée constituante de sages. Quoi d'autre ? demanda l'inventeur.

– Il faudra prévoir plusieurs cellules pour la prison. Peut-être une centaine. Il y aura d'autres crimes.

Yves, rêveur, prononça une phrase qu'il aurait aimé ne jamais prononcer :

– Est-ce que le seul fait d'avoir des cellules vides n'appelle pas à les remplir... (Il se ravisa.) J'ai l'impression de reprendre un chemin ancien qui a toujours mené à une impasse. N'y-a-t-il pas d'autre solution ?

– C'est un mal nécessaire, mais c'est un moindre mal. Le pire serait qu'il y ait des crimes impunis, alors nous irions vers l'anarchie, signala Élisabeth.

– J'ai été anarchiste. J'ai toujours rêvé d'un monde sans police ni gouvernement, répondit Yves.

– C'est une utopie. Dans la réalité, le vide légal profite aux tricheurs et aux petits chefs qui, vu l'absence de sanction, imposent par la violence leur loi personnelle, lui rappela sa compagne.

– Ainsi donc nous allons devoir composer un « gouvernement ».

Il avait prononcé ce mot comme s'il s'agissait d'un plat répugnant.

– Je ne vois pas d'autre possibilité, articula Jocelyne Perez.

Yves Kramer tapa du poing contre le mur de bambou.

– Pourquoi faut-il que nous retombions toujours dans les mêmes schémas ?

– On ne change pas l'humain aussi facilement, dit Élisabeth en berçant sa fille.

– Nous avons tous reçu un système de perception paranoïaque des autres. Nos parents, l'école, le lieu de travail et la télévision nous ont pressés dans un moule pendant notre jeunesse. On ne s'en débarrasse pas facilement. Même un voyage dans l'espace de plusieurs années ne peut changer une programmation aussi profonde. Ou alors il faudrait faire un lavage de cerveau aux Papilloniens pour qu'ils oublient. Qu'ils soient propres, débarrassés de la violence qu'ils ont vue et reçue. Qu'il n'y ait plus dans une seule mémoire une seule fessée infligée dans l'enfance. Plus une seule peur du noir ou des loups.

– Moi je crois en la prochaine génération, assura Élisabeth en embrassant Élodie. Il faut être patient. Eux, nous essaierons de les programmer pour leur donner l'envie de bonheur.

– Pas simple, reconnut Yves. Car si j'ai bien compris il suffit d'une brebis galeuse touchée par le virus de la violence pour que tout le troupeau soit contaminé.

Jocelyne Perez se servit finalement un verre d'alcool et le but d'un trait.

– C'est justement ce qui fait que notre expérience est unique. Pour la première fois nous avons la possibilité de chercher à modifier les règles anciennes. Mais pour cela dans un premier temps il nous faut en conserver certaines. La Constitution et la loi en font partie. Le gouvernement et la police aussi. En attendant que nous devenions tous parfaits, et que nous puissions vivre sans chefs.

48. DÉCOMPOSITION

L'enterrement de la femme du boulanger eut lieu dans une zone dégagée en forme de plateau que Jocelyne définit comme le cimetière.

Ainsi que l'avait suggéré Adrien Weiss, toujours soucieux de préserver l'écologie du Cylindre, le corps de la jeune femme ne fut pas enveloppé de vêtements, mais déposé nu, directement dans une fosse creusée dans la terre afin qu'il puisse être recyclé par les vers et donc réintégré à la « nature » du Cylindre.

Au moment où le corps fut recouvert de sable, spontanément un chant funèbre fut entonné par la foule présente.

Ce chant n'avait pas de paroles.

C'était juste une mélopée qui n'en finissait pas de monter pour résonner de plus en plus fort.

Toujours à l'instigation du biologiste-psychologue on planta un poirier sur sa tombe.

En guise d'oraison, Adrien Weiss déclara :

– Que ses oligo-éléments nourrissent la terre et que le sable nourrisse la sève de l'arbre. Et que plus tard, de ce cadavre ressorte la vie, sous forme de fruits que tout un chacun pourra manger. Ainsi sa mémoire restera à jamais dans nos cellules.

Le petit poirier fut arrosé et la foule se dispersa.

49. PIQUER LA CROÛTE POUR LAISSER SORTIR LA VAPEUR

La température s'était élevée.

Simple question de réglage du thermostat et du soleil.

La tension sociale s'était élevée elle aussi.

Le premier crime avait généré la première prison, le premier

- Manchmal fühle ich, daß ihm nicht bewußt ist, wie seine wirklichen Gefühle zu mir sind.
- Manchmal habe ich das Gefühl, daß seine äußeren Reaktionen und Äußerungen mir gegenüber ganz verschieden davon sind, wie er innerlich fühlt.
- Was er mir sagt, gibt oft einen falschen Eindruck von seinen Gedanken und Gefühlen zu diesem Zeitpunkt.
- Ich glaube, daß er Gefühle hat, die unsere Beziehung erschweren und die er mir gegenüber nicht äußert.

Man kann die Therapeutenvariable Echtheit auch in eine Stufenfolge bringen und als »Schätzskala« an konkrete Gespräche anlegen. *Josef Schwermer*[313] formulierte für Seelsorger in Anlehnung an *Truax* eine Skala zur Variable Echtheit mit fünf Stufen (Abb. 31).

Rogers sieht gerade in der Echtheit eine Grundlage mitmenschlicher Begegnung, die weit über die therapeutische Situation hinaus Gültigkeit hat. »Im alltäglichen Umgang miteinander: zwischen Ehe- und Liebespartner, zwischen Schüler und Lehrer, Arbeitgeber und Angestellten oder zwischen Kollegen ist wahrscheinlich Kongruenz das wichtigste Element. Solche Echtheit schließt ein, daß sie den anderen wissen lassen, wo sie gefühlsmäßig sind. Sie kann Auseinandersetzung einschließen und das persönliche Bekennen und das offene Ausdrücken sowohl negativer wie positiver Gefühle. Auf diese Weise ist Echtheit eine Grundlage, auf der man... miteinander leben kann.«[314]

3. Wertschätzung

Mit »positiver Wertschätzung und emotionaler Wärme«, wie *Reinhard und Annemarie Tausch*[315] formulieren, ist eine weitere unabdingbare Basishaltung für das Gelingen therapeutischer wie seelsorglicher Gespräche angegeben. *Rogers* vertritt die Auffassung, »daß die helfende Person um so effektiver sein wird, je höher sie die andere schätzt. Für mich heißt das, die andere Person achten – ihre Meinungen, ihre Gefühle, ihre Person. Es bedeutet eine nicht-besitzergreifende Anteilnahme. Es bedeutet ein Akzeptieren des anderen Individuums als eine eigenständige Person, eine Hochachtung vor ihm, dem Wert aus eigenem Recht zukommt. Also, was wir damit sagen wollen, ist, daß die helfende Person diesen anderen als einen unvollkommenen Menschen mit vielen Gefühlen und vielen Möglichkeiten wertschätzt. Und ich glaube, je mehr man seine Wertschätzung, seine anteilnehmende Einstellung lebt, um so mehr ist das der Ausdruck einer eigent-

[313] *J. Schwermer*, Psychologische Hilfen für das Seelsorgegespräch, 12.
[314] *C. R. Rogers*, Eine neue Definition von Einfühlung, 48.
[315] *R. Tausch/A.-M. Tausch*, Erziehungspsychologie.

»Selbstöffnung«. Der Klient kann damit unter der Hand beobachten, wie man mit seiner inneren Welt in Beziehung stehen und davon mitteilen kann. »Selbstöffnung«, die hier gemeint ist, sollte jedoch nicht so mißverstanden werden, als ob der Therapeut es dem Klienten, der ihm soviel Persönliches anvertraut, »schuldig« sei, auch etwas von sich zu berichten, um das Vertrauen des Klienten zu ihm zu »belohnen«. Solche und andere Motive der »Selbstöffnung« bedürften einer kritischen Reflexion beim Therapeuten.

Echtheit, so wie *Rogers* sie versteht, bedarf also einer inneren Bemühung des Therapeuten, seine hintergründigen und unterschwelligen Motive, Ängste und unbewußten Anteile zu entdecken. In der Gesprächstherapie ist es deshalb Konvention, daß das Lernen von Therapie zu einem überwiegenden Teil in der *Selbsterfahrungsgruppe* geschieht und auch die Praxis der Therapie laufend in einer *Supervisionsgruppe* angeschaut wird. Ziel solcher Gruppen ist es, dem einzelnen angehenden oder praktizierenden Helfer die Möglichkeit zu geben, sich mit seinen »blinden Flecken« im Spiegel der Gruppe zu erkennen.

Barrett-Lennard[312] hat in einem Verhaltensinventar ausgefaltet, wie »Echtheit und Unechtheit des Therapeuten« beim Gesprächspartner ankommen. Auf den selbstkongruenten Therapeuten hin – wir können es ohne weiteres auf den Seelsorger übertragen – wird der Gesprächspartner Feststellungen zustimmen wie:

- Er ist ungezwungen und fühlt sich wohl in unserem Beziehungsverhältnis.
- Ich fühle, daß er völlig echt und aufrichtig zu mir ist.
- Ich fühle fast immer, daß seine Äußerungen genau das ausdrücken, was er fühlt und denkt.
- Er vermeidet nichts, was in unserem Beziehungsverhältnis wichtig ist.
- Er drückt mir gegenüber seine wahren Eindrücke und Gefühle aus.
- Bereitwillig drückt er mir gegenüber alles aus, was in ihm vorgeht – auch seine Gefühle sich selbst oder mir gegenüber.
- Er ist ganz offen er selbst in unserem Beziehungsverhältnis.
- Ich habe nicht gemerkt, daß er irgendwelche Gefühle, die er mir gegenüber hat, vor sich selbst zu verbergen sucht.

Echtheit ist nicht realisiert, wenn der Gesprächspartner zu Feststellungen neigt wie:

- Ich spüre, daß er mir gegenüber eine Rolle spielt oder eine Fassade zeigt.
- Es macht ihn verlegen, wenn ich nach bestimmten Dingen frage oder über sie spreche.
- Er möchte mich glauben lassen, daß er mich mehr mag oder versteht, als es tatsächlich der Fall ist.
- Manchmal fühlt er sich ganz und gar nicht wohl in seiner Haut, aber wir machen weiter und lassen es uns nach außen nicht anmerken.

[312] *G. Barrett-Lennard*, zit. nach: *R. Tausch*, Gesprächspsychotherapie, 129.

tribunal, le premier cimetière, la première police, le premier gouvernement, la première assemblée, la première Constitution.

« Ainsi l'ordre naît du désordre », prétendait Adrien. Mais tous n'en étaient pas convaincus.

Seule au gouvernail du *Papillon des Étoiles*, Élisabeth savait qu'Yves était profondément déçu.

On avait brisé l'harmonie initiale.

On avait sali son rêve.

Le regard de la navigatrice, perdu au loin, ne quittait pas les trois lueurs.

Le cap à tenir vers le triangle.

Sans même y réfléchir sa main caressa la plaque métallique qui recelait le lieu de destination secret, la planète étrangère potentiellement viable où leurs descendants atterriraient un jour.

Son regard glissa vers la gauche où la petite Élodie, installée dans le cockpit, dormait d'un sommeil profond, une poupée de chiffon serrée entre ses mains crispées. Enfant des étoiles remplie des promesses d'un futur meilleur.

Elle l'embrassa sur le front.

Élisabeth se souvenait. Elle n'était pas devenue navigatrice solitaire par hasard.

Elle avait fui elle aussi les ténèbres du jour pour aller vers les lumières de la nuit.

Des clichés de son enfance lui revinrent en mémoire.

Des souvenirs de son père saoul frappant sa mère. « Non, pas devant la petite, allons dans la chambre qu'elle ne nous voie pas », lançait sa mère.

La pensée peut nettoyer le passé, il suffit d'imaginer que le passé est une bande magnétique qu'on efface, lui avait appris son compagnon.

La navigatrice ferma les yeux et nettoya. Elle dut s'y reprendre à plusieurs fois, frottant avec une éponge chimérique remplie d'acide.

Cela s'est produit, je ne peux pas revenir dans le passé mais je peux enlever la douleur liée à ces souvenirs, se dit-elle.

Yves lui avait affirmé qu'en nettoyant un instant de sa vie passée, c'était comme si tout l'univers connaissait et réactualisait son histoire.

Les étoiles sont les yeux de l'univers et l'univers nous observe avec curiosité.

Déjà d'autres images suivaient. Sa mère dépressive en train de pleurer.

« Tenez, prenez ces pilules, ça vous aidera à dormir, et pour l'instant ne sortez pas, mieux vaut rester à la maison », conseillait le médecin.

Effacement.

Des images des premières punitions à l'école.

« Élisabeth, vous avez un trois sur vingt, vous ne travaillez pas assez, vous n'arriverez à rien », prétendait son professeur au collège.

Des images du cadavre de son grand-père qu'on allongeait dans un cercueil.

« Il n'a pas souffert, de toute façon vers la fin il ne prononçait plus un mot, il restait immobile, le regard dans le vague, même quand on lui faisait des piqûres, il semblait ne plus rien ressentir », affirmait l'infirmière qui l'avait accompagné dans ses derniers instants.

Des images de la maîtresse de son père qui murmurait pour ne pas être entendue à l'oreille de son compagnon : « Je trouve que nous l'avons quand même souvent ta fille. Tu ne crois pas que tu devrais dire à ton ex de la prendre plus fréquemment, qu'on puisse partir en week-end tranquilles ? »

Élisabeth avait compris le message. Si on ne voulait pas d'elle, elle ne gênerait plus, elle partirait loin. Sur l'océan où l'on n'entend plus les petites phrases qui rongent.

Et puis d'autres images...

Sa propre violence. Elle en avait reçu, elle en avait donné. Les hommes qu'elle avait abandonnés et qui la suppliaient de revenir.

« Désolée, tu dois comprendre, je t'aime mais je ne suis pas amoureuse. »

Ou bien sa mère qu'elle avait repoussée.

« Maman, je peux te dire que quand je vois comment tu as "réussi" ta vie, je n'ai qu'une envie c'est d'"échouer". Ton exemple m'a aidée. J'ai compris que pour être heureuse il suffisait de faire l'exact contraire de tes choix. »

Elle revoyait les mendiants qui lui demandaient de l'argent dans la rue, dans le métro, au bas de son immeuble.

« Par pitié madame, pour manger, allez, faites un geste.

– OK voilà de l'argent, mais ce n'est pas pour manger, c'est pour boire. À votre place je boirais », avait-elle répondu.

Effacement à l'éponge, puis au jet d'eau, puis à la pierre ponce, puis au papier de verre, puis au burin et au marteau-piqueur.

Yves Kramer entra dans le poste de pilotage et, comme à son habitude, il l'embrassa sur les lèvres, baissa la musique et commença à lui masser les épaules.

– À quoi penses-tu, tu as l'air chose ? demanda-t-il.

– Aux mendiants de la Terre. Au moins, dans le Cylindre, il n'y a pas de pauvres, personne qui meure de faim, personne qui se drogue. Il n'y a pas une classe de nantis qui vivent dans le luxe et une autre d'exploités qui subissent.

– Toutes les richesses sont réparties équitablement non pas selon le mérite mais selon les besoins. C'est une idée de Jocelyne. À cause des fourmis. Il paraît que chez les fourmis il n'y a pas de notion de valeur individuelle, chacune reçoit ce qui lui est nécessaire pour continuer à participer à l'effort général. Elles ont même un deuxième estomac spécial qui leur sert à nourrir celles qui ont faim. Jocelyne me parle tout le temps de sa fourmilière. Elle dit que la nature nous montre le chemin par ses plus humbles représentants.

– Les fourmis ? Quand j'étais dans le jardin de mes grands-parents je les regardais longtemps, dit Élisabeth, songeuse.

– Elles, elles ont réussi à bâtir des cités sans police.

– Grâce à la motivation de toutes.

– C'est à cela qu'il faut s'accrocher. L'enthousiasme du début. Aucune législation ne sera aussi forte que cela. Nous pourrons inventer toutes les punitions et toutes les récompenses possibles, aucune ne sera aussi efficace que l'envie de réussite collective du projet « *Papillon des Étoiles* ».

Un écran se mit à clignoter. Un point chiffré apparut dans la zone analysée par les radiotélescopes.

Tous deux savaient ce que cela signifiait.

Un astéroïde.

– Hum, il est bien gros et bien rapide, celui-là, remarqua Yves.

La navigatrice commença à tourner le gouvernail en surveillant les indicateurs des écrans. Aussitôt le *Papillon* commença à basculer sur le côté.

– Il est vraiment rapide, confirma Élisabeth, je n'ai jamais rien vu d'aussi véloce jusque-là. Pourtant nous avons encore accéléré, nous sommes à 2,5 millions de kilomètres-heure.

– Tu penses réussir ?

Élisabeth activa les moteurs de secours des voiles pour renforcer la manœuvre.

Mais le *Papillon* était trop lent à changer de cap et l'astéroïde allait trop vite. Le rocher toucha la membrane de Mylar et la traversa comme une balle de fusil tirée dans un drap.

La voile étant reliée à la coque par un système d'articulation souple, le thorax et la tête du papillon ne perçurent même pas l'impact. Mais grâce aux caméras de contrôle on distinguait désormais un trou dans la toile dorée.

– C'est gênant ? demanda la navigatrice à l'inventeur.

Il examina les écrans et constata qu'ils n'avaient pratiquement pas perdu de vitesse.

– C'est l'avantage d'avoir des voiles grandes comme des continents, un rocher n'a pratiquement pas d'influence sur le vol. On pourra en encaisser encore beaucoup avant que les ailes du *Papillon* donnent du souci.

Alors, sans se poser plus de questions, Élisabeth replaça le voilier solaire sur son cap initial des trois lueurs. L'immense vaisseau bascula, voiles tendues, et laissa filtrer un rayon de lumière dans le trou de son aile droite.

Pour tous les deux cet événement était un signe porteur du message : un accroc est surmontable du moment qu'on garde le cap.

50. INSTALLATION DANS UN MOULE LUBRIFIÉ

Ils étaient disposés en cercles concentriques comme des rangées de bougies sur un gâteau d'anniversaire. La première élection des 64 membres de l'assemblée fit apparaître une gauche, une droite et un centre.

La droite prônait une police nombreuse pour être sûre qu'il n'y aurait plus de crimes.

La gauche prônait une confiance totale dans la bonne volonté générale et donc l'absence de police.

Le centre proposait des solutions intermédiaires.

La première élection vit une répartition assez équilibrée des votes.

Là encore, la règle des trois tiers s'appliqua. La gauche disposait d'une faible majorité, preuve que la plupart espéraient encore que tout s'arrange spontanément grâce aux bonnes volontés.

Il y avait une majorité de femmes, comme si en votant pour elles les Papilloniens montraient qu'ils voulaient se démarquer des gouvernements terriens majoritairement masculins. Ou bien ils espéraient que des femmes, porteuses naturellement de vie, seraient moins tentées d'avoir recours à la violence.

Il y avait trois têtes dans le système gouvernemental.

La première était le groupe des Fondateurs.

C'était le quintet des créateurs du projet : Yves, Gabriel, Adrien, Caroline et Élisabeth. C'est eux qui devaient être les gardiens de l'esprit de départ, que ce soit pour la gestion du vaisseau ou pour sa navigation.

La deuxième tête était le pouvoir exécutif incarné par Jocelyne, bientôt assistée par un système policier.

Enfin la troisième tête était le pouvoir législatif qui allait établir les règles générales de vie.

L'assemblée des 64 se réunit et se mit en devoir de rédiger les premières lignes de la Constitution. La télévision interne animée par Gilles filmait l'événement pour que tous puissent assister à cette naissance.

Les sages commencèrent par les lois les plus simples.

1. Interdiction de tuer.
2. Interdiction de blesser.
3. Interdiction de violer.
4. Interdiction de détruire les biens d'autrui.
5. Interdiction de voler les biens d'autrui.

Comme il apparaissait des dissensions sur des sujets comme l'euthanasie, l'avortement, la punition des criminels, ils décidèrent de poursuivre le lendemain matin leur rédaction.

Mais ce fut le lendemain matin précisément qu'éclata la première révolte.

51. FUMÉE OCRE

Depuis le départ il y avait ce petit problème : la nostalgie de la Terre natale.

Certains murmuraient quand ils étaient fatigués la phrase fatidique : « C'était quand même mieux avant, sur Terre. »

En fait tous avaient déjà eu au moins une fois ce genre de pensées. Ils regrettaient des vacances à la grande mer, des séjours de ski en haute montagne, ou la présence de tel ou tel être cher qui désormais leur faisait défaut. Chez certains les crises étaient plus aiguës que chez d'autres, et Adrien avait trouvé un mot pour définir cette nouvelle maladie.

La « terraxie ».

Le biologiste-psychologue prétendait que c'était une forme de névrose.

Dès l'instant où un nom désignait un phénomène, cela semblait moins grave.

Évoquer des sauts en parachute, le plaisir de sentir le vent ou la pluie sur le visage, c'était de la terraxie. Vouloir rouler en voiture à 200 à l'heure, tirer avec une arme à feu, ou même éprouver le regret du métro ou de l'odeur des pots d'échappement des voitures, c'était de la terraxie.

Mais personne n'avait songé que cela pourrait devenir un vrai problème, jusqu'à ce qu'un groupe d'une centaine de personnes prenne d'assaut dans la nuit le siège de la télévision interne.

Au matin les conjurés commençaient à répandre leur propagande sur les écrans personnels et le grand écran mural au centre de Paradis-Ville. Une jeune femme qui semblait leur leader appelait toute la population du Cylindre à renverser le gouvernement en place et proposait qu'on fasse demi-tour.

Adrien Weiss courut vers la maison sur pilotis d'Élisabeth et Yves.

– Vous l'avez reconnue ? demanda-t-il, préoccupé.

– Qui ça ?

– Cette fille qui parle à la télévision.

Yves l'examina mieux. Avant Élisabeth il prononça son nom :

– Satine Vanderbild.

La leader des conjurés expliquait face à la caméra qu'elle et son groupe de « libérateurs » avaient décidé de ne plus continuer la « fuite en avant dans le vide » et de revenir sur la Terre. Elle appelait à une insurrection générale.

– Qu'est-ce qu'elle fait là ? Comment a-t-elle pu embarquer sans qu'on la remarque ? s'étonna Yves.

– Elle s'est teint les cheveux, elle a mis des lunettes et a changé de nom. Dans la foule des 144 000 elle est passée inaperçue, expliqua Élisabeth.

– Adrien, tu ne nous as jamais dit pourquoi vous vous étiez séparés.

– Notre souci pour l'instant n'est pas de savoir « pourquoi », mais « comment ». Comment l'empêcher de ficher en l'air le « Dernier Espoir ».

La foule du Cylindre commençait à entrer en ébullition. Déjà des gens se réunissaient sur la place centrale et discutaient de l'événement. On vit bientôt naître des disputes. En quelques minutes à peine, alors que la propagande de Satine se déversait par les écrans télévisés, on vit une bataille rangée entre deux groupes, les loyalistes et les révoltés. Comme il n'y avait pas encore de police constituée, personne ne venait séparer les belligérants.

Jocelyne apparut au seuil de la maison.

– Venez vite, nous avons formé une petite troupe armée avec des bâtons, on va essayer de reprendre la télévision.

– Désolée, je reste avec la petite, répondit Élisabeth.

– J'y vais, lança Yves, saisissant un balai dont il garda le manche.

En bas les membres de l'assemblée étaient déjà réunis avec des bâtons. Adrien prit la tête du cortège, comme s'il voulait régler un compte personnel avec la chef des conjurés.

Au fur et à mesure qu'ils approchaient du bâtiment de la télévision, placé en hauteur au nord de la ville, ils découvrirent qu'un champ de bataille était déjà apparu spontanément.

Un bon millier de personnes formaient la ligne de défense de la télévision. Elles se jetaient des pierres. Un groupe chargea pour traverser entre attaquants et défenseurs. Coups de pied, coups de poing, coups de bâton, de marteau et puis coups de couteau. Cris de rage. Cris de douleur.

Déjà des belligérants se roulaient au sol ou ne bougeaient plus. Yves était abasourdi par le spectacle qui s'offrait à ses yeux.

Ce que nous avons bâti est donc si fragile.

Ils sont en train de tout détruire par nostalgie du monde ancien.

Autour d'eux les combats avaient redoublé de violence. Les révoltés avaient pris l'avantage. Mais des gens accouraient à vélo de partout et on pouvait espérer qu'il y aurait parmi eux une majorité de loyalistes.

Un conjuré désigna l'inventeur :

– Ils sont là !

Déjà Jocelyne, Adrien et Yves étaient encerclés par un groupe hostile qui brandissait des armes de fortune. Ils les menaçaient et se rapprochaient.

Yves eut peur. Il saisit à deux mains son bâton et le leva, prêt à frapper. Ses adversaires avançaient lentement, silencieux, le regard déterminé. À ce moment une diversion se produisit. Gabriel Mac Namarra et Gilles arrivaient avec des renforts. L'industriel faisait tournoyer un nunchaku de bois avec une dextérité étonnante. À côté de lui Gilles brandissait une longue perche.

Le claquement de fouet du nunchaku était souvent suivi d'un bruit sec et d'un cri de douleur.

Gilles et Gabriel firent une percée dans la masse des conjurés et libérèrent leurs amis.

– Il faut reprendre le contrôle de l'antenne, indiqua Gilles.

Ils grimpèrent dans la zone du bâtiment de télévision.

C'était une petite maison en brique, plutôt solide.

– Il y a une porte à l'arrière, annonça le comique, nous pourrons pénétrer par là pour les surprendre.

Jocelyne fit signe aux membres de l'assemblée qu'il était temps de légitimer leur fonction dans le gouvernement en prenant part à la défense du bâtiment.

Ils furent donc une cinquantaine à s'infiltrer, armés de bâtons et pour certains de couteaux. Mais les conjurés, avertis, avaient déjà filé, non sans avoir débranché les appareils.

Gilles remit rapidement en marche le système de diffusion et Jocelyne empoigna le micro, face à l'objectif.

– Écoutez-moi tous. Ce n'est pas une révolution. C'est juste une réaction épidémique de terraxie collective. Un groupe de conjurés a lancé une offensive contre le *Papillon* probablement par peur de l'inconnu. Ce sont des « réactionnaires ».

Elle savait que le mot « révolution » était chargé d'une connotation positive. Il fallait donc l'éteindre avec le mot « réactionnaire », chargé d'une connotation négative. L'expression avait déjà été utilisée par Mac Namara pour définir leurs adversaires du passé.

– Restez calmes, tout devrait rapidement rentrer dans l'ordre.

Yves avait déjà ouvert la fenêtre et voyait le groupe de conjurés, une bonne centaine de personnes, foncer vers la tête du *Papillon.* Certains hésitants venaient les rejoindre, la foule voulant toujours être du côté des vainqueurs.

– Ils vont essayer d'entrer dans le cockpit ! Vite !

Mais le temps qu'une troupe de loyalistes se forme et les poursuive, les conjurés étaient déjà près de la terrasse. Ce fut donc là que se livra, sur les deux grands escaliers, celui du haut et celui du bas, une grande bataille où s'affrontèrent plusieurs centaines de personnes. C'était étrange d'assister à un combat où les adversaires étaient dessus et dessous. Certains lançaient des pierres qui, ayant dépassé l'axe de gravité, au lieu de retomber continuaient pour frapper ceux qui étaient juste au-dessus d'eux. Des coups de bâton ou d'arme blanche provoquaient des blessures sévères. Certains tombaient et ne se relevaient plus. Il y avait du sang sur les marches blanches.

Gilles était resté pour galvaniser les troupes depuis la télévision.

– Pas de quartier pour les réactionnaires !

Les conjurés arrivèrent à forcer la porte qui reliait le thorax à la tête. Gabriel Mac Namarra et Yves réussirent à passer les premières lignes de défense en faisant tournoyer pour l'un son bâton, pour l'autre son nunchaku. Ils se retrouvèrent tous deux face à Satine et une centaine de personnes armées dans le couloir menant à la tête du *Papillon.*

– Pourquoi fais-tu ça, Satine ? Pourquoi sabotes-tu le projet que tu as jadis aidé à faire naître ? demanda Yves.

– Maintenant, il est trop tard, vous êtes seuls ici, nous sommes une centaine ! Nous avons gagné ! Nous allons dérouter l'engin pour rentrer sur notre planète.

– Je ne te comprends pas.

– Je suis partie parce que je ne m'entendais pas avec Adrien. C'est un grand égoïste et la vie avec lui était un enfer. Je ne le supportais plus. Et puis j'ai réfléchi. J'ai voulu revenir incognito. Par curiosité. Pour savoir si le projet pouvait marcher. Pendant des mois, j'ai été déchirée entre l'envie que ça réussisse et l'envie que cela échoue. Tous les jours je pesais le pour et le contre. Et puis quand j'ai vu la naissance de la Constitution j'ai tout compris. Tout phénomène entraîne par réaction son contraire. Oui, je crois que nous sommes des « réactionnaires ». Mais tout fonctionne ainsi. Le médicament crée la maladie. La loi crée le délit. La prison crée les criminels. La Constitution crée la révolution.

Yves abaissa son bâton et fit signe à Gabriel d'agir de même.

– Nous n'allons quand même pas tout gâcher maintenant.

Satine eut un rire nerveux.

– À ce stade, je suis déjà allée trop loin, ça m'étonnerait que tu arrives à me convaincre. Tu sais, Yves, j'ai toujours pensé que le fait que les avions décollent était un phénomène « mystique ». Qu'un gros tas de tôle se maintienne en l'air avec des gens à l'intérieur est contraire à toute logique. À mon avis ça fonctionne parce que tous les passagers ont la foi. Ils croient normal qu'un tas de ferraille soit plus léger que les nuages. Cependant il suffit qu'une personne se dise : « Mais au fait, ce n'est pas normal, ça devrait tomber » et... ça tombe. C'est pareil pour le *Papillon des Étoiles*. Ça ne tient que par la foi de tous les passagers. Maintenant, moi je me suis aperçue que tout cela est contraire au bon sens. L'homme est fait pour vivre sur terre, pas dans une boîte de conserve qui va rouiller et pourrir 1 000 ans dans l'espace.

Rumeur d'approbation des conjurés.

– Il n'est jamais trop tard pour reconnaître ses erreurs. Donc demi-tour et tout va bien.

Yves afficha un air contrarié, puis il sourit.

– Tu ne peux pas piloter le *Papillon*. Seule Élisabeth en est capable.

– Et pourquoi donc ? demanda Satine Vanderbild.

– Le contrôle des commandes est informatisé. Il faut connaître le code pour avoir accès à l'ouverture du système de pilotage.

Le visage de la jeune femme changea d'un coup.

– Tu mens ! Ce n'est que du bluff !

– Tu n'as qu'à vérifier.

Elle le fixa puis lança :

– Tant pis, alors nous agirons autrement. Venez tous, nous allons rentrer avec le *Moucheron*.

– C'est quoi ? demanda un conjuré.

– C'est la navette de débarquement, répondit un autre.

– Je sais parfaitement où elle se trouve car j'ai participé à l'élaboration des plans, conclut Satine Vanderbild. Et là ça m'étonnerait qu'il y ait un clavier avec un code.

Déjà elle se dirigeait vers la soute de la navette.

Ce fut à ce moment que Mac Namarra tenta une manœuvre desespérée. Il lança son nunchaku en direction du menton de la rebelle, mais celle-ci esquiva le coup et lui enfonça le couteau de cuisine dans le ventre.

Le milliardaire recula, hébété. Yves n'eut que le temps de le soutenir avant qu'il ne s'effondre.

– Désolé, il ne fallait pas m'attaquer, lança-t-elle. Je n'ai rien contre vous. Je veux juste rentrer chez moi. Sur ma planète. N'approche pas, Yves, sinon je te frapperai toi aussi. Adieu.

Satine Vanderbild monta rapidement dans la navette avec une centaine d'autres conjurés.

Ce petit vaisseau, équipé d'un poste de pilotage simplifié conçu en vue de l'atterrissage futur, ne fut pas difficile à mettre en route.

Le sas de la soute s'ouvrit sur l'espace, et les tuyères du *Moucheron* lui permirent de décoller sans que quiconque puisse l'en empêcher.

Lorsque l'engin se fut suffisamment éloigné, il déploya ses voiles solaires, et fila en direction de ce que Satine estimait être leur chère Terre natale.

52. RÉGLER LA TEMPÉRATURE

Les échauffourées n'avaient duré que quelques heures.

Adrien ordonna qu'on secoure les blessés et qu'on compte les morts. Résultat : une vingtaine de cadavres, une centaine de blessés tous camps confondus.

Quelques-uns en avaient d'ailleurs changé durant la bataille.

Le calme revint progressivement dans le *Papillon des Étoiles*.

Gabriel Mac Namarra souffrait d'une blessure très profonde. Il fut conduit à l'hôpital, où les médecins l'opérèrent d'urgence. Ils restaient cependant pessimistes quant à son rétablissement. Au réveil, Gabriel grimaçait.

– Tout est bien, murmura-t-il. C'est comme la foudre, il fallait que la tension se libère. Et il y avait une réelle tension que nous n'avions pas perçue. Il y a toujours des mécontents. Satine aura au moins servi à ça : révéler les mécontents. Donc maintenant ceux qui restent sont a priori tous... contents.

Il se mit à sourire, à rire, mais son rire dégénéra en quinte. Il réclama un cigare.

– Au moins je ne mourrai pas du cancer, plaisanta-t-il. Alors maintenant, foutu pour foutu, accordez-moi ce dernier plaisir. Un cigare. J'en ai dans ma maison. Quelqu'un peut-il aller m'en chercher ?

Ce fut Yves qui le lui rapporta. L'industriel alluma le tabac fort et l'aspira goulûment.

– Nous avons sous-estimé la capacité de l'humain à ne jamais être satisfait de ce qu'il a. Il est sur la Terre, il veut partir dans l'espace. Il est dans l'espace il veut rentrer sur la Terre.

À nouveau il eut un petit gloussement, comme s'il trouvait sa propre plaisanterie excellente.

– Il faudra toujours un système pour évacuer les tensions. Comme dans une cocotte-minute il faut un sifflet pour relâcher la vapeur, sinon ça explose. Donc c'est à nous de mettre au point ce sifflet. Un défouloir organisé et maîtrisé.

Il souffla avec ravissement la fumée bleutée.

– Bon, il reste un problème, dit Gabriel. La navette *Moucheron*. Nous n'en avions qu'une et pour cause, c'est volumineux...

– Nous ne pourrons pas atterrir sans cette annexe, reconnut Yves.

– Il faut en construire une nouvelle, proposa Gabriel.

– Nous n'avons pas assez de technologie de pointe sur Paradis pour fabriquer un engin spatial.

– Certes, vous n'avez pas de technologie, mais vous avez du temps.

Ce « vous » indiquait qu'il se sentait déjà extérieur au projet.

– En 1 000 ans, n'importe quelle souris de laboratoire finit par trouver un moyen de s'évader. Vous trouverez un moyen. En un millénaire on finit par résoudre tous les problèmes.

Il rit derechef, et se tint aussitôt le ventre avec une grimace.

– Pourquoi ont-ils fait ça ! ? articula Yves, contenant sa colère de voir son ami dans cet état.

– Le singe, répondit Gabriel. Il y a encore sous l'humain le singe peureux et agressif. Il y a si peu à gratter pour voir apparaître le prédateur inquiet... Et puis le projet « Dernier Espoir » est si fragile...

– Non, dit Yves, « Dernier Espoir » est plus fort que jamais.

Gabriel Mac Namarra lâcha une bouffée de fumée.

– C'est bien d'y croire, mais ce dernier épisode nous montre que personne n'est encore prêt à réussir le plus important combat, celui contre notre propre bêtise.

Il saisit la main de l'inventeur.

– Merci de m'avoir fait rêver, monsieur Kramer. Merci d'avoir donné un sens à ma vie sur ses derniers jours. Je ne sais pas si la réincarnation existe, mais si je dois me réincarner j'aimerais que ce soit dans un être qui vit ici, sur le *Papillon des Étoiles*, et qui poursuivra ce projet. J'aimerais me réincarner dans vos enfants...

Yves serra sa main.

L'industriel le fixa, et marmonna :

– Bon, ça c'est fait.

Puis son regard resta fixe. Yves, d'un geste tendre, lui abaissa les paupières.

Le lendemain, le corps du milliardaire fut enterré dans le cimetière, à côté des victimes de la première guerre de Paradis-Ville. À la demande d'Yves on planta sur sa tombe le plus gros arbre du Cylindre, un olivier.

Dans le cimetière, sur le large plateau où étaient réunis tous les Papilloniens, Jocelyne fit un discours où elle expliqua qu'elle avait pris conscience que toute action entraînait une réaction, toute pulsion de vie entraînait en retour une pulsion de mort. Élodie était née. Mac Namarra était mort. Ils avaient créé une collectivité unie, une révolution réactionnaire avait essayé de la désunir. Le *Papillon des Étoiles* avait quitté la Terre. La navette *Moucheron* y revenait.

– Comment faire pour que plus jamais cela ne se reproduise ? demanda Jocelyne. Je sais que toujours vous serez parcourus par le doute. Je sais que toujours vous aurez la nostalgie de notre planète natale, mais maintenant il faut que ce deuil de Mac Namarra soit aussi le symbole du deuil définitif de notre passé terrestre. Nous ne pouvons plus faire demi-tour. C'est « continuer ou mourir ». S'il y en a d'autres qui pensent qu'il vaut mieux faire demi-tour, qu'ils s'expriment maintenant ou qu'ils se taisent à jamais.

– Et s'ils s'expriment, il se passera quoi ? demanda un jeune homme au loin.

– S'ils sont majoritaires, tout le vaisseau reviendra vers la Terre. Je vous en donne ma parole.

Yves et Élisabeth ne s'attendaient pas à ce coup de leur maire. Mais Adrien comprenait qu'il fallait tenter ce quitte ou double pour être sûr d'emporter l'adhésion générale durant les prochaines années. L'enjeu en valait la peine.

Il y eut un instant de flottement. Personne ne leva la main parmi les 143 881 passagers restants.

– Dans ce cas, nous continuons la route comme prévu, et je souhaite que désormais tous les mécontents viennent me voir avant de faire la révolution.

Adrien Weiss demanda la parole.

– Avant de mourir, Gabriel a dit qu'il faudrait trouver une manière de se défouler sans faire la révolution. Une fois de plus il a été précurseur.

Le psychologue parla avec flegme, même si l'instant et le lieu paraissaient mal choisis :

– Je pense moi aussi que dans la révolte de Satine il y avait un besoin de mettre du désordre dans l'ordre, de laisser parler les instincts de mort et de destruction. De se défouler. Ces instincts existent en nous et il ne sert à rien de les nier. Aussi je propose un jour de... Carnaval. C'est-à-dire un jour où l'on simule la guerre par des pétards, où l'on fait tous les fous pendant vingt-quatre heures. Pendant vingt-quatre heures tous les actes transgressifs seront autorisés à condition qu'ils ne remettent pas en cause, bien sûr, l'intégrité des gens. Pas de meurtre, pas de viol, pas de vol, pas de dégradation des biens. Mais disons l'alcool, la fête, tous les comportements exubérants non destructeurs seront autorisés.

Les applaudissements qui accueillirent l'idée révélaient que l'attitude vertueuse, depuis le début du voyage, pesait à tous.

– Je crois que Gabriel aurait souhaité cela..., conclut-il.

Adrien Weiss se tourna vers Yves et Caroline, surpris.

– Il faut créer un choc pour oublier le choc. Vous me soutenez ?

Ils approuvèrent.

– Nous n'aurons qu'à l'organiser la semaine prochaine, proposa Yves, toujours prompt à procrastiner.

– Non, il faut le faire à chaud. Demain sera le grand jour de Carnaval. S'il ne doit rester qu'une seule fête terrienne ce sera celle-là.

Yves Kramer prit à son tour la parole dans le mégaphone :

– Pour ma part je suggère que nous créions une cellule d'étude visant à fabriquer avec les matériaux de réserve du *Papillon* une navette de remplacement du *Moucheron*. Ceux qui veulent y travailler avec moi pourront me rejoindre dans une heure au centre du village. Je pense qu'il faudrait commencer par construire une plus grande forge.

Mais tous n'avaient en tête que cet étrange mot qui arrivait après tant de drames.

Carnaval.

53. FAIRE TOURNER LA MIXTURE

Dans la rue : foule en liesse, musique tonitruante, feux d'artifice, chants paillards, bruits de bouteilles cassées.

Dans les maisons : rires, odeurs de viande et de vin, râles, cris d'orgasme.

Le premier Carnaval dans le Cylindre fut un instant de totale débauche. Partout, dans les rues de Paradis-Ville, dans les jardins, dans les forêts, dans les champs, dans les ateliers, dans l'amphithéâtre, dans les barques sur le lac, des couples s'enlaçaient, dansaient, faisaient l'amour à deux ou à plusieurs sans la moindre pudeur. En un instant tous les morts de ce qu'on appelait désormais la « révolution des réactionnaires » furent oubliés.

La rythmique retransmise par les haut-parleurs faisait vibrer les parois de la carlingue comme si le Cylindre n'était qu'une gigantesque boîte de nuit qui haletait. Adrien eut même l'idée de faire clignoter le soleil artificiel.

Il parvint à produire un effet global stroboscopique qui participa à l'excitation générale.

La fête ne dura pas vingt-quatre heures mais trois jours et trois nuits de libations, de stupre et de luxure. Chacun s'agitait jusqu'à ce que les muscles se tétanisent, les cœurs s'épuisent, le sommeil gagne.

Puis, après ce gigantesque défoulement, il y eut une semaine de repos pour se remettre de cette fête orgiaque.

Plus tard, on compta que ce jour-là près d'un millier de naissances furent programmées et on décida d'appeler les bébés issus de ce jour « les Enfants du Carnaval ».

54. RÉGLER LA MINUTERIE

Yves Kramer considéra qu'un cap était franchi, ils avaient fait le deuil d'un certain passé, il fallait repartir sur de nouvelles bases.

Afin de marquer la bascule, il trouva l'acte symbolique qu'il considérait le plus fort : inventer un nouveau calendrier.

Par un beau soir artificiel, l'inventeur dévoila une grande horloge qu'ils avaient sortie de la réserve des objets manufacturés. Juchée sur la terrasse de marbre avec au-dessus d'elle l'écran géant qui retransmettait l'image de l'horloge, Jocelyne Perez prit le micro.

– Je déclare que dans 10 secondes, ce sera la première époque d'un nouveau temps, annonça-t-elle.

Adrien, pianotant sur son ordinateur, éteignit la lumière.

La mairesse égrena dans le noir :

– 10, 9, 8, 7, 6, 5, 4, 3, 2, 1, 0 !

Aussitôt, Adrien fit un lever progressif de soleil.

Yves appuya sur le bouton activant l'horloge. Les aiguilles, qui étaient sur 12, commencèrent à frémir. Celle des secondes s'élança en premier par à-coups, comme timide.

– Je déclare cette seconde la première seconde, cette minute la première minute, cette heure la première heure, ce jour le premier jour, ce mois le premier mois, cette année la première année, d'une ère nouvelle ! déclara Jocelyne Pérez. Nous sommes aujourd'hui en l'an 00.

Adrien Weiss se livra à un petit réglage pour donner une intensité particulière au tube néon solaire. Caroline en profita pour lancer dans les haut-parleurs une musique symphonique ample et majestueuse.

Personne n'applaudit, tous étaient émus, pénétrés de l'impression de recommencer l'expérience humaine à sa source, après avoir expurgé ses derniers reliquats de bestialité.

Les Papilloniens s'enlacèrent, s'embrassèrent. Jusque-là ils n'avaient pas vraiment pris conscience de l'ampleur historique de leur acte.

La grande horloge, hissée sur un promontoire, devenait tout à coup un symbole marquant.

Élisabeth Malory espérait qu'ils n'avaient pas fait qu'inventer une nouvelle ère, ils allaient réellement inventer une nouvelle humanité : l'homme des étoiles, l'« Homo Stellaris ».

Elle caressa la tête d'Élodie, qui dépassait d'un sac kangourou, et celle-ci eut un sourire tranquille, comme si elle savait que tout cela était normal.

Adrien prit à son tour la parole :

– Je crois qu'il nous faut désormais couper avec le passé. Oublions l'histoire. Oublions les gens de la Terre qui sont désormais les gens d'un autre monde révolu. Je propose que nous renoncions tous à nos noms anciens. Ils véhiculent des traumatismes et des nœuds cachés. Désormais vous n'aurez plus de noms de famille mais juste des prénoms.

Quelqu'un leva la main.

– Et pour ceux qui ont le même prénom ?

– Ils viendront s'identifier sur les listes, dit Jocelyne, emboîtant le pas au psychologue. On leur donnera un numéro. Michel-1, Michel-2, etc. Ils seront numérotés dans l'ordre où ils viendront se présenter au centre de recensement.

Tous comprenaient que cette décision participait de cette volonté de se couper du passé.

– Enfin, conclut-il, je propose que nous renoncions à diffuser les images télévisées de la Terre. Celles-ci, même dans leur horreur, nous influencent. Elles réveillent le singe peureux en nous. Nous devons l'oublier. Désormais vous n'aurez plus que deux chaînes. Celle qui montre ce qu'il y a face au *Papillon des Étoiles* et celle qui retransmet les spectacles internes de Paradis-Ville.

Un murmure parcourut l'assistance. Certains prenaient soudain conscience que ces images d'actualités terrestres qui les scandalisaient, ces politiciens terriens dont ils se moquaient avaient finalement un impact négatif sur eux.

Cette première journée de l'ère nouvelle fut considérée comme chômée. Personne ne travailla. Les Papilloniens discutaient par petits groupes pour commenter leur vision de la nouvelle humanité dont ils seraient les premiers acteurs.

Le soir, les 143 881 passagers s'endormirent en faisant non plus des rêves du passé, mais des rêves du futur.

Ils étaient les « Homo Stellaris » de l'an 00 de la Nouvelle Ère. Les mots finalement avaient un énorme pouvoir.

55. LAISSER REPOSER

Le cycle de vie s'installa.

Les insectes aéraient le sol. Les plantes filtraient l'air.

Les mammifères transformaient les protéines. Les bactéries digéraient les déjections et les corps des mammifères.

Un équilibre écologique stable finit par régner dans l'éprouvette géante de 32 km de long.

Étant donné les moyens mis en place et les matériaux limités à bord du *Papillon des Étoiles*, l'équipe d'ingénieurs ne parvint à mettre au point qu'une minuscule navette spatiale pouvant tout au plus contenir deux personnes. Yves-1, Domino sur l'épaule, rejoignit Élisabeth-1 assise devant le gouvernail, sa fille endormie à côté d'elle.

– Dans deux ans le *Moucheron 2* devrait être opérationnel. Ce qui correspondrait à notre rencontre avec la dernière planète de notre système solaire. Avec cette navette nous pourrons atterrir et chercher d'autres métaux pour finaliser la construction de *Moucheron 3* qui contiendra tout le monde.

– Ne me mens pas, dit-elle. Plus maintenant. J'ai moi aussi discuté avec les ingénieurs de *Moucheron 2*. Il nous faudrait en effet d'autres métaux, mais la dernière planète de notre système solaire ne recèle pas de métaux. C'est une planète gazeuse.

L'inventeur fit semblant de s'intéresser au chat.

– Avec le temps on finit toujours par trouver des solutions, ce n'est pas nous qui allons prétendre le contraire. Nos enfants trouveront certainement une solution.

– Retiens le nom de notre projet « Dernier Espoir ». Nous ne pouvons pas sans cesse étirer la chance. J'ai bien compris ton message, nous avons une navette pour deux personnes et c'est tout. Voilà la seule vérité.

Yves-1 concéda que telle était en effet la situation.

Devant eux les étoiles au loin palpitaient, et à cet instant la belle navigatrice eut encore l'impression que c'étaient les petits yeux multiples de l'univers, et que celui-ci, comme une entité vivante globale, les surveillait.

– Et si dans nos gènes était inscrite la programmation de notre autodestruction ? énonça Yves-1.

– Je ne comprends pas.

– La nature est logique. Si elle nous a permis de nous développer vite et de devenir des animaux surpuissants, c'est peut-être parce qu'elle sait que nous sommes déjà, par programmation, « autolimités ». Nous croyons avoir dominé la nature mais en fait nous ne l'avons pas plus dominée que toutes les espèces qui ont disparu avant nous. Pour certains elle a utilisé les maladies, les astéroïdes, les changements climatiques, pour nous, la fin est inscrite dans le scénario préécrit de nos gènes.

La navigatrice commençait à saisir la portée vertigineuse de cette idée.

– Tu veux dire que quand une espèce naît, la Nature prévoit d'avance sa fin ?

– Tout du moins son « limitateur ». Pour certaines c'est un prédateur. Pour l'homme c'est une pulsion d'autodestruction.

– Mais non, regarde-nous, nous n'avons pas cette pulsion.

– C'est nous qui ne sommes pas normaux. Regarde les enfants : sans que quiconque leur dise quoi que ce soit, leur premier jeu c'est la guerre.

– Les garçons. Pas les filles.

– Si, même les filles, elles se griffent ou se détruisent par la parole ou la calomnie, mais au final les êtres humains ne se veulent mutuellement que du mal. Si on pouvait impunément tuer quelqu'un qu'on ne connaît pas juste pour se défouler... on le ferait. Ce n'est que la police, et l'armée, donc la violence collective, qui nous empêche d'exprimer notre plaisir individuel de destruction.

– Comment peux-tu dire une telle horreur ?

– Je suis lucide. Nous sommes tous méchants. C'est une sécurité qu'a prévue la Nature, pour réduire notre croissance exponentielle et notre invasion de l'univers.

– Je ne me sens pas comme ça. Je ne suis pas « méchante ».

– Pourtant en cherchant bien tu dois l'être toi aussi. Nous avons tous un fonds de noirceur. Nous ne pouvons plus laver nos gènes de cette malédiction d'origine. C'est de là que viennent toutes nos souffrances, nos peurs, nos agressivités et quelque part la condamnation de tous les projets positifs.

– Mais nous, nous avons fait décoller le *Papillon des Étoiles* avec plus de 100 000 personnes, et pour l'instant nous avons surmonté tous les conflits.

– Oui, nous savons fuir, mais saurons-nous déprogrammer tout ce mal qui est naturellement en nous ?

Élisabeth-1 fit une grimace.

Domino-1 sauta de son épaule pour renifler le lit d'Élodie-2.

– Tu sais quel est l'avantage de ce chat sur nous ? demanda Yves-1.

Elle caressa le félin.

– Lui, il ne sait pas qu'il va mourir. C'est peut-être la peur de la mort qui est à l'origine de toute cette angoisse, reconnut-il.

Élisabeth-1 secoua ses longs cheveux roux et, ne comprenant que trop bien la portée de cette phrase, préféra changer de sujet.

– Comment se passe la vie dans Paradis ? questionna-t-elle.

Yves-1 savait que sa compagne quittait de moins en moins le poste de pilotage, considérant que désormais dans le Cylindre régnait non plus l'écologie mais la politique.

– Les plantes prennent un peu leur revanche dans la zone sud. Les lianes, les fougères et les lierres envahissent tout. J'ai une théorie particulière sur les plantes, je crois qu'elles se vengent des hommes. Avec le café, le tabac, la vigne, la marijuana, le thé, l'opium, le pavot, la cocaïne, elles les avaient déjà asservis sur l'ancienne Terre. À mon avis elles l'avaient fait volontairement, dans une conscience d'espèce, pour se venger que nous les asservissions en les organisant en cultures et en jardins. Une plante n'aime pas l'ordre, elle aime la jungle, la forêt et le chaos. Ici aussi elles essaient de reprendre du pouvoir...

Élisabeth-1 sourit, elle était habituée aux élucubrations philosophiques de son compagnon. Mais elle ne le laissa pas développer sa nouvelle théorie sur les végétaux.

– Et les passagers ?

– Gilles-1 a donné à la télévision interne un ton vraiment très frais. Je crois que son rôle de bouffon est essentiel. Il permet de relâcher les petites tensions.

– Et pour les plus grosses ?

– Jocelyne-1 est devenue un peu autoritaire, mais je crois que cela rassure tout le monde d'avoir un vrai chef charismatique à la tête de la ville. Une personne laxiste se ferait submerger. Tous ont en mémoire la révolte des réactionnaires.

– Nous ne pouvons plus nous permettre une nouvelle émeute.

– Jocelyne-1 a interdit l'alcool après 22 heures. Elle a interdit aux parents de frapper leurs enfants. Elle a interdit aux gens de jeter leurs ordures n'importe où. On ne peut même plus cracher par terre en ville.

– L'assemblée a voté les lois ?

– Même les 64 de l'assemblée tremblent devant elle. Elle pique des colères spectaculaires.

– Le pouvoir lui monte à la tête ?

– Je la surveille. Pour l'instant je crois que ce qu'elle fait est adapté. Ils aiment bien se sentir « tenus ».

– J'ai entendu dire qu'elle avait fait agrandir la prison.

– Nous avons maintenant quinze détenus, dit Yves-1.

– Quels délits ?

– Assassinats. Pour la plupart des crimes passionnels. Amour, jalousie, sentiment de trahison.

– On ne peut pas facilement lutter contre l'instinct de possession affective.

– Il y a aussi trois crimes pour... jeu, signala Yves-1.

– Des jeux ? Quels jeux ?

– Il existe maintenant des cercles de joueurs de cartes et de joueurs de dés. Je vois bien qu'ils ont envie de miser de l'argent. Ils commencent à miser des boulons, et je les soupçonne de leur donner une valeur pécuniaire.

– Il fallait s'y attendre. On arrive à maîtriser temporairement le vice de la drogue, de l'alcool, et la pulsion de tuer son prochain, mais on peut difficilement maîtriser le goût du jeu et l'instinct de possession sexuelle, les deux étant parfois liés...

Yves-1 la regarda et songea qu'il était incroyable qu'au bout de tant d'années il soit toujours aussi amoureux d'elle. Il n'aurait jamais pu imaginer sa vie avec quelqu'un d'autre. Il estima même que si le projet « Dernier Espoir » n'avait servi qu'à faire d'eux un couple, c'était une raison suffisante pour légitimer tous ces efforts.

– Je serais capable de tuer pour toi ou pour Élodie, affirma-t-il.

– Vis plutôt pour nous. Surtout que j'ai encore une bonne nouvelle à t'annoncer. En fait même deux bonnes nouvelles.

Elle désigna son ventre et lui adressa un clin d'œil complice.

56. LE SUCRE TRANSFORMÉ EN SÈVE

Six mois plus tard, Élisabeth-1 donna le jour à des jumeaux.

L'accouchement se passa très mal. Le médecin ne put arrêter l'hémorragie qui s'ensuivit. Il pensait que les deux enfants en poussant avaient rouvert la fracture du bassin causée par l'accident de voiture.

Élisabeth-1 agonisa une journée avant de mourir.

Durant ses dernières minutes, elle tint la main de son compagnon.

– Nous avons fait du bon travail, déclara-t-elle en surmontant sa douleur.

Domino venait de pénétrer dans la pièce et comme à son habitude il se plaça là où il sentait que se trouvait la souffrance.

Il changea de position et se plaqua plus fort contre cette humaine qui, il s'en rappelait, l'avait si souvent nourri.

– Pour moi c'est fini, il faut que tu t'occupes de nos enfants et des enfants de nos enfants. Confie-leur le secret de ton énigme, qu'ils puissent savoir où atterrir.

Yves-1, ému, n'arrivait pas à prononcer une parole.

– Et puis donne-leur aussi ton livre *Planète étrangère : mode d'emploi*, je crains qu'ils ne sachent que faire en arrivant.

Il essuya une larme qui coulait sur sa joue.

– Finalement tu as raison, il ne faut donner le savoir qu'à ceux qui sont capables de l'utiliser.

– Ne parle plus. Repose-toi, parvint-il à articuler.

– Tu sais, Yves, je meurs heureuse. Je souhaite à tout le monde d'avoir une vie comme la mienne. Merci d'être venu me réveiller. Même si c'était de manière un peu « brutale ».

Il lui serra plus fort la main.

– Sois heureux toi aussi. Tu en as le droit. Nous avons réussi. Nous avons réussi...

Sa main lâcha celle d'Yves-1.

Dans son esprit les idées couraient à toute vitesse.

Mourir pour accompagner Élisabeth ? Partir en beauté ensemble ?

Non. Je ne ferai pas comme papa, je ne me suiciderai pas par amour. Cela ne sert à rien que les générations se succèdent si elles ne font que reproduire les scénarios de leurs parents. Je ne me suiciderai pas. J'élèverai nos enfants. Le suicide de Jules était un acte égoïste. Il m'a abandonné. Je ne les abandonnerai pas.

Yves-1 décida de donner à ses enfants des prénoms comprenant la syllabe « El » en mémoire d'Élisabeth.

Éli-1 et Éla-1.

Élodie-2 de toute façon était appelée depuis longtemps Élo-2.

Sur la tombe d'Élisabeth-1, Yves-1 demanda qu'on plante un pommier car la pomme était son fruit préféré. Il demanda aussi que personne n'approche de cet arbre, il voulait être le seul à pouvoir prier sa femme.

Puis on procéda à l'élection du nouveau skipper qui guiderait le *Papillon des Étoiles*.

57. NOTER LA RECETTE POUR LES AUTRES

Après la mort d'Élisabeth-1, Yves-1 ne sortait plus de sa maison. Il restait toute la journée à son bureau à rédiger ses livres *Nouvelle Planète : mode d'emploi* et son *Journal de bord*.

Le chat Domino avait grandi et grossi.

Yves-1 le laissait désormais libre dans le Cylindre. Domino se révéla être une femelle lorsqu'elle donna naissance à plusieurs chatons, noirs, blancs ou roux.

Cependant elle ne vivait pas en couple avec le géniteur. Elle était trop préoccupée par un défi personnel : sauter de plus en plus haut. Elle avait donc pris l'habitude de bondir de promontoires de plus en plus élevés pour voir ce qu'elle pouvait encaisser dans les pattes.

S'étant un jour lancée depuis le haut de la terrasse de marbre, elle se rattrapa mal et se brisa la colonne vertébrale. Yves-1 enterra la chatte dans la zone du cimetière et planta au-dessus d'elle son végétal favori : de l'herbe-à-chat.

Ce fut à cette époque que le *Papillon des Étoiles* atteignit la dernière planète du système solaire. Les fondateurs survivants réunis dans l'œil gauche du vaisseau constatèrent qu'en effet celle-ci n'était que gaz et vapeurs. Donc il n'était plus possible de trouver des minéraux ferreux pour fabriquer une navette de remplacement.

Tous savaient qu'ils en auraient désormais pour au moins neuf cents ans de voyage dans le vide sidéral sans croiser d'autres soleils ou d'autres planètes.

Après avoir dit adieu à leur Terre, ils organisèrent une cérémonie pour saluer leur système solaire. Cette fois le *Papillon*, toutes ailes dorées déployées, avait atteint la vitesse de 2,6 millions de kilomètres-heure. Il ne pourrait plus accélérer, il ne pourrait que poursuivre sur sa lancée.

58. PHASE DE FOSSILISATION

Une semaine. 1 mois. 1 an. 10 ans. 20 ans. 30 ans.

L'arbuste planté sur la tombe d'Élisabeth-1 avait donné plusieurs récoltes et était maintenant un beau pommier dont les branches s'élevaient vers le soleil artificiel du Cylindre.

Dans les champs les socs des charrues tirées par des bœufs attiraient des nuées d'oiseaux friands de vers. Dans les jardins les papillons aux couleurs étranges venaient se poser sur les fleurs.

Sur la place centrale des vieillards voûtés évoquaient la vie sur la Terre et comparaient leurs souvenirs. Le linge à sécher pendait aux fenêtres. Les poissons à fumer étaient posés sur des tréteaux, exhalant des odeurs fortes. Le bruit des forges rythmait Paradis-Ville alors que des gouttes d'eau issues de la condensation s'accumulaient sur les tubes-néons de l'axe central avant de tomber dans toutes les directions à la fois.

La gravité était stable. La zone forestière formait une belle masse végétale. Le lac débordait de vie aquatique : grenouilles, crapauds, brochets, salamandres. Partout la vie aérienne, terrienne foisonnait.

Yves-1 avait le poil blanc et les rides creusaient son visage mais il avait toujours son regard brillant et vif. Sa santé n'avait cessé de se détériorer depuis la mort de sa compagne. Les médecins n'arrivaient à aucun autre diagnostic que : « La vie le quitte progressivement. »

Juste avant de mourir d'une maladie qui le faisait tousser mais qu'aucun médecin n'avait clairement identifiée, l'inventeur du projet « Dernier Espoir » signala à Élo-2 l'existence du coffre-fort serti dans le gouvernail.

– Pour trouver le mot qui déclenche l'ouverture il faut résoudre une énigme, expliqua-t-il à son enfant.

« C'est à la fin du matin.

C'est au début de la nuit.

Et on peut le voir quand on regarde la lune. »

La jeune fille ressemblait beaucoup à sa mère. Elle nota les phrases avec attention. Yves toussa longtemps, puis se reprit :

– Il y a aussi le *Journal de bord*, c'est l'histoire du lancement de notre projet, et *Nouvelle Planète : mode d'emploi*, c'est le manuel qui sera utile lors de l'aboutissement probable de notre projet.

Il les lui montra.

– Enfin il y a un troisième livre, il s'appelle l'*Encyclopédie de l'ancien monde*. Celui-là c'est un livre d'histoire et c'est aussi une vraie encyclopédie du savoir avec des connaissances précises dans une multitude de domaines. J'ai rédigé cet ouvrage ces vingt dernières années grâce à ma mémoire mais aussi à l'aide de tous les spécialistes du vaisseau qui m'ont raconté leurs souvenirs des technologies et des événements passés.

– C'était quoi l'« ancien monde » ?

Yves-1 caressa le visage d'Élo-2.

– Ma fille... Cela s'appelait la Terre...

Il hésita, voulant s'arrêter sur ce suspense, mais il sentait une telle soif de connaissance chez son enfant.

Comment raconter toute l'histoire d'une humanité juste avant de mourir ?

– Disons que jadis les hommes vivaient sur une planète, mais leurs instincts de singes agressifs et territoriaux les submergeaient. Ils ont bâti une civilisation, mais celle-ci a fini par stagner puis par péricliter.

– Je veux que nous revenions là-bas, dit Élo-2.

Yves-1 n'avait pas prévu une telle réaction.

Il fallait trouver un argument

– Ils ont été frappés par sept plaies.

– Lesquelles ?

– Eh bien dans le désordre :

1. Des tremblements de terre qui faisaient s'effondrer les maisons.

2. Des fanatiques religieux qui voulaient imposer leur pensée en semant la terreur.

3. Des moustiques qui en piquant entraînaient le sommeil.

4. Des bombes atomiques qui libéraient des nuages empoisonnés.

5. Des oiseaux qui transmettaient des fièvres qui faisaient que les gens étouffaient.

6. Des vagues géantes qui submergeaient les continents.

7. Et puis les rats.

– Les rats ?

– La mentalité des rats. C'est-à-dire l'égoïsme et la loi de la force. Chacun pour soi et on laisse crever les plus faibles. C'est ainsi que pensaient les humains de l'ancienne Terre.

– Ça s'est terminé comment ?

– Probablement par... l'Apocalypse.

– L'Apocalypse ? C'est quoi ?

– Littéralement cela signifie la « levée du voile ». La révélation de la vérité. Elle est si insupportable que pour chacun elle correspond à la fin du monde.

– Les gens de l'ancienne Terre sont morts ?

– Je n'en sais rien mais en tout cas avant l'Apocalypse, nous avons « mis les voiles » pour partir. Le dernier espoir c'est la fuite.

– C'est cela que raconte le livre ?

Elle désignait l'*Encyclopédie de l'ancien monde*.

Yves-1 caressa les cheveux de la jeune fille.

– Oui, il parle un peu de la politique, mais il contient aussi la description physique et technique de l'ancien monde. Comment s'appellent les animaux qui sont dans les tubes. Il énumère clairement les mots de la langue ancienne, celle que nous utilisons encore, d'ailleurs. Il explique beaucoup de savoir-faire : la culture, l'élevage, la poterie, le tissage.

– Fabriquer des vélos ?

– Oui, un jour les gens oublieront et redécouvriront tout cela, grâce à ce livre ou grâce à ceux qui l'auront lu. Il s'agit de préserver le maximum de savoir, sachant que celui-ci va se décanter.

Le regard de l'inventeur se perdit par la fenêtre où l'on voyait passer des oiseaux.

– Ils oublieront et grâce à ce savoir caché, malgré tout ils se rappelleront et ils transmettront. À leur rythme. Progressivement. En déformant, mais au moins tout ne sera pas perdu.

– Quel immense pouvoir renferme ce livre..., murmura la jeune fille.

– Oui. Et quel immense pouvoir ont les imbéciles à oublier les connaissances des livres. C'est pour cela qu'il ne faut pas les transmettre n'importe comment à n'importe qui. Et c'est pour cela que tu devras les cacher.

– Où ça ?

– Tu devras cacher les trois livres, le *Mode d'emploi*, le *Journal de bord*, et l'*Encyclopédie* dans un creux du tronc du pommier qui pousse au-dessus du corps de ta mère. Ainsi elle continuera de les protéger par la sève qu'elle insuffle dans l'arbre.

– Mais les gens dans mille ans ne les trouveront pas.

– Ne t'inquiète pas, j'ai déjà ajouté dans le coffre-fort du gouvernail un papier qui indique qu'il faut les chercher là.

Il regarda Élo-2 et lui prit la main avec un geste exactement similaire à celui d'Élisabeth trente ans plus tôt.

– Il faut que tu saches... nous n'avions pas le choix. Notre dernier espoir était la fuite. Jamais, je dis bien jamais, ne laisse la nostalgie de la Terre revenir. Il faut avancer sans regarder en arrière. Tu me le promets ?

– Je vivrai pour le futur, père, pas pour le passé. Je te le promets.

Le visage de l'inventeur se détendit.

– C'est bien, Élo. Dans le nom de tous tes enfants mets un « El » au début ou à la fin, en référence à Élisabeth. Je veux que jamais personne ne l'oublie.

Élo-2 enterra son père à côté de sa mère. Elle planta au-dessus de son corps un abricotier. Dans son éloge funèbre elle dit seulement qu'il avait été un bon père car jusqu'à la fin il lui avait raconté des histoires qui l'avaient fait rêver, et que si elle avait une définition pour Yves-1 ce serait : « Un homme qui savait faire rêver les autres avec des histoires, et qui avait su transformer un de ces rêves en actes. »

Élo-2 n'eut pas d'enfants car elle était plutôt attirée par les femmes. Ce furent ses frère et sœur Éli-1 et Éla-1 qui prolongèrent la lignée d'Yves et d'Élisabeth.

Dans le Cylindre tournant à 1,01G on voyait maintenant de plus en plus de jeunes de la nouvelle génération. Ils étaient plus petits que leurs parents, un peu plus fragiles aussi du fait de la vie en milieu confiné.

L'absence de vent, de pluie, de froid, de chaud, les transformait en êtres sensibles.

Ce fut à cette époque que Jocelyne-1, qui était bien âgée elle aussi, instaura en souvenir du monde terrestre des saisons nettes. L'année fut divisée en 4.

Un printemps doux.
Un été chaud.
Un automne doux.
Un hiver froid.

Jocelyne proposa non seulement un changement de température mais aussi un changement de couleur du tube solaire. En hiver il émettait une lumière plus bleutée. En été, une lumière plus jaune.

À son initiative fut lancée une campagne de loisirs, des sports et des jeux censés mettre en valeur l'intelligence et l'adresse en créant des compétitions artificielles.

Jocelyne-1 proposa de construire une bibliothèque encore plus grande où chacun consignerait ce dont il se souvenait de la Terre ancienne, au cas où l'on en aurait besoin un jour.

Ce fut son dernier grand chantier.

Puis Jocelyne-1 mourut, ainsi que Caroline-1 et Adrien-1.

De l'équipe dirigeante du début il ne restait plus personne. Juste un coin du cimetière où poussaient côte à côte un olivier, un pommier, un abricotier, que vinrent rejoindre par la suite un figuier, un noisetier, un marronnier.

Le *Papillon des Étoiles* glissait toujours dans le vide de l'espace, indifférent à ce qui arrivait aux petits parasites qui s'agitaient dans son long thorax cylindrique.

59. NOCES CHIMIQUES

Le pommier planté au-dessus du corps de la navigatrice était maintenant un grand arbre majestueux au tronc large et épais et aux frondaisons bruissantes.

Au fronton du bâtiment de la mairie, le calendrier indiquait : An 60e. Mois 5e. Jour 13e. C'était le règne de ce que l'on nommait déjà la troisième génération.

Alors que la première génération avait lancé la mode des vêtements bariolés à motifs fleurs ou papillons, la seconde génération avait, probablement par réaction, choisi des couleurs pastel et des impressions à rayures et carreaux. La troisième, quant à elle, était résolument allée vers le noir et le blanc, avec pour seuls décors des étoiles claires sur les vêtements noirs et des planètes foncées sur les vêtements blancs.

Le plateau du cimetière s'était transformé en verger et l'on en avait déjà aménagé un second sur un plateau voisin.

Paradis-Ville s'était progressivement étoffée d'une banlieue de petites villas individuelles agrémentées de jardins étroits. Les gens aimaient de moins en moins vivre à plusieurs dans la même maison, et les portes étaient équipées de serrures, signe, après un certain sens de la vie collective, d'un retour vers la vie individuelle.

Il fallait attendre le soir pour que les Papilloniens se retrouvent en foules serrées dans les boîtes à la mode, à danser sur des musiques syncopées assourdissantes.

C'était ce qu'on appelait les « transes collectives ».

On y voyait tout le monde sauter à l'unisson.

La télévision, après avoir retransmis les spectacles vivants joués dans l'amphithéâtre, se mit à produire ses propres fictions. Celles-ci s'avéraient violentes, comme si les gens avaient naturellement besoin d'expulser leur venin caché.

En gastronomie la mode était à la nourriture épicée et les champs de piments, de moutarde et de poivriers devenaient nombreux.

Cependant, Zoé-27, la jeune remplaçante de Jocelyne-1 au poste de maire, n'avait ni son autorité ni son charisme. Adepte des plaisirs immédiats, elle désertait sa mairie et ne faisait qu'organiser des orgies et des fêtes sous le prétexte de lutter contre l'ennui.

De l'observation des fourmis, elle n'avait retenu que l'idée « Chacun fait ce qu'il lui plaît ». Et après une période d'ordre sur la lancée de l'équipe fondatrice, il y eut une période de laxisme. Pour ne pas compliquer la vie de tous, les tribunaux ne condamnaient plus les délits, se contentant d'excuses publiques. Les prisons furent ouvertes et leurs occupants libérés au nom de l'entente générale.

Seuls Éli-1, Élo-2 et Éla-1, les trois enfants d'Yves et Élisabeth, essayaient de tirer la sonnette d'alarme, mais on les considéra rapidement comme des « tristes ». Ce qui était devenu une grande insulte à cette époque de réjouissances quasi obligatoires. L'assemblée des sages ne réagit pas.

Comme plus personne ne voulait travailler aux tâches pénibles au nom du même principe de « Chacun fait ce qu'il lui plaît », la récolte fut décevante et la nourriture commença à manquer.

C'est alors qu'apparut un certain Luc-66 qui monta une bande de jeunes et l'entraîna à cambrioler les maisons en faisant sauter les serrures à coups de barres de fer ou en s'introduisant par les fenêtres ouvertes.

Il fut arrêté par ce qui restait de police, mais rapidement libéré dès qu'il eut fait ses excuses publiques.

Dès lors, Luc-66 comprit qu'il devait y aller plus franchement. Il réunit une bande armée et saccagea Paradis-Ville. Il prit en otage la mairesse et quelques sages de l'assemblée, en tua quelques autres pour être sûr d'être pris au sérieux. L'opération eut un effet-choc. Beaucoup étaient déjà prêts à se soumettre à sa loi. Il faillit prendre le pouvoir mais Élo-2, qui avait maintenant 60 ans, sut monter rapidement une contre-armée qui fit front.

Les deux bandes dès lors grandirent simultanément.

Les pro-Luc-66 contre les pro-Élo-2.

La guerre entre les deux groupes dura plusieurs semaines.

À leur grand étonnement les membres des deux armées se régalaient de tuer leur prochain. C'était bien mieux que le Carnaval. Donner la mort avait quelque chose d'autant plus jubilatoire qu'ils bravaient le plus fort interdit de leur société. Défendre l'ordre et défendre le désordre dès lors s'avéra un même prétexte pour se défouler.

Ils se tuaient avec des flèches, des lances, avec des lance-pierres, parfois à coups de poing. Les maires prirent bien vite un ancien titre terrestre dont on avait oublié le sens exact : roi.

Ainsi apparurent dans le Cylindre Élo-2, la vieille reine du Paradis, et Luc-66, le jeune roi de l'enfer.

Et à son grand étonnement, Élo-2 révéla des talents de stratège et de guerrière qu'elle n'aurait jamais soupçonnés si les circonstances ne l'y avaient forcée.

Dès lors ce fut comme une partie d'échecs.

Le premier qui eut l'idée des attaques de nuit marqua un point.

Le premier qui eut l'idée d'utiliser des groupes à vélo pour attaquer plus vite et en meute marqua un autre point.

Ils avaient l'impression de tout réinventer : les missions

commandos, les prisonniers, les otages, les espions, les tortures, les trahisons.

On vit des charges opposant des centaines d'hommes à vélo, sorte de cavalerie mécanique légère, contre des lignes d'archers. Des groupes de cyclistes armés attaquaient d'autres groupes de cyclistes armés. Il y eut des tranchées. On se battait par moments sur des lignes de front se prolongeant jusqu'au ciel, voire formant des anneaux complets face à d'autres anneaux complets.

Ce premier conflit généralisé fit une bonne dizaine de milliers de victimes. Signe du temps : par commodité on ne les enterra plus individuellement mais collectivement dans une grande fosse commune pour chacun des camps.

Finalement, épuisés, les deux monarques firent la paix, et il se construisit une palissade qui définit une ligne de démarcation dans le Cyclindre séparant la zone ayant Paradis-Ville pour capitale de la zone d'Enfer-Ville.

Par chance il y avait toujours un skipper pour diriger le *Papillon des Étoiles* et ce dernier continuait à voguer, ses longues ailes dorées gonflées de lumière tenant malgré tout le cap des trois lueurs.

La lumière du soleil d'origine avait faibli avec la distance et deux ou trois astéroïdes qu'on n'avait pas su éviter étaient venus cribler les deux grandes voiles de Mylar.

Imperceptiblement, le *Papillon* commençait à décélérer à 2,5 millions, puis à 2,2 millions de kilomètres-heure.

60. 1 000 ANS DE MATURATION

Après la guerre la paix.

Après la paix à nouveau la guerre.

Dans l'intervalle : juste quelques dizaines d'années, le temps d'oublier les méfaits de la guerre et les raisons de la paix.

La mode vestimentaire était à la tenue de camouflage verte à motifs de feuillages pour les hommes comme pour les femmes. Les maquillages étaient dans le même esprit.

Les élevages furent laissés à l'abandon, les récoltes se réduisirent et la population commença à connaître des problèmes de carences et de malnutrition.

Les corps devenaient moins résistants.

Paradoxalement, pour fournir de la chair à guerroyer, les femmes furent encouragées à engendrer une nombreuse progéniture, au nom de la cause sacrée militaire. Plus d'enfants, moins de nourriture, plus de soldats, moins d'agriculteurs, telle semblait la spirale logique de l'histoire dans le Cylindre.

Ceux qui prônaient l'entente et le retour au travail des champs étaient ridiculisés.

La passion guerrière s'était emparée de tous les esprits et les êtres raisonnables qui voulaient construire la paix étaient pendus aux entrées des deux villes avec une pancarte « Traître » accrochée au cou.

Il fallut une intervention extérieure pour arrêter ces guerres aussi destructrices.

Une épidémie de grippe que personne ne sut enrayer fit tellement de ravages que les deux villes décidèrent d'oublier un instant leurs querelles pour s'unir dans la lutte contre le virus. Après de longues palabres elles créèrent un grand hôpital à la limite des deux territoires et mirent en commun leurs biologistes pour tenter de trouver un remède au fléau. Les morts s'accumulaient.

À la fin de la troisième génération, un guérisseur réinventa le vaccin qui avait été oublié. Il avait retrouvé le concept d'inoculer le microbe désactivé, dans un livre de la bibliothèque.

Mais une autre maladie incompréhensible sobrement baptisée « maladie de l'espace » frappa elle aussi la population du Cylindre.

Un guérisseur décréta qu'elle était due à la trop grande promiscuité dans les deux capitales saturées. Cela entraînait la prolifération des rats, des blattes et des mouches. De fait, depuis la première guerre du Cylindre l'hygiène générale des populations avait bien baissé.

Les deux grandes capitales, Paradis-Ville et Enfer-Ville, essaimèrent en une dizaine de petits villages reliés par un réseau de routes et de pistes.

On assista à un renouveau de l'agriculture et de l'artisanat.

Certains villages étaient plus rentables que d'autres et malgré l'interdit posé par les fondateurs, on vit réapparaître l'argent sous forme de rondelles de métal tamponnées.

Et dans le même temps des gangs de voyous cambriolaient les maisons et regroupés en hordes attaquaient même les villages.

On revint à la lutte de l'épée contre le bouclier.

Certaines cités construisirent donc leurs propres palissades pour se protéger des attaques des bandes à vélo. Par chance, les végétaux ayant poussé, la forêt sauvage fournissait à tous de bonnes réserves de bois.

Après l'usage des épées et des arcs et malgré l'interdit, des bandits ayant eux aussi fouillé dans la bibliothèque retrouvèrent le secret de la catapulte. Ils commencèrent à fabriquer des engins susceptibles de projeter très loin et très haut des boulets.

Un projectile lancé par un maladroit finit par briser un bout du soleil artificiel. Heureusement le néon central était composé d'une succession de cent vingt lampes juxtaposées, sinon, les Papilloniens auraient été condamnés à la nuit éternelle. L'incident suffit cependant à proscrire la fabrication d'armes à longue portée. Tout du moins tant qu'on se rappelait les dégâts qu'elles pouvaient entraîner... c'est-à-dire jusqu'à l'apparition de la génération suivante.

On était en l'an 560 de la Nouvelle Ère, et il apparut un chef de horde particulier, Nicolas-52, qui fut le premier à avoir l'idée de creuser des tunnels sous les palissades pour piller les villages. Une fois qu'il en eut pris cinq par surprise avec sa troupe armée qu'on appelait les « taupes », il décida de réunir tous les leaders pour discuter.

Nicolas-52 proposa une trêve générale.

Les chefs de hordes et de villages n'étaient pas d'accord, ne voulant renoncer ni aux querelles ni aux vengeances personnelles. Et puis ils ne voyaient pas pourquoi l'armistice se passerait sous la houlette de Nicolas-52. Ce dernier les mit d'accord en leur servant à tous un banquet. Empoisonné. Tous moururent. Il n'y eut plus dès lors ni chef de horde, ni maire de village, aucune force capable d'empêcher le règne de Nicolas-52.

Son premier discours concerna les chèvres et les moutons. Il y énonçait que la meilleure manière de réconcilier les chèvres qui se disputaient avec les moutons était de faire apparaître un loup.

Et en tant que loup, il commença par changer de nom pour prendre celui d'Élé-1.

Et de lui-même il fit rajouter son qualificatif « Le Grand ». Élé-1 le Grand.

Il se prétendait descendant direct d'Yves-1 et Élisabeth-1, les fondateurs mythiques.

Ceux qui essayèrent de le contredire ou de remettre en cause sa filiation disparurent mystérieusement.

Élé-1 se fit élire roi unique par l'assemblée des sages.

Désormais le Cylindre, enfin réunifié sous la terreur de son règne, s'avéra d'autant plus stable que le monarque ne supportait pas la moindre contradiction. Le mur fut ouvert et Paradis-Ville décrétée seule vraie capitale.

Élé-1 imposa le principe de « trois pas en avant et un pas en arrière ». Il était conscient que chaque pas évolutif entraînait une phase de réaction régressive, mais il fallait que celle-ci soit limitée. Un seul pas en arrière et on reprend les trois pas en avant.

Élé-1 le Grand mourut à 111 ans, de vieillesse, et le titre d'Élé devint synonyme de « roi du Cylindre ».

Élé-2, son fils, avait moins de charisme. Il fut baptisé ironiquement par le peuple Élé-2 le « Moins Grand ». Il parvint, sur le souvenir de terreur de son père, à faire que la génération de l'an 600 à l'an 650 ne connaisse que des petits conflits non généralisés.

En l'an 730 éclata une nouvelle épidémie de grippe. Juste après apparut une religion, « la Religion de la Vérité », sur l'instigation d'un homme qui se prétendait prophète. Comme par réaction son propre frère créa une seconde religion, « la Vraie Foi ».

En l'an 750, grande guerre entre les deux religions des frères prophètes.

Le principe de « trois pas en avant et un pas en arrière » était remplacé par « trois pas en avant et deux pas en arrière ».

En l'an 780 apparition d'un troisième groupe se définissant comme athée et antireligieux.

La guerre dite « des Trois Croyances » dura dix-neuf ans et vit l'incendie complet de la plus grande forêt du Cylindre, ce qui troubla l'équilibre écologique et rendit l'air difficile à respirer. Les guerriers combattaient essoufflés. Tout le monde était en sueur.

En l'an 799, une charge à vélo opposant plus de 3 000 cyclistes armés aboutit à la victoire totale du groupe des antireligieux. Dès lors le chef athée fut nommé le nouvel Élé, Élé-3. Élé-3 le « Sans Dieu ». Il promulga l'interdiction des religions.

En l'an 813 il y eut une révolte d'adolescents, proposant qu'on tue tous les vieux.

La guerre dite « des Générations » dura quarante et un ans. Elle vit à nouveau l'utilisation de catapultes et la destruction de vingt néons du soleil artificiel. Il ne restait plus que 99 soleils tubulaires et des régions entières étaient dans l'obscurité.

Le principe de « trois pas en avant et deux pas en arrière » fut remplacé par « deux pas en avant deux pas en arrière ».

En l'an 854 le nouveau roi, Élé-4, profitant d'émeutes de paysans, installa un gouvernement très ferme. Des lois strictes furent promulguées.

Les gens durent renoncer à s'habiller de couleurs pour porter l'uniforme noir. Il y avait une seule musique officielle. Un seul livre officiel : le Petit Livre noir. L'humour et la danse furent proscrits. La délation obligatoire. Le sentiment amoureux, étant considéré comme antigouvernemental, fut remplacé par « l'envie de reproduction en vue d'augmenter le nombre de serviteurs de l'État », considéré comme le seul sentiment noble.

Un roi, une pensée, un ordre. Chacun à sa place et personne n'en bouge.

Élé-4 dit « l'Immuable » établit le principe de Stabilité.

Selon lui le malheur de l'homme venait de sa volonté de remettre en question son statut. Le bonheur était dans l'immobilité. Élé-4, au nom du principe de Stabilité, interdit à toute personne d'avoir une idée originale. Interdiction d'inventer. Interdiction de proposer des alternatives aux règles établies par le gouvernement.

Les contrevenants à la Stabilité étaient punis de mort sous supplice pour frapper les imaginations

Les mots : évolution, nouveauté, proposition, suggestion, ambition, originalité furent proscrits en tant que porteurs de pensées déstabilisantes. « Il faut que demain soit un autre hier » était la devise du nouveau roi. La Stabilité était considérée comme le seul rempart au Chaos. La philosophie stable prétendait que le bonheur est dans la permanence. L'immobilité est l'objectif à atteindre par tout être vertueux. Selon les philosophes « officiels », tout le malheur de l'homme vient de ce qu'il ne se contente jamais de sa condition. Il ne sait pas rester tranquille à se satisfaire de ce qu'il a au lieu de vouloir ce qu'il n'a pas. Des énergies considérables furent déployées pour que surtout rien ne bouge.

Après « deux pas en avant deux pas en arrière », le nouveau leader avait inventé un nouveau programme, « plus de pas en avant plus de pas en arrière ».

Un plan quinquennal prévoyait comment serait demain, avec d'autant plus de certitude que la police très nombreuse et les services secrets étaient là pour le garantir.

Pour relâcher les tensions, Élé-4 « l'Immuable » ajouta trois autres dates de Carnaval et l'instauration de matches de jeu collectif de ballon sur un terrain fermé qui furent vécus comme des exutoires à la guerre.

La stabilité inventée par Élé-4 dura quarante ans pendant lesquels il ne se passa aucun événement notable.

Il fallut attendre que le tyran vieillisse pour qu'une révolte fomentée par son ministre de la Sécurité, qui se fit appeler plus tard Élé-5, finisse par mettre fin à la Grande Stabilité.

S'ensuivirent plusieurs coups d'État lancés notamment par les autres ministres jaloux, un éclatement en petites baronnies rivales, puis une période de totale anarchie.

Après la paix, la guerre.

Après la centralisation, la dispersion.

Après les grandes cités, les villages.

Après les régimes d'assemblée, les régimes autoritaires.

Après le calme, la frénésie.

Après l'anarchie, le totalitarisme.

Après les massacres, les naissances.

Après la mode bariolée, la mode stricte.

La foule des passagers connaissait ce qu'on appellera plus tard la « respiration historique du troupeau humain ».

Après l'inspiration, l'expiration.

Une femme, Élisabeth-5, eut même l'idée de poser un système scientifique de calcul des enchaînements probables de cycles guerriers, économiques, épidémiques, agricoles, vestimentaires, alimentaires.

Elle rédigea un ouvrage intitulé *Les Cycles saisonniers de la Bêtise.*

Mais personne ne voulait l'écouter et personne ne voulait connaître le futur.

En 905, deux chefs de bande parvinrent à réunir de nouveau deux camps clairement établis. Ils reprirent les grandes villes de Paradis-Ville et Enfer-Ville et se firent la guerre exactement comme leurs ancêtres plusieurs siècles auparavant, à coups de catapulte et de « cavalerie cycliste ».

On ne pouvait plus circuler dans le Cylindre sans escorte armée. Le petit commerce qui s'était établi entre les cités était troublé par les attaques de pillards.

Le principe de « trois pas en avant et un pas en arrière » était remplacé par « un pas en avant, trois pas en arrière ».

Par la suite, les générations se succédèrent, répétant les erreurs de leurs parents, cherchant des solutions, testant de nouveaux modes de vie, de nouvelles religions, de nouvelles philosophies, de nouvelles lois, de nouveaux tyrans, de nouveaux leaders, de nouvelles modes. Chaque fois la rechute était plus douloureuse. Les épidémies faisaient plus de morts. Les tyrans étaient plus sanguinaires. Les périodes d'anarchie plus dévastatrices.

Après « un pas en avant et trois pas en arrière », ce fut « un pas en avant et quatre pas en arrière ». La moitié des lampes du néon central étaient maintenant détruites et personne ne savait les réparer ou les reproduire.

Mais il y avait toujours un pas en avant.

Il y eut des périodes de paix et d'espoir. Des rois magnifiques qui inspirèrent des idées novatrices.

Notamment Élé-12, dit le Lucide, puis son fils tout aussi inspiré, Élé-13, dit le Magnifique. On vit des assemblées de sages qui encouragèrent la science et l'élévation des consciences. Des sociétés égalitaires où chacun était solidaire et où le bonheur individuel ne pouvait exister sans la réussite de tous.

On créa des symphonies grandioses, des fresques, des sculptures étonnantes, des inventions subtiles, des architectures novatrices.

Et puis le singe peureux et violent qui sommeillait dans le cerveau des hommes faisait à nouveau parler de lui. La paix était fragile. Un tueur fou, un groupe terroriste, un dictateur malin aidé de comploteurs à sa solde et les beaux édifices sociaux s'effondraient.

Après Élé-13 le Magnifique : Élé-14 le Fanatique.

Après Élé-15 le Tolérant : Élé-16 le Sanguinaire.

Après les sages, les tyrans.

Ceux-ci, en flattant les bas instincts, avaient cependant plus d'impact que ceux qui essayaient de valoriser l'élévation des esprits. Et l'on passa d'un pas en avant à cinq pas en arrière. Mais les textes anciens n'étaient pas oubliés, et tout le temps on pouvait trouver des livres relatant l'histoire du *Papillon des Étoiles* dans la Grande Bibliothèque de Paradis-Ville. C'était le fil conducteur, un fil ténu mais qui ne se rompait pas, car même les pires despotes, les pillards les plus sauvages voulaient savoir pourquoi ils étaient là et où le vaisseau allait aboutir.

En l'an 1000 le *Papillon des Étoiles* était encore loin de l'étoile JW103683. L'humanité du Cylindre était, par le plus pur des hasards, cette année-là en paix.

Les trois lueurs étaient toujours en face mais l'étoile censée apparaître en son centre selon la légende d'Yves-1 n'apparaissait toujours pas sur les télescopes et les radiotélescopes du vaisseau.

En l'an 1005, nouvelle épidémie, nouvelle guerre, nouvelle dictature, nouvelle révolution, nouvelle paix.

Plus personne n'y prêtait attention. Pas plus qu'on ne prête attention à la succession des saisons.

En l'an 1251, le skipper du moment, un certain Jocelyn-84, détecta enfin une étoile au centre du triangle des lueurs.

À ce moment, du fait des maladies et des guerres il ne restait sur 144 000 passagers du départ que... 6 individus.

61. RÉSIDUS DE L'EXPÉRIENCE

Le thorax du *Papillon des Étoiles* était sombre.

Il n'existait plus qu'un seul des 120 tronçons de soleil artificiel fonctionnant encore dans la zone de la terrasse en marbre. Plus on s'enfonçait dans le fond de la carlingue plus il faisait nuit et plus les plantes sauvages barraient le chemin.

Jocelyn-84, en haut de la terrasse de marbre envahie de ronces, utilisait le micro après avoir rebranché les fils.

– Ça y est ! Il y a un système solaire dans le champ de vision !

La voix résonna dans tous les haut-parleurs qui fonctionnaient encore.

Les autres survivants accoururent par l'escalier du bas et l'escalier du haut. Ils s'alignèrent sur la terrasse, et il put les contempler. Ils étaient 5 passagers du *Papillon*.

Les 6 derniers passagers du *Papillon* – 6 avec lui – étaient couverts de croûtes et leurs vêtements étaient en haillons.

Les 6 n'étaient pas très âgés. Ils avaient entre 16 et 19 ans. Ils avaient le poil long, la peau usée, et ils exhalaient une forte odeur animale.

Il n'y avait qu'une seule fille parmi eux, reconnaissable à sa longue crinière et à son absence de barbe.

Revenus au stade de chasseurs-cueilleurs, les derniers humains du *Papillon des Étoiles* vivaient dans les ruines de Paradis-Ville, n'entretenaient plus de cultures, se nourrissant de baies, de champignons. Ils chassaient à l'arc des lapins verts phosphorescents qui ne cessaient de proliférer depuis que les hommes ne les maîtrisaient plus. Dans les ténèbres du Cylindre, les lapins lumineux étaient comme des feux follets heureusement faciles à chasser. Ainsi, tout comme les poissons des abysses, ils s'étaient adaptés à l'obscurité en transformant leur code génétique pour produire leur propre lumière.

En dehors des lapins lumineux, les autres espèces qui avaient proliféré étaient les fourmis, les mouches, les rats et une espèce de chats mutants, derniers descendants de Domino. Ils avaient l'allure de petits lynx dotés d'une phosphorescence bleutée, par adaptation aux ténèbres. Pourvus de canines pointues et de griffes coupantes, ces chats mutants pouvaient s'avérer dangereux pour l'homme lorsqu'ils chassaient en meute.

Le lac était transformé en marécage boueux et nauséabond, ses berges étaient des zones de sables mouvants où il était périlleux de s'aventurer. Les salamandres avaient développé une phosphorescence rouge, les grenouilles luisaient de teintes bleutées.

La grande forêt n'était plus qu'une vaste broussaille de ronces survolées par des corbeaux et hantées d'araignées mutantes venimeuses. Seul le cimetière placé en hauteur produisait encore des fruits sucrés. C'était le lieu où il y avait le moins de moustiques, probablement parce que les fruits attiraient les chauves-souris qui chassaient les insectes.

Les 6 survivants du projet « Dernier Espoir » se précipitèrent ensemble dans l'œil droit du *Papillon.*

– Un système solaire, tu es sérieux, Joss ? demanda le plus grand en grattant les croûtes sous sa barbe.

– Qu'est-ce qu'on fait ? demanda l'unique fille du groupe qui avait pour nom Élisabeth-15.

– Eh bien on y va..., dit le blond nommé Gabriel-54.

Le plus grand, qui avait fini de gratter sa longue barbe, Nicolas-55, prit les jumelles et fixa le système solaire depuis l'œil du *Papillon.*

– Mais il y a plein de planètes autour de cette étoile !

– Laquelle est la bonne ? s'enquit le plus gros, Élé-19.

– Sans parler des satellites. Notre vaisseau est trop grand et trop difficile à manier pour qu'on aille tous les visiter, il faut faire un choix, renchérit Adrien-18, un petit brun aux cheveux et à la barbe bouclés.

La jeune fille annonça alors que sa mère tenait un secret de sa grand-mère qui le tenait elle-même de sa propre grand-mère.

– La désignation de la planète est dans un coffre-fort marqué d'un papillon sculpté. Là !

Elle désigna le cœur du gouvernail. Déjà Gabriel-54 essayait avec ses ongles longs et sales de forcer l'ouverture de la plaque. N'y parvenant pas, il sortit un couteau et commença à gratter le métal.

– Mais elle m'a aussi signalé que pour l'ouvrir il fallait trouver la solution d'une énigme.

Elle fit un effort pour s'en souvenir puis récita :

« C'est à la fin du matin.

C'est au début de la nuit.

Et on peut le voir quand on regarde la lune. »

Ils restèrent dubitatifs.

– Cela doit être une énigme des temps anciens faisant allusion à la lune de l'ancienne Terre.

« L'ancienne Terre ».

L'expression laissait songeur.

Aucun d'eux ne savait plus d'où ils venaient. Ils avaient pour toute mémoire les vagues récits de leurs parents qui les tenaient eux-mêmes de leurs ancêtres.

Il y avait beaucoup de légendes sur la Terre.

Pour tous, leur planète d'origine était un lieu mythique où il s'était passé des choses extraordinaires. Et puis il y avait les « on-dit ».

On dit qu'il y avait des lacs tellement grands que lorsqu'on était au milieu on n'en distinguait pas les rives.

On dit que les gens avaient deux noms. Un nom pour eux et un nom pour leur rappeler le pays d'où ils venaient et l'histoire de leur famille.

On dit qu'ils avaient fabriqué des armes qui permettaient de tuer des milliers de gens en une seconde.

Mais aucun d'eux ne croyait à ces légendes.

Pour les 6 survivants, ceux de l'ancienne Terre étaient des gens qui « savaient des choses mais qui s'étaient trompés ».

– Il faudrait chercher dans la bibliothèque, proposa la jeune fille.

– Mais non, Élith, tu sais bien que la bibliothèque a été saccagée et incendiée lors de la dernière grande guerre.

– Il reste peut-être des livres intacts.

– Essayons quand même, concéda Adrien-18.

Tous cherchèrent.

– À la fin du matin c'est midi. Le soleil devait être haut. Ça doit avoir un rapport avec le soleil.

– Au début de la nuit, le soleil est bas.

Ce fut Adrien-18 qui trouva la solution.

– « La lettre « N », annonça-t-il.

– Vas-y, explique !

– C'est à la fin du matin car c'est la dernière lettre de ce mot.

– D'accord.

– C'est au début de la nuit car c'est la première lettre de ce mot.

– Pas mal.

– Et quand on regarde le mot lune, on peut voir la lettre N au milieu.

Ils appuyèrent simplement une fois sur la lettre « N » de la fameuse devise « LE DERNIER ESPOIR C'EST LA FUITE » gravée sur le coffre-fort.

Aussitôt la petite trappe s'ouvrit dans un feulement.

À l'intérieur se trouvait une carte pliée.

– Alors c'est laquelle de toutes ces planètes ? demanda la fille en grattant son cuir chevelu qui la démangeait.

Celui qui se faisait appeler Élé-19, et qui se prétendait descendant des derniers rois, déploya la carte puis repéra une planète marquée d'une flèche.

– Selon la carte c'est la quatrième en partant de leur soleil, annonça-t-il en crachant par terre de nervosité.

Déjà ils regardaient avec les jumelles dans la direction indiquée. Ils distinguaient une petite planète grise recouverte d'impacts de météorites.

– Non, ce n'est pas la quatrième, rectifia Élisabeth-15, regarde bien la carte, ça, à côté, ce n'est pas une planète, c'est trop petit et trop près de l'autre plus grosse.

– C'est quoi alors ?

– C'est juste son satellite. Probablement parce qu'à l'époque où Yves-1 a regardé, la conjonction du moment faisait que le satellite en tournant était en troisième position et la planète en quatrième. Mais en tournant les emplacements changent. La bonne est la troisième actuelle, donc la plus grosse des deux.

Le *Papillon des Étoiles* modifia son cap pour se diriger précisément vers cette dernière planète.

La jeune fille eut l'impression que l'univers avait conspiré depuis longtemps afin que eux 6, précisément, arrivent à cet endroit.

Ici et maintenant.

III

ARRIVÉE
EN PLANÈTE ÉTRANGÈRE

62. LA PIERRE PHILOSOPHALE

Les jours suivants, les 6 se lavèrent, les garçons se rasèrent et tous commencèrent à se préparer psychologiquement à rejoindre la planète d'arrivée.

Ils fouillèrent dans la bibliothèque et trouvèrent quelques livres qui avaient échappé aux pillages et qui racontaient des éléments de la vie sur l'ancienne Terre.

La plupart des récits étaient incompréhensibles.

Alors qu'Adrien-18 examinait pour la énième fois la carte avec l'emplacement de la planète d'arrivée, la jeune fille remarqua une inscription sur l'envers.

Elle voulut en avoir le cœur net.

Il était écrit :

« *La connaissance est dans l'Arbre.* »

Puis au-dessous : « *Il est indispensable de l'acquérir avant d'atterrir. Mais pour cela il faut se rappeler celle qui avait le regard bleu et le souffle dans ses cheveux roux.* »

– Zut, encore une énigme, soupira Jocelyn-84.

– Puisque tu es doué pour les résoudre, vas-y, Adrien, explique-nous ce que cela veut dire.

Le jeune homme fronça les sourcils.

– C'est Yves-1 qui l'a écrit. Cela doit avoir un rapport avec sa femme, Élisabeth-1.

Quelques minutes plus tard, ils étaient dans le cimetière.

– Comment s'y reconnaître avec tous ces arbres ?

Adrien-18 sortit un livre de récit de passager qu'il avait retrouvé dans la bibliothèque.

– Élisabeth-1 est morte parmi les premières, donc ça doit être l'un des arbres les plus anciens.

Ils repérèrent parmi les plus âgés un groupe d'arbres : un poirier, un olivier, un abricotier, un pommier.

Élisabeth-15 relut le message :

– La connaissance est « dans » l'Arbre. Il faudrait donc chercher à l'intérieur du tronc.

Ils se mirent en devoir de couper les trois arbres puis avec des scies ils les débitèrent en tranches.

Finalement ce fut Élé-19 qui trouva.

– C'est dans le vieux pommier !

Il y avait en effet une cache.

À l'intérieur se trouvaient trois livres volumineux couverts d'une petite écriture fine en pattes de mouches :

Le premier était titré *Journal de bord*, le deuxième l'*Encyclopédie de l'ancien monde* et le troisième *Nouvelle Planète : mode d'emploi.*

Tous étaient impressionnés devant ces vestiges datant de plus de 1 000 ans.

Élisabeth-15 serra le dernier volume entre ses mains, comme pour en sentir l'énergie. Puis, éclairée par une bougie, elle lut la première page à haute voix :

– *« Un jour peut-être des yeux parcourront ces pages et liront ces mots. Je veux qu'ils sachent que si nous avons quitté notre planète d'origine c'est parce que nous pensions qu'elle n'avait plus de chance d'être sauvée, que le dernier espoir est la fuite et que l'avenir de l'espèce humaine sera ailleurs dans l'espace. »*

Les 6 se regardèrent, conscients de lire des phrases dont chaque mot était lourd de sens. Élisabeth-15 poursuivit :

– *« Un voyage d'un millénaire sur une distance de 2 années-lumière pour rejoindre une autre planète d'un autre système solaire. Tel est le défi que nous nous sommes lancé. Qui que vous soyez qui découvrez ce texte, j'espère que vous êtes dignes de comprendre le sens du voyage du* Papillon des Étoiles. *C'est à notre avis réellement notre "Dernier Espoir".*

Maintenant il reste à rebâtir ailleurs autrement, "autre chose". De préférence "autre chose de mieux". C'est vous qui allez vous en charger. J'ai écrit ce livre pour vous aider à y arriver. »

Les 6 marquèrent un temps, comme pour digérer.

– « *Il faut tout d'abord que vous sachiez qu'il y a une navette d'atterrissage cachée dans le* Papillon des Étoiles. »

– Une navette ?

– « *Et à l'intérieur un laboratoire de biologie afin de redonner la vie à des milliers d'animaux et de végétaux. Ils sont pour l'instant sous forme de graines et d'œufs fécondés dans des éprouvettes en milieu réfrigéré, mais je vais vous expliquer comment les planter ou les faire naître. Ainsi vous pourrez recréer sur la nouvelle planète la faune et la flore de l'ancienne Terre.* »

Ils se passèrent l'ouvrage de main en main. Il y avait plusieurs chapitres aux titres évocateurs : « *Comment décoller du* Papillon des Étoiles », « *Comment piloter le* Moucheron 2 », « *Comment atterrir* » ou « *Comment planter les graines* », « *Comment faire éclore les œufs* ». Ce dernier chapitre étant lui-même décomposé en « *insectes* », « *poissons* », « *reptiles* », « *oiseaux* », « *mammifères* ».

– Yves-1 avait tout prévu, reconnut Adrien-18 en admirant les dessins, les schémas explicatifs, les méthodologies particulières à chaque forme de vie.

– Il a mis trente ans à consigner tout ça. Une vraie encyclopédie du savoir.

– C'est comme si, rien que par ces livres, il nous reliait aux connaissances de l'ancienne Terre.

– Toute l'histoire dans le Cylindre n'aura donc été qu'une parenthèse. Au début il y a eu le décollage et l'écriture de ce livre. À la fin il y a l'arrivée et la lecture de ce livre.

– Et tous les gens qui ont vécu au milieu de cette « parenthèse » ? demanda Élé-19.

– Au moins ils ne sont pas arrivés à gâcher complètement le rêve de cet homme seul, ricana Jocelyn-84.

Adrien-18 caressa la couverture ancienne.

– Quel pouvoir dans un simple objet formé de tranches de papier recouvert de petits dessins à l'encre !

Ils tournèrent les pages avec respect.

À la fin ils lurent un étrange paragraphe qui les laissa perplexes.

« ... Nous aussi, nous sommes quelque part des spermatozoïdes qui transmettons la vie dans l'univers. Le Papillon des Étoiles *n'est biologiquement que ça : un transmetteur de vie qui voyage à la recherche de la planète-ovule à féconder. Mais il n'est pas que de la vie. Il est "de la vie + du savoir". Et c'est grâce à ce surplus de savoir que nous pourrons éviter de recommencer les mêmes erreurs qui entraînent les mêmes échecs. »*

Adrien-18, palpant la couverture du livre, s'aperçut qu'elle présentait un léger relief.

– Il y a quelque chose d'incrusté à l'intérieur.

Il la déchira et trouva une fine clef plate.

Élisabeth-15 revint sur un passage qu'elle avait rapidement repéré.

– Selon ce livre il paraît qu'il y a un vaisseau d'atterrissage caché dans le *Papillon*. Le *Moucheron 2*. Et cette clef permettrait de le trouver.

Le lendemain ils finirent par dénicher la navette en actionnant la clef pour faire coulisser un faux mur dans la réserve de pièces détachées, entre le thorax et la tête du vaisseau.

L'engin ressemblait au *Papillon des Étoiles* mais en plus petit. Il y avait une seule sphère-œil à l'avant du vaisseau en forme de globe, puis venait un thorax tubulaire, enfin l'abdomen terminé par six réacteurs.

Ce fut Élé-19 qui ouvrit le sas d'entrée. Les autres s'engouffrèrent derrière lui. Il y avait une cabine de pilotage avec deux sièges, et derrière, Adrien-18 découvrit un laboratoire avec des centaines d'éprouvettes où étaient inscrits des noms d'animaux et de plantes.

Élé-19 désigna les machines.

– Des matrices et des couveuses pour faire mûrir les œufs.

– Nous allons devoir faire naître les fœtus dans ces matrices et les faire couver, cela devrait permettre de recréer la vie, se réjouit Élisabeth-15.

– Pourquoi ne pas le faire ici ? demanda Jocelyn-84, conscient que les animaux du Cylindre étaient désormais un peu trop mutants pour être fréquentables.

– La navette est trop étroite pour les transporter, répondit son voisin en haussant les épaules. Regarde, pour chaque éprouvette il y a le dessin de l'animal, sa taille et son poids probables. Celui-là,

« l'éléphant », il fait bien deux mètres de haut. Tu imagines ce qu'il se passerait si on le faisait naître ici et qu'il ponde des œufs !

Élé-19 trouva une notice de décollage posée sur le tableau de bord.

– Il n'y a qu'un problème, annonça-t-il. Si je comprends bien cet engin n'est prévu que pour deux passagers humains. Et nous sommes six.

– Attends. Il suffira de se serrer. Nous pouvons tous tenir là-dedans, proposa Jocelyn-84.

– Désolé, selon la notice, la navette n'a de réserve d'oxygène que pour deux, répondit Élé-19.

– Nous respirerons moins, proposa Nicolas-55 soudain inquiet.

– Sur au moins une journée de voyage ?

Élé-19 continua de consulter la notice.

– De toute façon il y a une autre limite, c'est le poids. Le vaisseau, étant tracté par des voiles, ne peut pas excéder le poids de deux personnes.

Ils se regardèrent. Le régime de baies et de fruits, ainsi que les lapins fluorescents, n'avaient pas favorisé l'obésité. Élé-19 était plus gros que les autres par sa constitution même, et Nicolas du fait de sa taille. Ce fut Adrien-18 qui énonça ce que tous pensaient :

– De toute façon, comme il n'y a qu'une fille parmi nous, il est acquis que c'est Élith qui partira, pour qu'il y ait une chance de reproduction humaine là-bas.

À ce moment ils regrettèrent de ne pas avoir courtisé plus tôt la jeune fille.

– Reste à choisir parmi nous cinq, dit Nicolas-55.

– Nous n'avons qu'à tirer à la courte paille, proposa Élé-19.

Ils se turent, conscients que les quatre malchanceux mourraient dans le Cylindre du *Papillon des Étoiles*.

Jocelyn-84 eut un sourire désappointé.

– 144 000 passagers au départ, sélectionnés scientifiquement parmi 6 milliards, et au final une simple courte paille décide des deux derniers.

– La courte paille ? Non, c'est trop aléatoire, dit Gabriel-54. Il faut que ce soit le meilleur d'entre nous qui aille sur cette planète. Il en va de l'avenir de toute notre espèce. Chez les animaux les mâles se battent pour la femelle. Organisons des duels, le plus fort partira avec elle.

– Des duels à quoi ? Au couteau ? À l'épée ? À l'arc ? À la massue ? À la catapulte ?

– Non, des duels ne feraient que favoriser le plus brutal, déclara Élé-19. Je propose plutôt des tournois d'échecs. Ils désigneront le plus intelligent d'entre nous.

– Tu dis ça parce que tu es très fort aux échecs, mais il faudrait un test où nous ayons tous autant de chances de gagner. Un jeu de cartes ? proposa Gabriel-54.

– Pourquoi pas une course à pied pour sélectionner le plus rapide ?

Nicolas-55 suggéra un combat à mains nues.

Adrien-18 une épreuve de résistance à la douleur.

Élé-19 s'en tenait à sa partie d'échecs.

Gabriel-54 soutenait le combat à l'épée.

Jocelyn-84 une épreuve sportive de type course.

Ils discoururent longtemps puis, finalement, ce fut Adrien-18 qui proposa l'idée à laquelle les autres n'avaient pas songé.

– Celui qui partira sur la planète étrangère avec Élith est censé devenir son compagnon de vie, alors peut-être que nous pourrions tout simplement lui demander avec qui elle a envie d'y aller.

Les autres restèrent décontenancés par la pertinence de l'idée.

Élisabeth-15 s'approcha des 5 hommes, les examina attentivement, demanda à renifler leur haleine, et qu'ils montrent leurs dents et leurs mains.

Puis elle déclara :

– Toi !

63. ÉMULSION À CHAUD

Quelques heures plus tard, Adrien-18 avait appris par cœur toutes les informations liées à la navigation de *Moucheron 2*.

Après avoir salué les malheureux perdants, il pénétra dans la navette accompagné d'une Élisabeth-15 plus ravissante que jamais, comme si elle s'était apprêtée pour une cérémonie de mariage.

Le sas extérieur s'ouvrit, les tuyères furent activées. Le *Moucheron 2* décolla du *Papillon des Étoiles.*

Ils prévoyaient, une fois arrivés, de se nourrir des sachets hermétiquement fermés stockés dans les sacs à dos. Ils avaient aussi pris deux arcs, des couteaux et des outils : marteau, truelle, pioche, pelle...

Quand les réacteurs à combustible eurent permis un éloignement suffisant par rapport au vaisseau, le *Moucheron 2* déploya ses petites ailes dorées en Mylar.

Le destin de l'humanité tenait entre les mains de deux adolescents de 17 et 18 ans.

– Tu as peur ? demanda Élisabeth-15.

– Bien sûr, pas toi ?

– J'ai l'impression d'avoir des milliards d'âmes dans mon sang. Comme si depuis le premier homme, ils étaient tous là, tels des fantômes, à nous observer et à se demander si nous allons réussir.

Devant eux la sphère sombre de la planète étrangère ne cessait de grossir. Élisabeth-15 se souvenait de la dernière phrase du livre d'Yves-1 :

« Le *Papillon des Étoiles* n'est biologiquement que ça : un transmetteur de vie qui voyage à la recherche de la planète-ovule à féconder. »

– Quand j'étais plus jeune je croyais que l'univers était vivant. Et que les étoiles étaient des yeux qui nous regardaient.

Elle sourit.

– Je crois que l'univers a des projets. Quand il n'arrive pas à les réaliser par une voie, il emprunte un autre chemin, puis un autre. C'est pour cela qu'il y a autant de spermatozoïdes. Pour qu'au moins l'un d'eux réussisse. Si nous échouons, d'autres nous imiteront, plus tard, ailleurs, autrement.

– S'il reste des humains sur l'ancienne Terre...

Elle déglutit puis passa à une autre question.

– Et c'est quoi, selon toi, le grand projet de l'Univers ?

Le jeune garçon vérifia son tableau de contrôle, pour gagner du temps avant de répondre.

– Je dirais : la complexité. D'abord rien. Rien étant l'expérience de complexité de base. Puis la matière, ça se complique un peu. Puis la vie, ça se complique beaucoup. Puis l'intelligence, puis la conscience.

– Là ça se complique énormément.

– Nous sommes porteurs de l'expérience de complexité probablement la plus avancée de l'univers : la conscience humaine terrienne. Tout du moins ce qu'est cette conscience maintenant, après la maturation de plusieurs millénaires dans plusieurs milliards d'esprits servant d'éprouvettes. C'est ce fruit que nous transmettons.

La jeune fille sourit, amusée par l'idée, puis son sourire se transforma en moue inquiète.

Par la vitre du cockpit, elle pouvait voir le vieux *Papillon des Étoiles*. De l'intérieur, elle ne s'était jamais rendu compte de sa taille. Les immenses ailes de Mylar étaient criblées de milliers de trous, comme si le voilier avait participé à une guerre au canon.

Il y avait juste une petite lueur au niveau de la baie la plus élevée du thorax. Le dernier néon épargné par les guerres internes. Pour la première fois, elle pouvait contempler de l'extérieur l'immense vaisseau issu du rêve fou d'Yves-1.

– Et s'il n'y a pas d'autres vaisseaux qui décollent de l'ancienne Terre ? demanda-t-elle. Si nous étions le seul « spermatozoïde », issu de la seule planète où il y a de la vie, de l'intelligence et de la conscience ?

Adrien-18 prit son temps avant de répondre.

– Alors l'univers restera vide. Et tout ne sera que calme, froid, silence, et immobilité jusqu'à la fin des temps. Tout retournera à Rien.

La jeune fille eut un irrépressible frisson. Elle prit une pomme qu'elle avait ramassée avant le départ, mordit dedans, et eut envie de ne jamais mourir.

Jamais elle n'avait autant pris conscience de sa chance d'être vivante et de son envie de le rester.

64. FUMÉE NOIRE

Les voiles dorées, gonflées de lumière, glissaient vers leur objectif final.

Avant d'atterrir suivant les directives du « Mode d'emploi », Adrien-18, qui était devenu assez adroit dans le pilotage du *Moucheron 2*, se plaça en orbite pour examiner la planète de loin.

Mais il ne pouvait en distinguer la surface, masquée par un manteau gris-noir de nuages opaques.

– Il y a une atmosphère, ça c'est déjà un point positif.

– Et aussi une gravité, mais elle est plus faible que celle que nous avions dans le vaisseau, nous allons nous fatiguer vite.

– Nous dormirons beaucoup.

– Et si on a des enfants, ils seront plus grands que nous, murmura-t-il, si doucement qu'elle ne l'entendit pas.

Face à leurs yeux éblouis le cercle gris de la planète étrangère ne cessait de grandir.

– J'ai un mauvais pressentiment, avoua-t-elle.

– Il faut faire confiance à Yves-1, répondit-il, pourtant passablement anxieux lui aussi.

– Et s'il s'était trompé ? De loin on ne peut pas vraiment distinguer une planète. Encore moins sa capacité à accueillir des humains.

Il se mordit les lèvres.

– Le seul moyen de savoir, c'est d'y aller.

Ils ajustèrent leurs ceintures de sécurité.

– Prête ?

Adrien-18 actionna une manette et le *Moucheron 2* pénétra dans le manteau de nuages avec un bruit de tempête, puis un vacarme assourdissant.

L'air, en frottant la carlingue, se mit à tout faire vibrer. Les grandes ailes, sous la violence du frottement, s'enflammèrent d'un coup comme un insecte entrant dans la flamme d'une bougie. Le moucheron sans ailes accéléra sa chute.

Les deux humains se cramponnaient à leurs sièges. Les écrans indiquèrent une surchauffe. Une fumée blanche sortait du museau du moucheron.

– Nous allons mourir... ! hoqueta Élisabeth-15.

La température montait dans le vaisseau, les petites ampoules des systèmes de contrôle explosèrent les unes après les autres comme des pétards. La secousse ne cessait de s'amplifier.

Soudain un mécanisme se mit automatiquement en marche et deux petites ailes de métal se déployèrent sur les côtés, des tuyères entrèrent en action, transformant le vaisseau spatial en avion.

Cependant la vitesse était encore trop grande. L'engin ne trouvait pas de portance.

Le métal commença à chauffer et à rougir. Des flammes apparurent aux extrémités des ailes. Une abominable odeur de brûlé envahit tout l'habitacle.

Élisabeth-15 commença à suffoquer. Adrien-18 fermait les yeux, résigné, cherchant de l'air.

Puis la vibration s'atténua. Après avoir chuté comme une météorite, le *Moucheron* amorça un début de courbe. La fumée se dissipa, révélant ce qu'il y avait derrière la muraille de nuages.

Ils se regardèrent, étonnés de vivre encore. L'engin maintenant planait, Adrien-18, agrippé au manche de guidage, commença à maîtriser sa trajectoire.

Devant leurs yeux s'étendait le monde du dessous. Tout était lisse et brillant.

Ils auraient pu se croire sur une planète de glace, s'ils n'avaient distingué comme un clapotis sur la brillance.

– De l'eau. Il y a de l'eau sur cette planète.

– Il n'y a même que ça. C'est un océan à perte de vue : une planète liquide. Nous sommes fichus, murmura Élisabeth-15.

– Nous n'aurons qu'à vivre sur un bateau, notre vaisseau transformé en radeau par exemple. Nous nous nourrirons des poissons que nous pêcherons, comme sur le lac...

– Tu parles. Je crois qu'Yves avait repéré de loin l'atmosphère et l'eau, mais pas qu'il n'y avait que ça. Nous aurions mieux fait d'atterrir sur le satellite, au moins il y avait des cratères, donc un sol solide.

– Non, il n'y avait pas d'atmosphère. De toute façon nous ne pouvons plus quitter cette gravité. Alors quelles que soient les conditions de cette planète, si on veut survivre il faudra s'adapter.

– J'aime pas le poisson, énonça Élisabeth-15 en retrouvant peu à peu sa respiration.

Mais l'un des réacteurs avait été trop malmené par les secousses de l'entrée dans l'atmosphère. Après avoir toussé et craché un peu de fumée, il explosa.

Le *Moucheron* perdit sa portance et ils recommencèrent à chuter, à peine ralentis par les ailes de métal.

– Enfile vite ton scaphandre ! lança-t-il en désignant les costumes argentés placés derrière leurs sièges.

Ils se démenèrent et parvinrent à entrer dans les tenues trop grandes puis à boucler les ceintures de sécurité.

– Tu m'entends ?

À leur grande surprise un système de radio à piles leur permettait de communiquer malgré leurs casques transparents hermétiques. Les bouteilles d'oxygène dorsales leur fournirent un air difficile à respirer, qui avait une odeur de moisi.

Le *Moucheron* n'en finissait pas de tomber.

C'est alors qu'apparut devant eux, au loin, une forme immobile qu'ils prirent au début pour un nuage sombre.

– Là, regarde, clama la jeune fille. Une île !

Les ailes de métal s'embrasèrent à nouveau, cette fois avec des grandes flammèches.

– Ce serait trop stupide d'échouer maintenant ! enragea Adrien-18 en tirant de toutes ses forces sur le manche.

Mais l'engin avait encore trop de vitesse et de larges rubans de fumée blanche s'élevaient à l'avant du *Moucheron*, leur masquant la vue.

– Essaie de rejoindre l'île ! hurla Élisabeth-15.

– Je ne fais que ça ! répondit Adrien, cramponné à son manche agité de soubresauts.

Il se saisit de *Nouvelle planète : mode d'emploi* qu'il consulta convulsivement puis, après avoir actionné plusieurs manettes, annonça dans le vacarme et la fumée qui commençait à envahir le cockpit :

– Procédure d'atterrissage sur planète inconnue enclenchée.

Le *Moucheron* approchait du sol à grande vitesse et son pilote ne savait comment ralentir l'engin en feu. Il finit par trouver une commande qui actionnait le déploiement de parachutes mais il était trop tard. Ces derniers s'enflammèrent aussitôt.

– Nous allons être pulvérisés ! cria Élisabeth-15 en fermant les yeux.

Adrien-18 trouva une manette qui sortit une nouvelle série de parachutes de secours et la navette fut un peu ralentie, alors que le sol se rapprochait à grande vitesse. Trop grande vitesse.

À nouveau il parvint à redresser le nez du *Moucheron* qui trouva assez de portance pour finir la courbe.

Le sol fonçait vers eux.

Choc.

Leurs ceintures de sécurité cédèrent.

Ils furent arrachés de leurs sièges et projetés contre la vitre du *Moucheron* qu'ils traversèrent dans un fracas de verre pulvérisé.

65. CENDRES

Colonne de fumée noire. Un moucheron mécanique était écrabouillé sur la roche sombre.

Une vapeur grise sortait de son gros œil-cockpit alors que les ailes de métal à moitié fondues flambaient encore. Quant aux ailes de toile, il n'en restait que des lambeaux calcinés.

Plus loin, deux petites silhouettes ratatinées fumaient elles aussi.

Quand elle rouvrit enfin les yeux, Élisabeth-15 s'aperçut avec étonnement qu'elle était vivante.

À l'intérieur de son scaphandre, tout était moite et chaud. Elle avait un goût de sang dans la bouche. Sa propre respiration l'assourdissait. Elle effectua quelques mouvements pour voir si elle était blessée et constata avec soulagement qu'en dehors de quelques douleurs au dos, aux bras et aux fesses, elle pouvait actionner ses membres. Elle repéra au loin le scaphandre de son compagnon, et rampa pour le rejoindre.

– Hé !

Pas de réponse.

Elle commença à le secouer.

– Hé, Adrien ! Adrien !

Enfin elle entendit un grésillement dans ses écouteurs. Une respiration. Il se mit à tousser. Elle le serra fort dans ses bras, rassérénée.

À travers le verre de leurs casques intacts ils examinèrent la surface de la planète étrangère.

Tout était gris. Une planète grise, avec un sol gris, une atmosphère gris clair, un océan gris foncé. Le soleil local avait peine à percer à travers les brumes éparses.

Derrière eux le *Moucheron 2* fumait encore mais sa carlingue calcinée semblait intacte en dehors du pare-brise fracassé.

Élisabeth fut la première à se relever. Ses jambes étaient flageolantes. C'était le « mal de Terre ».

Une fois qu'ils furent stabilisés, ils regardèrent le plus loin qu'ils purent pour distinguer les détails du décor de l'île qui les entourait.

Pas la moindre végétation. Ils prirent alors conscience d'avoir réussi à atterrir sur une planète avec un sol et une atmosphère. Et ils étaient vivants.

Ils étaient les derniers rescapés de 1 251 ans de voyage, de 144 000 passagers sur 20 000 milliards de kilomètres.

– Bon, ça, s'est fait, soupira-t-elle, sans savoir que ces mots venaient de très loin, d'une mémoire ancienne inscrite au fond de ses cellules.

Ils se regardèrent derrière la vitre de leurs scaphandres et se sourirent enfin.

Puis ils éclatèrent de rire sous leurs casques et le bruit résonna dans les haut-parleurs internes.

Adrien-18 avait encore les articulations douloureuses et Élisabeth-15 le retint à temps. Il fit signe qu'elle pouvait le lâcher.

Elle accomplit un pas. Le premier pas. Puis elle fit le deuxième.

Chacun de ses gestes lui apparaissait très lourd, comme si elle portait un sac de pierres, mais elle savait que c'était dû à la gravité plus importante que celle du *Papillon des Étoiles.*

Il effectua lui aussi quelques pas, presque étonné d'y parvenir.

Ils marchèrent sur le sol recouvert de poussière grise.

Adrien-18 décida soudain d'ôter son casque. Elle lui signala qu'elle attendrait de voir ce qu'il se passerait pour faire de même.

Le Terrien souleva lentement la sphère de verre qui le protégeait, ferma les yeux et bloqua sa respiration. Puis, avec détermination, comme s'il attendait qu'un phénomène d'empoisonnement se produise, il inspira, attentif à ce qu'allait provoquer cet air étranger dans ses poumons.

Aussitôt une toux terrible le saisit, il devint tout rouge, s'effondra, se roula sur le sol.

Élisabeth-15 le prit par les épaules, il gesticulait et semblait lutter, les poumons en feu. Sa respiration devint sifflante, puis il s'immobilisa, au summum de l'asphyxie, secoué de spasmes.

La jeune fille pensa qu'il allait mourir, mais au bout d'un moment elle vit qu'il reprenait son souffle.

Il se redressa lentement, s'assit, puis se mit à respirer par à-coups. Au grand étonnement d'Élisabeth, il semblait qu'après un premier contact pénible avec l'air ambiant, il soit parvenu à respirer normalement.

Adrien-18 l'invita par signes à en faire autant. Elle hésita, puis se décida à enlever son casque. Elle se mit à respirer par toutes petites bouffées, et eut l'impression que c'était de l'air rempli de poivre qui entrait dans sa cage thoracique. Elle toussa, vomit, pleura, tomba de douleur puis, tout comme son compagnon, finit par s'y habituer et à respirer par à-coups, puis plus amplement.

Ils toussotèrent longtemps ensemble.

– C'est parce que nous étions habitués à l'air filtré du Cylindre et de nos bouteilles d'oxygène. Ça c'est un air « sauvage » de planète, un vrai, il y a de tout là-dedans, mais ça se laisse inspirer.

Il en parlait comme d'un plat ou d'une boisson exotique.

– Au moins on ne dépendra plus de nos bouteilles, déclara-t-elle en se délestant.

Le soleil blanc, devenu rouge en déclinant avec le soir, donnait à la scène un aspect irréel, comme électrique.

Après s'être avancés de quelques centaines de mètres sur la planète étrangère, ils revinrent au *Moucheron* et s'endormirent dans les fauteuils de l'œil-cockpit crevé.

66. ÉMULSION À FROID

Les rêves des deux Terriens, cette nuit-là, furent particulièrement riches et colorés. Comme pour compenser la grisaille qui les entourait.

Adrien-18 rêva qu'il volait entre les nuages, ses bras transformés en ailes de papillon.

Élisabeth-15 rêva qu'elle faisait l'amour.

Il fut réveillé en premier par le soleil de la planète étrangère qui, après avoir pris une couleur rose dans les basses couches de l'atmosphère, se teintait d'orange. Il se frotta les yeux, bâilla, puis contempla sa compagne endormie dans son scaphandre, le visage exposé à l'air.

Elle avait de longs cheveux roux. Sa bouche charnue était d'une couleur similaire au soleil qu'il avait vu se lever.

Rose.

Sa peau fine était presque blanche, et parcourue de veines de sueur qui la faisaient briller.

Il s'approcha, et s'enivra de ce parfum.

Il voulut l'embrasser mais quand il fut tout proche elle ouvrit d'un coup ses grands yeux noirs et le fixa.

Il recula et lui sourit. Elle se releva et observa les alentours.

– Zut, dit-elle. Je pensais qu'en me réveillant le cauchemar disparaîtrait, mais il est toujours là.

Adrien-18 fit semblant de ne pas avoir entendu le mot « cauchemar ».

– Qu'est-ce qu'on fait ? demanda-t-elle.

– On déjeune et on explore, proposa-t-il.

Ils sortirent des sacs les sachets qui avaient été déposés dans la navette par les constructeurs du *Moucheron 2*. Quand ils ouvrirent les protections ils ne trouvèrent que de la poudre grise.

Après y avoir goûté, ils renoncèrent.

– Nous aurions dû prendre des fruits frais et des lapins, c'est pas avec cette poussière que nous pourrons récupérer des forces.

Adrien-18 eut un doute et fonça vers les réserves d'eau, mais les gourdes avaient été crevées lors du choc de l'atterrissage.

Ils étaient désormais motivés pour explorer les abords de leur « île ». Considérant que l'eau de mer ne leur apporterait guère de quoi survivre, ils décidèrent de s'enfoncer dans le plateau de rocaille.

– La mer est à l'ouest, allons vers l'est, proposa Adrien-18. Comme cela nous saurons si c'est une île ou un continent.

Après une marche d'une heure, épuisés, ils s'arrêtèrent.

– Nous transpirons sans pouvoir boire. Si nous ôtions les scaphandres ? suggéra-t-elle.

– Il faut d'abord vérifier si le rayonnement de ce soleil n'est pas nocif, répondit-il.

Adrien se dégagea de sa lourde combinaison. Il portait en dessous un short et un tee-shirt. Utilisant le couteau il tailla les chaussures du scaphandre pour s'en faire des sandales ouvertes.

Elle agit de même.

– Heureusement, il ne fait pas froid.

Ils rangèrent l'étoffe des scaphandres dans les sacs à dos, puis se remirent en route.

Ils grimpèrent une colline qui débouchait sur un plateau plus élevé, sur un couloir de rochers anguleux qui menait à une plaine grise d'où émergeaient de longues dents noires de roche dure.

– Nous devons être au milieu d'un cratère creusé par une météorite.

Soudain un bruit les fit sursauter.

– Tu as entendu ?

Ils s'immobilisèrent, aux aguets, et à nouveau la respiration ample résonna, bientôt suivie par des chocs sur le sol. Des pas. Des pas très lourds.

– Bon sang ! il doit y avoir de la vie !

– Des extraterrestres ?

Les pas se rapprochaient, de plus en plus saccadés, l'être vivant venait vers eux en courant.

Ils eurent le réflexe de se cacher promptement derrière un rocher.

Puis progressivement ils essayèrent de glisser un œil hors de leur cachette.

Ce qu'ils virent alors les laissa sidérés.

67. GLAÇAGE

Le cœur d'Élisabeth battait à toute vitesse. Adrien ne put s'empêcher d'ouvrir grand la bouche.

Leurs yeux se dilatèrent comme pour aspirer chaque photon du spectacle étonnant qui se déroulait devant eux.

Un filet de sueur glacée coula le long de la colonne vertébrale de la jeune Terrienne.

Les poils du Terrien s'étaient redressés.

Face à eux, un monstre de couleur verdâtre d'à peu près cinq mètres de hauteur. Sa peau était faite d'écailles plates. Il se tenait sur ses deux pattes arrière, bipède comme eux. L'extraterrestre éructait de la vapeur par ses nasaux. Il levait la tête et semblait chercher une proie.

Puis il s'immobilisa, le museau tourné dans leur direction. Il ouvrit la gueule et dévoila des dents triangulaires et une langue noire.

– Il va détecter notre odeur, chuchota Élisabeth.

– Non, nous sommes trop petits.

L'être géant s'avança lentement dans leur direction. Adrien sortit le couteau de son sac à dos, prêt à vendre chèrement sa peau.

– S'il nous attaque nous nous défendrons, proféra-t-il.

Il approchait encore.

Finalement le monstre se mit en arrêt. Il aspira par saccades l'air ambiant, se bloqua et se mit à éternuer dans un grand sifflement. Au premier éternuement succéda un second, puis un troisième. Le monstre recula, et finalement déguerpit.

Les deux humains sortirent de leur cachette, éberlués par cette victoire sans bataille.

– S'il y a un être vivant c'est qu'en toute logique il doit y avoir des aliments pour le nourrir, raisonna Adrien. Soit du végétal, soit de l'animal.

Les deux explorateurs se mirent alors à suivre les traces du monstre extraterrestre. Chacune des empreintes était aussi large qu'eux.

Elles les guidèrent jusqu'à une prairie recouverte de hautes herbes d'où surgissaient par endroits des arbres, sorte d'oasis verte dans le désert de rocaille grise.

Les deux humains s'arrêtèrent, éblouis.

– Des arbres !

– S'il y a des arbres, c'est qu'il y a de l'eau !

Ils s'avancèrent et repérèrent d'autres monstres pour la plupart à quatre pattes.

– Des « dinosaures », articula Adrien.

– Des quoi ?

– Des dinosaures, enfin des animaux qui ressemblent à ce qui était évoqué dans le livre d'Yves sous la dénomination « dinosaures ». Il s'agissait de lézards géants. Parfois aussi nommés dragons. Ce sont des animaux mythiques. Mais ici ils existent vraiment...

Un cri dans le ciel. Ils levèrent les yeux et distinguèrent d'autres animaux extraterrestres qui planaient dans les airs, beaucoup plus gros que les oiseaux du Cylindre.

Les deux humains avancèrent dans les herbes hautes qui jouxtaient la forêt.

Un bruit de feuilles.

Une silhouette filait à grande vitesse dans les broussailles. Ils distinguèrent des traces de pattes plus petites.

– D'autres « dinosaures » plus petits ! On va pouvoir chasser..., dit Adrien, excité.

– Nous risquons aussi d'être chassés..., murmura Élisabeth en désignant les énormes masses qui se rapprochaient.

Des quadrupèdes, occupés à brouter les hautes frondaisons.

– Ce sont des herbivores, la rassura le jeune homme.

– J'entends un bruit liquide. Une rivière !

Ils foncèrent vers elle, se jetèrent dans l'eau puis, après une hésitation, Adrien se décida à la goûter.

Un animal qui était à quelques mètres d'eux s'arrêta soudain et, comme s'il était étonné de leur présence, les fixa gueule largement béante.

– Nous sommes arrivés sur la « planète des dinosaures », soupira Élisabeth.

Adrien, après avoir aspiré une grande goulée d'air pour se donner du courage, et sans lâcher son couteau, s'avança vers le petit bipède de sa taille.

L'extraterrestre déguerpit.

Tous ceux qui étaient de taille similaire ou inférieure à celle des Terriens s'enfuyaient dès qu'ils les voyaient.

– Bon, une chose est sûre. Ils ne savent ni parler ni communiquer. Je crois que les autochtones, même s'ils sont plus grands, n'ont pas un niveau d'intelligence qui dépasse celui des lézards du Cylindre, reconnut Élisabeth.

– Et si on en mangeait ? proposa Adrien.

– Tu as été le premier à respirer de l'air local, tu as été le premier à exposer ton épiderme au soleil local, à boire de l'eau locale, je te laisse la joie de goûter le premier à la faune locale.

Adrien revint au *Moucheron* pour récupérer un arc. Par sécurité, Élisabeth préféra l'attendre près du vaisseau.

Quelques minutes plus tard, il revint portant un petit dinosaure de 1 mètre de long avec une grande flèche en travers de la tête. Il jeta son fardeau aux pieds de sa compagne d'aventures.

Les deux Terriens contemplèrent le cadavre de l'animal.

– Voilà de la viande, on y goûte ?

– Toi d'abord. C'est toi l'expérimentateur, après tout.

Adrien-18 surveillait la bête que continuait d'agiter des soubresauts d'agonie.

– Mmmh... je propose de le rôtir, ça devrait être meilleur et plus hygiénique.

68. PREMIÈRE DÉGUSTATION

Au bout d'une heure de cuisson sur une broche improvisée avec des branches mortes, Adrien finit par grignoter du bout des lèvres un petit bout de cuisse de lézard extraterrestre.

Il eut aussitôt une moue de dégoût.

– C'est pas bon ? demanda la jeune fille.

– Non, pas vraiment. C'est comme l'air, au début ça surprend, mais je pense qu'à la longue nous finirons par nous y habituer. De toute façon nous n'avons pas le choix.

Tout en grimaçant il avala trois bouchées de l'animal devant la moue dubitative de sa compagne.

Elle consentit pourtant à en prendre un morceau, puis, la faim aidant, un second.

– En fait, annonça-t-il un peu embarrassé, je ne te l'ai pas dit, mais celui-là... il désigna du menton la broche..., il était un peu « spécial ».

– C'est-à-dire ?

– Il avait l'air d'avoir envie de « parlementer ». Il s'est approché. Quand j'ai dit « bonjour », il a répondu par un couinement qui aurait pu signifier « bonjour » dans sa langue. Quand j'ai mis ma main ouverte comme ça, en signe universel de paix, il a répondu par le même geste. Main ouverte. Quand j'ai souri il a fait une mimique différente, il a dodeliné de la tête, puis il s'est approché, confiant.

– Et alors ? demanda-t-elle, très intéressée.

– Eh bien..., dit-il, confus, comme ce début de conversation était en train de rendre l'acte de chasse « gênant », j'ai dégainé l'arc et je lui ai tiré une flèche dans la tête à bout portant. Avant qu'il commence à créer un dialogue.

Elle s'arrêta, sidérée.

– Tu plaisantes !

– Pas vraiment. C'est le problème avec les extraterrestres, si nous commençons à faire « copain-copain », nous ne sommes pas près de les manger.

Élisabeth eut un haut-le-cœur, ne put se retenir et alla plus loin vomir ce qu'elle avait absorbé.

Adrien n'avait pas prévu que sa compagne soit si sensible. Il hésita sur la conduite à tenir, voulut la suivre pour s'excuser, puis, haussant les épaules, décida que de toute façon la faim la ferait revenir. En effet, au bout d'un moment, elle réapparut, le visage crispé de colère contenue.

– Et si ces extraterrestres étaient vraiment intelligents ?

– Eh bien, nous essaierons de trouver les plus stupides, et c'est ceux-là, et ceux-là uniquement, que nous mangerons. Pour l'instant le fait que tu aies des états d'âme ne redonnera pas vie à notre « ami étranger ».

Il désigna la carcasse embrochée qui lâchait aux alentours une odeur infâme de chair carbonisée.

– Et s'ils nous en voulaient pour ça ? Après tout, si je comprends bien, c'était peut-être un ambassadeur de leur planète que nous avons « dégusté ».

– Nous nous excuserons.

Elle ne décolérait pas mais s'assit, comme prête à manger de nouveau.

– Et s'il y avait une ville de dinosaures, s'ils formaient une vraie civilisation, et que tu aies assassiné l'un de leurs types importants, je ne sais pas, moi, un ethnologue parti à notre rencontre pour nous étudier, parce que après tout... Pour eux... enfin... ils pensent que c'est nous les extraterrestres !

Pour la calmer il lui tendit un morceau de joue qui lui semblait ni trop cuit ni trop cru.

Elle refusa et afficha un air buté.

– Après tout, c'est vrai, quoi, c'est nous qui sommes les animaux étrangers sur leur planète !

Il voulut lui caresser les cheveux mais elle se dégagea.

– J'aime bien quand tu te poses des questions métaphysiques, Élith, mais là vraiment tu devrais te contenter de reprendre des forces. C'est une question de survie. Tous les animaux mangent. Nous sommes carnivores, nous avons besoin de protéines.

La jeune fille jeta un œil à la broche, puis avec une mine contrariée finit par mâchouiller le bout de viande que lui tendait son compagnon.

– Si ça peut te rassurer, nous enterrerons les restes, au cas où sa famille, ou ses amis, lanceraient des recherches, dit-il sans réelle conviction.

La jeune fille prit un air renfrogné et mangea sans plaisir avant de finalement reconnaître que ce n'était pas mauvais et qu'elle voulait bien encore un peu du dos de l'animal, qui semblait plus tendre.

Le soir, au coin du feu, Adrien continua de lire *Nouvelle Planète : mode d'emploi.*

Élisabeth se mit à chanter un air que lui avait appris sa mère. C'était une chanson qui parlait du « Dernier Espoir ». Elle chantait faux.

– Je n'arrive pas à réaliser que nous avons réussi, déclara Adrien.

– Moi non plus, reconnut Élisabeth. Finalement, étant née dans le Cylindre j'ai toujours pensé que je mourrais dans le Cylindre. Même l'idée de mettre un jour les pieds sur une vraie planète avec une vraie gravité naturelle m'a toujours semblé irréelle.

– 1 251 ans de voyage...

– ... et des milliers d'existences pour aboutir à nous deux. Toi et moi paumés à des millions de kilomètres de la planète d'origine de nos ancêtres au milieu de lézards extraterrestres de toute taille.

Adrien sourit.

– Tu sais quel jour on est ?

– Non.

– Nous sommes le jour de la fête du Carnaval. Il y a pile 1 251 ans, si tu te souviens bien de nos livres d'histoire, Yves et Élisabeth ainsi que les passagers de la première génération faisaient la fête après avoir quitté la planète. Et maintenant nous sommes tous les deux là.

Adrien chercha dans sa besace et finit par sortir une bouteille emplie d'un liquide jaunâtre.

– Tu sais ce que c'est ?

– De l'urine ?

– De l'alcool. J'ai trouvé ça hier en bouclant mon sac à dos, dans un recoin du vaisseau. Sens.

Elle renifla et se pinça le nez.

– Ça pue.

– Allez, c'est la fête ! Je te propose, comme l'ont fait jadis les fondateurs, que nous décidions de remettre les compteurs à zéro. Nous sommes à partir d'aujourd'hui en l'an 00 de la nouvelle ère sur une autre planète.

L'idée intrigua la jeune fille.

– Il y a eu le temps d'avant. Sur Terre. Le temps d'après. Dans le Cylindre. Et il y a le temps nouveau. Sur la nouvelle planète. Du passé faisons le deuil. Ici tout recommence. Ce jour de Carnaval sera le premier de notre nouveau calendrier. Juste à toi et à moi.

Elle hocha la tête, charmée.

Ils burent la bouteille et se sentirent grisés.

Adrien prit la jeune fille par la main. Elle recula aussitôt.

– Qu'est-ce que tu fais ?

– Tu m'as choisi, non ?

Il s'approcha de nouveau pour lui prendre la main.

Elle le repoussa gentiment.

– Non, je n'ai pas envie.

– Mais nous sommes le jour du Carnaval, c'est un jour où l'on doit se saouler et faire l'amour. C'est le premier jour du Nouveau Monde, ce serait une jolie manière de le célébrer. Et si on doit créer une nouvelle humanité...

– Non. Désolée. Je n'ai pas envie, répéta-t-elle.

– Pourquoi ?

– Tu me prendrais pour... une fille facile.

Adrien n'en crut pas ses oreilles.

– Mais non, mais non, qu'est-ce qui peut te faire penser ça... Élith, ce n'est pas que je veuille insister, mais je te rappelle qu'il n'y a que nous deux ici. Et je ne pense pas que l'opinion des dinosaures extraterrestres, au cas improbable où ils nous observeraient de loin... t'importe à ce point !

– Non, pas l'opinion des extraterrestres mais ton opinion à toi. Je veux d'abord que tu me prouves que tu me respectes avant d'aller plus loin.

Le jeune homme était un peu désappointé.

– Je pourrais te violer, tu sais.

– Ça commence bien. Je ne suis pas sûre que tu connaisses les mots pour séduire les femmes. Cependant, sache que j'ai un couteau sur moi et que si tu tentais un geste de violence je me défendrais.

Adrien était de plus en plus décontenancé.

Ils se défièrent du regard.

Il la trouvait de plus en plus belle. Son côté farouche, sauvage, l'excitait.

– Au cas où tu réussirais à me tuer, tu resterais seule sur cette planète. Le fait que tu m'apparaisses comme une « fille facile » t'importe à ce point ?

– Je te l'ai dit, je veux être sûre que tu me respectes, surtout si nous devons aller plus loin.

– Mais bon sang, Élith ! Tu n'as pas le choix ! Nous sommes seuls sur une planète à des millions de kilomètres de toute autre forme de vie humaine. Il n'y a que moi !

La jeune fille prit un air borné.

– Argument fallacieux. Tu veux abuser de la situation. Allez, je crois que ce sera mieux de ne pas fêter Carnaval. Nous dormirons chacun de notre côté, dans nos sacs de couchage, et le plus éloignés possible.

Le jeune homme resta abasourdi, fixant son amie avec incompréhension.

Il se dit qu'il avait résolu l'un des plus grands problèmes de l'univers : « Comment faire renaître l'humanité sur une autre planète », et se voyait incapable de résoudre celui-ci, inattendu : « Comment se faire aimer d'une femme ? »

– Alors... Bonne nuit Élith, lança-t-il tristement en se glissant dans son sac de couchage.

– Bonne nuit, Adrien, répondit-elle. Je n'ai rien contre toi.

Mais n'essaie pas de m'approcher dans mon sommeil, je ne lâche pas le couteau et je n'hésiterai pas à m'en servir.

Il haussa les épaules, sonné, puis s'endormit en pensant, comme pour se rassurer, qu'elle devait avoir ses règles.

Élisabeth se mit à ronfler fort, Adrien n'arriva pas à trouver le sommeil.

69. REMETTRE À MIJOTER

Ce furent des éternuements au loin qui les réveillèrent. Élisabeth sortit la première du *Moucheron*, puis se détendit complètement, se livrant à des exercices de gymnastique pour bien attaquer sa nouvelle journée.

Elle respira amplement et constata qu'elle s'était habituée à l'air ambiant et lui trouvait même d'agréables relents d'herbes et de résine.

Adrien la rejoignit et lui proposa d'utiliser cette première journée à construire une cabane.

Ils commencèrent à bâtir une petite hutte à partir de branchages.

L'après-midi, Adrien partit à la chasse équipé d'un nouvel arc qu'il s'était confectionné avec le bois des arbres locaux. La chasse s'annonçait facile car les dinosaures, petits ou grands, ne sachant pas quel était cet inconnu, s'avançaient souvent vers lui avec curiosité. Ils se mettaient alors à éternuer et il n'était pas difficile de les tuer.

Le jeune Terrien avait remarqué en effet qu'au moment d'éternuer les dinosaures s'immobilisaient et fermaient les yeux. Il profitait alors de cet instant précis pour frapper sa proie dans la tête ou au cœur.

Élisabeth le félicita pour son tableau de chasse et se mit en devoir d'accommoder le gibier frais. Elle comprit que, le dinosaure extraterrestre étant fade, il valait mieux l'accommoder avec certaines herbes odorantes qu'elle broyait entre deux pierres.

– C'est délicieux, apprécia Adrien la bouche pleine.

Élisabeth alimenta le feu pour y placer une autre patte de dinosaure.

– Vraiment ? Ça te plaît ce que j'ai préparé ? Pourtant ce ne sont que des herbes. J'ai trouvé des fleurs, j'en ai mis aussi. Je suis si contente que cela te plaise. Je vais essayer de peaufiner des recettes.

Elle s'arrêta brusquement et leva les yeux vers les nuages.

– Tu crois que là-haut, ils font quoi ? demanda-t-elle.

– Tu veux parler de qui ? Des oiseaux ?

– Non, tu sais bien, ceux du *Papillon des Étoiles*. Élé, Jocelyn, Nico, Gabi.

– Hum, ils doivent s'occuper. Ils doivent jouer aux cartes. Faire des concours de tir à l'arc. Écrire des poèmes. Prier pour nous. En tout cas si j'étais à leur place c'est ce que je ferais. S'amuser en attendant la mort.

Elle hocha la tête.

– Tu as quand même eu beaucoup de chance que je t'aie choisi.

– Enfin, tu ne m'as pas complètement « choisi », se défendit-il. Tu m'auras choisi quand nous ferons l'amour. Pour l'instant j'ai plutôt l'impression d'être plus désavantagé qu'eux là-haut.

– Comment peux-tu dire ça ! Tu te régales de nourriture gastronomique et tu peux discuter avec une femme !

– À quoi ça me sert d'être avec une femme si elle se refuse à moi ?

– Il n'y a donc que ça qui t'intéresse. Le sexe ! Ah, vous êtes bien tous pareils, les hommes. Tous des obsédés...

Elle s'arrêta, faussement en colère, puis lâcha :

– Je m'« offrirai » à toi, le jour où tu t'en montreras digne. Nous en avons pour longtemps à vivre ici et nous sommes jeunes. Je ne veux pas que notre amour soit un feu de paille. Je veux que ce soit la célébration d'un acte sacré. Je suis vierge pour l'instant. L'homme auquel je me donnerai devra le mériter.

Adrien grimaça.

– Je ne sais pas pourquoi mais je me sens un petit coup de fatigue tout d'un coup. Il reste de l'alcool ?

Ce soir-là Élisabeth dormit plus éloignée encore d'Adrien.

Elle maugréa dans son sommeil comme si elle parlait à une tierce personne.

– Non, mais pour qui il se prend celui-là ? S'il croit que j'ai besoin de lui il se trompe.

Et elle donnait des coups de pied dans le vide comme si elle le repoussait. Il eut un soupir désabusé, puis s'endormit avec un grand sentiment de solitude.

Dehors, les bêtes s'approchaient par curiosité, puis repartaient en éternuant.

70. RANGER DANS UN ENDROIT À L'ABRI

Les deux Terriens partirent dans la direction où apparaissait le soleil le matin à l'horizon, c'est-à-dire vers l'est. Ils remontèrent la rivière, et découvrirent bientôt une étendue plus large, un fleuve plutôt paisible.

Ils décidèrent de construire un abri dans les branches du plus gros arbre longeant ce fleuve. Un enchevêtrement de feuillages formait une plate-forme, et Adrien pensait qu'il serait facile d'édifier là une sorte de maison.

En hauteur ils risquaient moins d'être attaqués dans la nuit par des gros dinosaures que dans leur cabane.

Ils se mirent au travail, aménageant dans un premier temps une échelle de lianes pour monter les matériaux dans les branches, puis ils disposèrent de longues solives de bois reliées par des cordages pour faire un plancher ferme. Une fois cet accès et cette plate-forme bien arrimés, ils élevèrent des murs pour se protéger du vent. Enfin ils fabriquèrent un toit à l'aide de rameaux feuillus.

La jeune Terrienne divisa aussitôt l'espace en deux pièces avec deux lits car elle souhaitait avoir « son coin » à elle. Elle bâtit aussi une zone dite « cuisine ». De son côté le Terrien mâle aménagea un endroit pour stocker le produit de sa chasse, et un atelier pour fabriquer les arcs et les flèches.

Dès lors ils commencèrent à établir les premières routines. Adrien partait le matin à la chasse et revenait avant l'heure du déjeuner. Puis il repartait après le déjeuner pour revenir avant le dîner.

Élisabeth entretenait la maison, préparait la nourriture, rangeait tout ce qui traînait. Elle n'aimait pas trop sortir car elle prétendait avoir peur des « mauvaises rencontres ». En revanche elle se baignait souvent dans l'eau du fleuve. Adrien préférait garder ses odeurs naturelles pour faire fuir, prétendait-il, les moustiques, qui étaient attirés par la peau « trop » propre. Même s'il persistait entre eux bien des sources de discorde, l'heure du dîner était un moment de détente et de conversation que tous les deux prisaient. Ils avaient fabriqué une table, des chaises, et s'éclairaient avec des torches qui fumaient un peu. Comme assiettes : de larges feuilles, comme fourchettes : leurs doigts, comme boisson : de l'eau, les jus des fruits de la cueillette, des jus légèrement fermentés qui leur servaient d'alcool.

Dans son coin, Élisabeth avait commencé à coudre des peaux de dinosaures pour en faire des vêtements. Elle les présenta à Adrien qui admira les ouvrages. Sa compagne de vie avait même réussi à tailler des aiguilles dans des os.

– Je trouve de plus en plus de cadavres de dinosaures. On dirait qu'ils sont frappés d'une maladie. Et puis partout dans la forêt on les entend éternuer et tousser.

– Je crois savoir ce que c'est, dit Élisabeth.

– Je t'écoute.

– Cette maladie... c'est nous.

Elle s'expliqua.

– Tu te souviens quand nous avons vu approcher le premier lézard extraterrestre, il nous a reniflés et puis il a éternué. Nous avons dû leur transmettre une sorte de grippe ou de rhume mortel. Rappelle-toi, même dans le Cylindre beaucoup d'épidémies ont ravagé la population animale.

– Tu dois avoir raison, reconnut-il. Nous avons dû transporter des microbes, des bactéries ou des virus qui les tuent.

– Comme les premiers explorateurs sur la Terre ont transmis aux autochtones toutes sortes de germes. Nous aurions dû y penser.

– Ça aurait changé quoi ? Nous aurions porté en permanence des combinaisons étanches ?

– Qu'est-ce que nous pouvons faire ?

Par l'ouverture qui leur servait de fenêtre ils distinguaient les longues branches de l'arbre qui s'étendaient.

– C'est déjà trop tard. Les microbes se propagent désormais sans nous. En fait ce qu'il faudrait faire c'est installer ici la faune et la flore terriennes. Elles doivent être immunisées contre les microbes terriens. Yves-1 y avait pensé. C'est pour ça qu'il a disposé le petit laboratoire de biologie dans le *Moucheron 2.*

– Alors il faut y retourner et prendre les graines et les œufs.

– Eh bien il n'y a plus qu'à chercher dans ton bouquin *Nouvelle Planète : mode d'emploi* le chapitre où ils expliquent comment on fait naître les animaux et on se met au travail. Entre nous, cela permettra de diversifier aussi notre alimentation, car le lézard, petit ou grand, cuit ou cru, je commence à saturer. J'ai même la nostalgie des lapins phosphorescents du *Papillon des Étoiles.*

Adrien fixa Élisabeth avec intensité.

– Pourquoi tu me regardes comme ça ? demanda-t-elle. Qu'est-ce qui ne va pas ?

– J'ai renoncé à faire l'amour avec toi. Tout va bien.

– Enfin te voilà plus raisonnable. Pas de désir pas de souffrance.

– Nous allons donc vivre tous les deux ainsi côte à côte, comme des « amis », n'est-ce pas ?

– Peut-être, en tout cas comme des « voisins ».

Elle se leva et lui servit un peu de l'eau fraîche qu'elle avait versée dans un vase de bois creux.

– Je suis contente que tu acceptes enfin la situation, dit-elle.

– Mais toi, tu n'as pas de désirs physiques ?

– Si, bien sûr. Cependant nous ne sommes pas des bêtes. Nous sommes des Terriens, déclara-t-elle fièrement. Et nous, les Terriens, et tout particulièrement les Terriennes, nous maîtrisons nos pulsions primaires pour les sublimer. Et tu verras, si un jour nous fusionnons nos corps pour échanger nos fluides vitaux, ce sera vraiment un événement extraordinaire.

Le soir même ils firent l'amour.

Ce ne fut pas un événement extraordinaire.

Mais Élisabeth savait intuitivement que c'était normal. Elle pensait que les hommes sont des êtres à façonner pour les adapter aux besoins des femmes. Avec un peu de temps, Adrien perdrait de son impatience et de sa maladresse. Elle songea que dès leur prochaine nuit d'amour elle lui apprendrait les notions de « caresses », de « préliminaires » et celles de « plaisir différé ». Elle lui enseignerait que le mélange des corps est une forme de dialogue et que chacun doit écouter l'autre.

– C'était bien ? demanda-t-il.

– Formidable, tu es un amant parfait, répondit-elle en essayant d'y mettre le plus de conviction possible.

– Nous pouvons dormir côte à côte alors ?

– Pas ce soir, mais un jour probablement. Tu sais, j'ai le sommeil très agité.

Elle l'embrassa profondément, lui lécha le cou puis partit rejoindre sa couche. Ce soir-là, pour la première fois, elle ne parla pas durant son sommeil, et quand il vint la voir dormir, il s'aperçut qu'elle rêvait en souriant.

71. DU MOULE SORT LA VIE

La création de la vie s'avérait une affaire complexe. Après avoir lu le chapitre « Comment faire naître les animaux », ils commencèrent à placer les œufs fécondés d'animaux de l'ancienne Terre dans les couveuses automatiques, comme le proposait le livre d'Yves.

Au bout de quelques semaines, ils obtinrent les premières formes de vie d'origine terrestre prêtes à être implantées sur cette planète.

En premier ils déposèrent une fourmi. fraîchement éclose d'un petit œuf congelé et décongelé.

L'insecte, perdu sur la nouvelle planète, ne voulut pas abandonner le doigt d'Adrien.

– Allez, vas-y, descends !

Finalement propulsée par le souffle humain, la fourmi tomba plus loin et commença à explorer le sol, incapable d'imaginer la taille du nouveau monde où elle venait d'atterrir.

En parallèle, Élisabeth avait fait naître, pour le symbole, un papillon qu'elle aida à sortir de sa chrysalide pour le poser sur sa main.

C'était un morpho, un de ces papillons dont les ailes bleu fluorescent réfléchissent la lumière sur plusieurs strates, leur donnant un aspect de relief irréel. Elle contempla « son » insecte comme une œuvre d'art, un tableau qu'elle venait de créer.

Elle souffla pour sécher les ailes mouillées.

L'insecte ne voulant pas décoller, elle souffla plus fort jusqu'à ce qu'il soit projeté dans le ciel. Dérouté, mais craignant la chute, le papillon commença à battre des ailes. Enfin il se mit à brasser l'air de ses longues voiles bleutées. Après avoir zigzagué il trouva la maîtrise de sa trajectoire et s'éleva vers le soleil comme s'il savait que cela allait l'aider à sécher les dernières traces d'humidité de ses fines protubérances.

En troisième position, après les fourmis et les papillons, vinrent les rats, livrés eux aussi à la conquête de ce nouveau territoire.

– Il faudra penser à ajouter à ces trois-là des partenaires sexuels, sinon ils n'iront pas loin, signala Adrien.

Ensuite il y eut deux poussins, mâle et femelle, puis deux souris, puis deux lapins.

Au bout de quelques mois ils eurent deux chèvres, deux moutons, deux vaches. Puis, suivant les conseils du livre, ils introduisirent les insectes de l'ancienne Terre... Termites, coléoptères, mais aussi moustiques, mouches, etc.

Ceux-ci se développèrent encore plus vite, et se répandirent sur toute la surface de la nouvelle planète. Puis ils plantèrent un jardinet au bas de leur maison dans les branches. Ils purent ainsi obtenir une récolte de carottes pour nourrir les lapins, et même du blé pour constituer le pain, et de la vigne pour produire du vin.

Durant ses expéditions de chasse, Adrien trouvait chaque jour davantage de cadavres de dinosaures couverts de mouches. Comme si une forme de vie en remplaçait peu à peu une autre.

Les insectes de l'ancienne Terre les dévoraient. Seuls les plus petits dinosaures, les lézards, semblaient avoir trouvé dans leur organisme le moyen de résister à la grippe terrienne.

Après les animaux servant de bétail et les végétaux servant de nourriture, selon les conseils du livre d'Yves-1, les deux Terriens firent naître des animaux moins sympathiques mais qu'ils savaient nécessaires au cycle écologique : renards, loups, ours, lions, guépards, chats, chiens, et même serpents, araignées, taupes, lombrics. Ces derniers destinés à aérer le sol. Dans un troisième temps ils s'attaquèrent aux mammifères volumineux : éléphants, hippopotames, girafes, mammouths. Puis ils complétèrent leur zoo personnel avec des zèbres, des gnous, des écureuils, des paons, des scarabées, des singes. Et bien d'autres encore.

Dans leur maison dans les arbres Adrien et Élith s'étaient habitués peu à peu l'un à l'autre et vivaient une existence plutôt paisible, en pleine nature, sur une planète étrangère, certes, mais confortable.

Ils dormaient dans le même lit... jusqu'au soir où, deux ans après leur arrivée, une dispute éclata entre Élisabeth et Adrien.

– Il faut qu'on s'explique ! J'en ai assez ! s'offusqua-t-elle.

– Quoi encore !

– Lorsque nous faisons l'amour c'est toujours moi qui suis en dessous !

– Mais enfin chérie, tu veux quoi ?

– Être dessus. Quand tu es sur moi tu m'étouffes. Tu m'appuies sur la poitrine et ça m'oppresse.

– Si tu es sur moi je ne pourrai pas y arriver, reconnut Adrien.

– Eh bien, à partir de maintenant je te préviens, c'est moi qui suis dessus sinon on arrête.

– Je ne comprends pas, tu veux que nous arrêtions de faire l'amour si je ne me soumets pas à tes désirs ?

– Exactement. Tu m'as bien comprise.

– Je m'en fiche de ce que tu veux ! Nous continuerons comme nous avons toujours fait : moi dessus et toi dessous. Il n'y a que comme ça que je peux avoir du plaisir.

– Et mon plaisir à moi, tu t'en fiches ?

– Oh ! ne recommence pas.

– Je t'ai dit ce que j'avais à dire, on change ou on arrête.

– Plutôt crever ! (Il la fixa avec un sourire cruel.) Je sais pourquoi tu me fais ces reproches, déclara-t-il. Ce n'est pas parce que tu es dessous. C'est parce que nous ne parvenons pas à avoir d'enfant. Nous donnons la vie animale mais toi tu es incapable de donner la vie humaine !

Elle lui lâcha un regard terrible.

– Comment oses-tu !

– Tu es stérile, ma pauvre Élith ! Ça fait deux ans que nous faisons l'amour et que nous créons toutes sortes d'insectes, d'oiseaux, de mammifères, mais toi tu ne peux même pas me donner un fils ou une fille. Tu dois avoir une... malformation.

– Espèce de...

Quelques minutes plus tard, ils se jetaient des injures au visage et se battaient. Elle le gifla. Il la gifla.

Elle le griffa au visage. Il la jeta par terre.

Elle se releva, la lèvre en sang, et annonça qu'elle préférait partir.

– Tu plaisantes ? Tu vas aller où ? Je te rappelle que nous sommes les seuls humains sur cette planète !

– Plutôt vivre seule qu'avec un type d'aussi mauvaise foi que toi ! Le jour où je t'ai choisi j'aurais mieux fait de prendre n'importe lequel des quatre autres. Gabi, Nico, Élé, ou Joss, c'étaient des types formidables. Ils auraient été mieux que toi, tiens ! Surtout qu'il n'est pas dit que ce soit moi qui suis stérile ! Ça m'a plutôt l'air d'être toi et ton sperme fainéant.

Elle partit d'un coup.

Il resta atterré.

Puis elle revint quelques minutes plus tard chercher ses affaires. Ils n'échangèrent pas un mot. Adrien se mit à boire du jus de fruits fermenté en maugréant.

Élisabeth s'installa beaucoup plus loin, en amont du fleuve.

72. LAISSER SÉCHER

Les jours passèrent. La maison dans les arbres fut peu à peu envahie de lierre. Le Terrien restait au lit jusqu'à ce que le soleil soit haut dans le ciel, puis il partait chasser et revenait le soir manger seul et se saouler jusqu'à ce que le sommeil le fasse choir.

Le plus souvent il se contentait de ramasser les corps agonisants des dinosaures. Cela ressemblait finalement plus à la cueillette qu'à la chasse.

Lorsqu'il en avait assez du goût du saurien, il chassait un lapin ou deux, dans la mesure où il était certain de ne pas épuiser leur population. Il savait qu'il fallait laisser du temps aux espèces terriennes pour proliférer.

Adrien ignorait où Élisabeth avait construit sa maison, mais de temps à autre il repérait ses traces de pas. Un jour il les suivit et découvrit une caverne d'où sortait une fumée. Elle avait donc trouvé un abri naturel.

Cela ne l'étonna qu'à moitié dans la mesure où il soupçonnait la jeune femme d'être incapable de construire une maison solide. Il n'alla cependant pas la voir. Question de fierté.

Il était persuadé que cette humeur passerait. Élisabeth allait revenir.

Elle a besoin de moi. Elle doit s'ennuyer à mourir.

Elle finira par craquer.

Mais elle ne revint pas.

Quand, au bout de trois mois, il arriva avec des fleurs pour parlementer, dans l'intention d'accepter qu'elle soit dessus durant l'acte amoureux, il eut une première appréhension : la caverne ne fumait plus.

Il se précipita et, avec horreur, la découvrit étendue, sans vie : elle avait été mordue dans la nuit par l'un des serpents de l'ancienne Terre.

Pourtant ce serpent à l'origine n'était pas venimeux, mais il semblait avoir muté sur cette planète étrangère. Le corps de la jeune femme avait pris une couleur foncée qui indiquait que tout son sang était empoisonné. Comble d'horreur, Élisabeth avait le ventre gonflé. Elle était enceinte d'au moins quatre mois.

Adrien enterra Élisabeth dans un coin du jardin potager et, selon la coutume du Cylindre, planta une graine d'arbre au-dessus de son cadavre. Un pommier.

Le Terrien mit longtemps à se remettre de cette perte. Plus que la jeune femme il pleurait sa solitude car il savait que désormais il ne pourrait plus rencontrer d'autres êtres humains et que sa vie ne serait qu'une longue suite de rencontres avec des cadavres de lézards extraterrestres grippés et de bestiaux terriens plus ou moins bien adaptés à ce nouveau milieu.

Le jeune homme en arrivait à envier ceux qui étaient restés dans le confort du *Papillon des Étoiles.*

Au moins, Gabi, Élé, Joss, Nico peuvent discuter entre eux, jouer entre eux, construire ensemble. Tandis que moi, à cause d'une simple dispute de ménage, je me retrouve condamné à vivre tout le reste de mon existence sans personne à qui parler.

Adrien se mit à boire, et à fabriquer sans cesse plus d'alcool de fruit... pour s'enivrer.

Il se levait de plus en plus tard, chassait de moins en moins.

Les autres animaux le voyaient par moments s'effondrer car il ne tenait plus sur ses jambes. Au bout d'un an il commença à se parler à lui-même.

Il se rendait sur la tombe d'Élisabeth et marmonnait :

– Excuse-moi. Excuse-moi. Comme je m'en veux ! J'aurais dû t'écouter, mais tu es tellement bornée, Élith, quand tu veux quelque chose. Tu aurais dû me demander plus gentiment d'être dessus au lieu de vouloir tout m'imposer.

Il s'écroulait sur la tombe, serrait dans ses doigts le pommier arbuste qui avait percé l'épaisseur de la terre, puis restait là, comme s'il voulait à nouveau sentir le corps de la jeune fille tant regrettée.

Après s'être parlé à lui-même et avoir interpellé sa compagne, il décida de s'inventer un dialogue avec le créateur du projet : Yves-1.

– Je suis tellement désolé d'avoir gâché ta belle idée, mais il faut voir que cette Élith n'était pas facile à vivre ! Si tu l'avais vue, elle était tout le temps à me faire des reproches.

Parfois, durant la chasse, il lui arrivait aussi de lancer un « Yves, aide-moi à attraper cet animal » ou bien un « Yves, dis-moi quel chemin prendre pour rentrer, je me suis perdu ».

Pour lui il était logique que l'esprit de l'homme qui l'avait envoyé si loin soit encore là, à vouloir aider son projet à réussir.

Un soir, juste avant de se coucher, alors qu'il était une fois de plus complètement ivre, il lança :

– Hé ! Ho ! Tu m'entends, Yves ? Je ne veux pas crever, en fichant en l'air ton idée ! Je veux pas. Peut-être que sur l'ancienne Terre, ils sont déjà tous morts. Peut-être que sur le *Papillon des Étoiles* ils sont aussi tous morts. Je suis peut-être le dernier humain, le seul humain, mais je ne vais quand même pas devenir alcoolique ou fou et crever comme ça ! Je suis ton spermatozoïde lancé dans l'espace ! Je suis le dernier représentant de la forme de vie la plus intelligente de l'univers ! Je suis le dernier humain ! Je veux pas crever, Yves, tu m'entends ? Je veux pas crever ! Dis-moi comment je peux faire pour m'en tirer, bon sang ! Tu m'as amené jusqu'ici alors maintenant me laisse pas tomber ! C'est ton devoir de m'aider. Ou alors tu sers plus à rien et je te renie !

De colère il saisit le livre *Nouvelle Planète : mode d'emploi* et le lança par la fenêtre. Puis, se reprenant, il alla le rechercher au bas de l'arbre-maison.

Par simple curiosité il voulut voir sur quelle page le livre s'était ouvert, et découvrit le chapitre « Humeurs et conseils ». Il y était écrit que si on avait une question, il suffisait de la prononcer à haute voix juste avant de s'endormir, et au matin on recevait la réponse.

73. LA SOLUTION

À l'aube il eut la réponse.

C'était si simple.

Il s'en voulut de ne pas y avoir pensé plus tôt.

Il chercha dans l'armoire réfrigérée pleine d'éprouvettes étiquetées, et finit par trouver un tube où était inscrit en petits caractères « HOMO SAPIENS ».

Mais si pour la plupart des animaux la manipulation « œuf fécondé, matrice, couveuse » était relativement aisée, pour créer son semblable tout paraissait compliqué.

Le petit noyau humain fécondé ne voulait pas prendre dans la matrice. Finalement, à force de relire le chapitre « Manipulations génétiques » il finit par découvrir qu'en cas de mauvais démarrage du processus de multiplication des cellules, on pouvait l'accélérer en ajoutant des cellules souches de moelle osseuse fraîche, issue d'un animal de même espèce.

De la moelle osseuse humaine ?

Il eut un instant l'idée de déterrer le corps d'Élisabeth pour aller fouiller ses os. Mais « moelle osseuse fraîche » avait une signification suffisamment claire pour qu'il y renonce. Porteur de « moelle humaine fraîche » sur cette planète, il n'y avait que lui. Il lui parut difficile de s'opérer lui-même pour s'extraire de la moelle osseuse, mais ce qui était en jeu, ce n'était pas seulement l'avenir de son espèce.

C'était l'avenir de la forme de conscience la plus complexe de l'Univers. Et s'il était le dernier, il était aussi la dernière chance.

Cela méritait quelques efforts.

Dilemme technique : pour ne pas souffrir il devait être

endormi, mais étant son propre chirurgien il lui fallait rester éveillé. Finalement il finit par trouver, dans la trousse de secours du *Moucheron*, une fiole d'anesthésique local.

Il décida de s'inciser dans la seule partie du corps où il espérait ne pas créer de problème : une côte.

Il dut s'introduire un morceau de tissu dans la bouche pour ne pas hurler.

Puis il incisa la peau et se cassa une côte à coups de marteau. L'opération fut une boucherie. Mais son cerveau tenait bon.

Il serra les dents le plus longtemps qu'il lui fut humainement possible, mena l'opération à bien, après quoi il s'autorisa enfin à s'évanouir.

À son réveil, il trouva la force de ranger la côte dans une boîte stérile, la disposa dans la zone réfrigérée du laboratoire ambulant qui par chance fonctionnait sur batterie chimique, pressa une compresse sur la plaie et s'évanouit de nouveau. Cette fois pour longtemps.

Le lendemain, il mit un temps interminable à retrouver ses esprits. Il changea son pansement puis, quand il fut enfin en état d'agir, récupéra son morceau de côte dans la boîte.

Il utilisa le microscope du laboratoire pour trier les cellules saines et, suivant avec méthode chaque indication du livre d'Yves, procéda à la création d'un œuf humain complet, issu du noyau de l'œuf fécondé et de l'enveloppe cytoplasmique d'une cellule fraîche de sa côte.

Il plaça ensuite l'œuf dans la matrice artificielle. Puis il envoya des petites décharges électriques pour lancer le processus de vie.

Après plusieurs tentatives le phénomène de multiplication cellulaire se mit enfin en marche. L'œuf grandit puis termina dans la couveuse, baignant dans un liquide tiède dont il ne connaissait pas la composition.

Neuf mois plus tard, il obtenait un enfant humain vivant.

Comme c'était une fille il décida de l'appeler Éya. En référence aux trois initiales des héros fondateurs de la Nouvelle Humanité.

E pour Élisabeth, la femme qu'il avait aimée.

Y pour Yves, l'inventeur du « *Papillon des Étoiles* ».

A pour lui-même, Adrien, le premier nouvel humain de la planète étrangère.

Il fixa, troublé, le nouveau-né, heureux comme il ne l'avait jamais été jusque-là. Grâce à son sacrifice et à sa douleur surmontée, il ne serait plus jamais seul.

– Bienvenue sur cette Nouvelle Terre, Éya. Je ne sais pas quelle est ma part de génétique en toi, ma petite, un tiers, probablement. Je ne te demanderai qu'une chose : ne m'appelle jamais « Papa ».

74. L'ENFANT DES ÉTOILES

Éya grandit dans la maison d'Adrien et s'avéra une enfant d'une remarquable intelligence. Elle apprenait vite à lire, à écrire, à compter, mais aussi la chasse, la cuisine, le tissage, le soin des animaux d'élevage, l'organisation de la maison.

Elle participait aux missions d'exploration de la planète avec son père et surtout elle se passionnait pour l'histoire de l'ancienne Terre.

Elle adorait tout particulièrement écrire.

Son seul problème était peut-être qu'elle entendait mal et du coup prononçait les mots de travers et tout spécialement les noms, ce qui avait le don d'agacer Adrien.

Les années passèrent.

Éya célébra ses 19 ans sur une montagne alors qu'ils étaient en expédition de chasse. Ils avaient allumé un feu et installé un bivouac.

Autour d'eux il y avait encore des carcasses des dinosaures qui jadis étaient les seuls animaux de la planète.

Adrien sortit de sa besace un lapin et ils le mirent à rôtir sur une broche improvisée. Les grillons d'origine terrestre vibraient de leur crissement caractéristique.

– Bon anniversaire, Éya.

Il lui tendit une torche et lui proposa de souffler dessus. Elle ne comprenait pas pourquoi.

– Je me suis rappelé que c'était une coutume des Terriens pour vérifier si on avait encore du souffle. Quand je serai vieux et que je ne pourrai plus éteindre cette torche, cela signifiera que je mourrai bientôt.

Éya souffla de toutes ses forces sur la torche, ravie.

– Je ne vais pas encore mourir, dit-elle.

– Que veux-tu pour ton anniversaire ? C'est encore une coutume terrienne. On fait des cadeaux le jour de l'anniversaire.

– Mon plus beau cadeau serait...

Éya fit semblant de chercher puis afficha un grand sourire.

– Une histoire ! Oh Adan, s'il te plaît, raconte-moi encore l'histoire de nos ancêtres ! Ça c'est le plus beau de tous les cadeaux, Adan !

– Pas Adan, Adrien, corrigea-t-il une fois encore en marquant son exaspération. D'accord ce sera ton cadeau. Encore le même cadeau. L'Histoire avec un grand H. Eh bien, puisqu'il faut tout te raconter voilà l'histoire, la GRANDE HISTOIRE DE L'HUMANITÉ. Au commencement, hum, enfin, il y a très longtemps, il y avait un monde, un autre monde, très loin.

– Paradis ? lança la jeune fille se souvenant des récits précédents.

– Non, ne mélange pas tout sinon nous n'y arriverons pas. Paradis-Ville c'était la première grande ville dans le Cylindre. Là je te parle d'un autre monde, une autre Terre. Voilà, il y avait une autre Terre, ancienne, lointaine. Dans un système solaire très éloigné. Mais les gens sont devenus très durs...

– Méchants ?

– Disons qu'ils étaient agressifs. Et puis ils n'arrêtaient pas de faire des enfants.

– Comme les lapins ? C'est bien qu'il y ait beaucoup de lapins, ça nous fait à manger, non ?

– Pour toute espèce, il y a un nombre idéal d'individus par rapport au milieu où elle vit. Là, ils étaient vraiment très nombreux. Ils sont devenus si nombreux qu'ils se faisaient en permanence la guerre de manière de plus en plus atroce, pour résorber leurs excédents de population. Ils avaient même des armes qui arrivaient à brûler des millions de gens.

– Comment est-ce possible ? demanda la jeune fille en ouvrant ses grands yeux intrigués.

– C'est à cause de la bombe atomique, je t'expliquerai un jour, pour l'instant retiens juste qu'il y avait un monde où les humains, nos ancêtres, ont fait beaucoup de bêtises. Ils ont proliféré sans retenue, ils se sont tués sans retenue. Ils ne réfléchissaient pas à la portée de leurs actes. Ils ont empoisonné l'eau, l'air, ils ont détruit les lieux de vie. Ils se sont choisi pour guides des gens très autoritaires qui écrasaient les faibles. Il y avait des religions qui fanatisaient les plus influençables.

– Des quoi ?

– Des religions. C'est... comment dire, une croyance. Certains croyaient qu'en assassinant leur prochain ils seraient plus heureux, à cause de la religion.

– C'est stupide.

– Donc il y avait la bombe atomique, le fanatisme religieux, la pollution, la surpopulation et puis partout le stress et la peur.

Adrien reprenait les expressions du journal de bord, mais n'était pas certain lui-même d'en comprendre le sens réel.

Il ne voulait pas montrer à la jeune fille son ignorance du passé. Il interprétait, il inventait, il ajoutait une dimension romanesque.

– Jusqu'au jour où un homme, Yves, a eu l'idée de bâtir un vaisseau spatial.

– Un quoi ?

– Un grand bateau qui vogue non pas sur l'eau mais dans les airs. Et même bien au-delà du ciel, dans les étoiles.

– Comme un oiseau ?

Elle regarda Adrien avec admiration, contente d'écouter des histoires aussi extraordinaires.

– Un très gros oiseau. Yves a mis dedans 144 000 personnes, compléta Adrien.

– 144 ?

– Non, 144 000 personnes.

Les yeux de la jeune fille brillaient. Avec ses doigts elle fit le geste de compter dix fois dix jusqu'à obtenir le nombre exact.

– Et il a ajouté des œufs de tous les animaux pour recréer ailleurs une autre « faune terrestre complète ».

– Ici ?

– Ici, en effet. Mais bon, à l'époque il ne savait pas comment c'était ici. Il avait juste repéré une planète lointaine avec un outil optique spécial, un « radiotélescope ». Donc Yves construisit une sorte de grand bateau-oiseau, il invita 144 000 personnes à venir y séjourner et c'est Élisabeth qui le conduisit. Retiens bien ces noms : Yves, le créateur du vaisseau, Élisabeth, qui l'a piloté en premier.

Elle sortit son carnet, précieux objet récupéré dans la carlingue du *Moucheron*, et vérifia si cela correspondait bien à ses notes précédentes. Elle souligna les deux prénoms. Il poursuivit :

– Tout le monde était contre eux.

– Pourquoi ?

– Parce que les autres étaient jaloux de leur oiseau-qui-transportait-des-gens-dans-les-étoiles.

Adrien regarda la jeune fille. Il ne pouvait s'empêcher de se demander si elle avait ses gènes.

Cela le bloquait. En même temps, il finissait par se convaincre qu'il n'y avait rien de commun entre eux. Elle avait des yeux noirs alors qu'il avait les yeux bleus. Elle avait des cheveux noirs alors qu'il avait les cheveux châtain clair. Elle était grande et élancée pour son âge alors qu'il était de taille moyenne (cela pouvait s'expliquer par le changement de pesanteur). Elle avait un visage long avec des pommettes hautes alors qu'il avait un visage plutôt rond avec de bonnes joues.

– Oui, ils étaient jaloux mais également suicidaires et ils voulaient que personne n'échappe à leur autodestruction. « Dernier Espoir », c'était le nom du projet, l'espoir de fuir de la planète avant que celle-ci ne meure.

Cela, il se souvenait clairement l'avoir lu dans le *Journal de bord* d'Yves-1.

– Moi, quand je me sens en danger, je cours, je file ailleurs, déclara-t-elle. Une fois, je suis tombée sur un loup menaçant, j'ai filé sans réfléchir.

– Tu as bien fait, Éya. Tu as bien fait. Eux aussi ils ont bien fait, car à la vitesse où ils détruisaient tout, on ne pouvait plus réparer. Avec la surpopulation, la pollution, le fanatisme, le terrorisme, les épidémies, la Terre, enfin « l'ancienne Terre », était devenue l'enfer.

– C'est quoi l'enfer ?

– Excuse-moi. Enfer c'était le nom d'une ville dans le Cylindre qui s'était opposée à Paradis. Et les gens là-bas étaient aussi très durs et très agressifs. Mais ça aussi nous en parlerons mieux une autre fois. Donc, sur l'« ancienne Terre », tout allait mal. Yves a créé le projet « Dernier Espoir ».

– Et son oiseau qui contenait des milliers de gens ?

– En fait cela s'appelait un vaisseau spatial. Et il était baptisé « *Papillon des étoiles* ». Parce qu'il avait de grandes ailes comme un papillon et qu'il se déplaçait grâce à la poussée de la lumière des étoiles.

– La lumière des étoiles ? Oh ! ça devait être beau.

– Oui, je suis né sur le *Papillon des étoiles* et c'était beau, mais si tu m'interromps tout le temps nous n'allons pas avancer vite.

– Je ne dis plus rien, affirma la jeune fille aux grands yeux noirs.

– Donc, Yves et Élisabeth arrivèrent à faire décoller le *Papillon des Étoiles* avec à son bord 144 000 personnes, des animaux, des arbres et des fleurs.

– C'est là où il y avait le paradis et l'enfer ?

– Leur voyage dura plus de 1 200 ans et au final, sur les 144 000, il ne resta que 6 survivants.

– Toi ?

– Oui, moi et 5 autres personnes. Mais une seule femme. Elle se nommait Élith.

– Lilith ?

Pourquoi déforme-t-elle toujours les noms ?

– Non, Élith. Donc c'est Élith et moi qui avons débarqué en premier, et en fait seuls, sur cette planète perdue aux confins de l'univers. Et là nous avons vécu tous les deux ensemble.

Elle hocha la tête en signe de compréhension.

– Alors, Lilith est ma mère ?

Elle le fait exprès. Mais pourquoi ? Pour m'agacer ?

– Non. Malheureusement, je n'ai pas eu d'enfant avec Élith.

– Alors comment je suis née, moi, Éva ?

– Non, pas Éva, Éya. C'est étonnant comme tu transformes les noms. On dirait que tu le fais exprès.

Elle fit un signe de dénégation pour montrer que c'était plus fort qu'elle.

– Comment suis-je née, Adam ?

– Si je te le disais tu ne me croirais pas... Tu es née à partir d'un de mes os. En fait, l'une de mes côtes.

Il montra la cicatrice de l'opération qu'il s'était infligée.

– Tu m'as faite avec une de tes côtes, Adam ?

Il s'arrêta.

Elle a encore déformé mon nom. Ça ne sert à rien de la reprendre, elle fait ça sans y penser. C'est comme si elle digérait les noms et les histoires pour se les réapproprier. Elle réinvente tout à sa manière.

– Voilà, tu connais la suite, dans le laboratoire j'ai continué à faire naître des animaux à partir des œufs fécondés qu'avait disposés Yves dans la réserve. Et toi tu m'as aidé. Il y en a tellement.

– Oh, Adam, il faudra que tu m'aides à les nommer, parce que les étiquettes commencent à se décoller et j'en ai perdu plein. Tu m'aideras à nommer les animaux, Adam ?

– Bien sûr, bien sûr, ma chérie.

Il regarda la fille, fixant ses immenses yeux noirs. À ce moment, il hésita à faire naître d'autres enfants en parallèle comme Éya. Mais l'idée de s'opérer une nouvelle fois une côte lui rappelait trop de mauvais souvenirs.

La jeune fille aux grands yeux noirs relut ses notes.

– Je récapitule. Le Créateur s'appelle Yahwé.

Non, pas Yahwé, Yves. Tant pis, je n'insiste plus.

– Jadis, toi Adam et Lilith vous viviez au Paradis. Puis vous avez été envoyés ici sur cette Nouvelle Terre.

– Et puis, dans l'histoire il y a aussi Satine.

– Satan ?

Un instant, il se dit qu'Éya était sourde, c'était pour cela qu'elle changeait les sonorités.

– Non : « Satine », dit-il machinalement. Elle a été formidable dans un premier temps. Puis, on ne sait pas ce qu'il lui a pris.

Adrien regarda la jeune fille et la trouva extraordinairement belle avec ses yeux noirs qui devaient lui venir du fond des origines. Elle était si vive, si perspicace, si facilement émerveillée par les histoires du passé.

– Ah, encore autre chose..., dit-il. Méfie-toi des serpents. Ils peuvent faire beaucoup de mal.

La jeune fille nota la remarque sur son petit carnet.

Elle la souligna.

– Et les autres ? demanda-t-elle soudain.

– Quels autres ?

– Ceux de « l'ancienne Terre » ?

Il ferma un instant les paupières. Il essaya d'imaginer ce qui était arrivé aux « autres ». Il se dit que ce soir il poserait la question à haute voix et en rêve il recevrait peut-être la réponse.

Le regard d'Adrien se perdit au loin. Cela faisait plusieurs jours qu'il avait observé la carte du ciel située à la fin du livre *Nouvelle Planète : mode d'emploi*. D'après lui, si on inversait l'observation, l'ancienne Terre devait se trouver par là.

Il montra du doigt une constellation d'étoiles en forme de casserole. Il avait l'impression qu'elle ressemblait à un ours.

– C'était dans la constellation de la Grande Ourse, dit-il sans y réfléchir.

– L'ancienne Terre ?

Le feu s'était éteint. L'homme souffla sur les braises pour que la chaleur se perpétue encore un peu.

– L'« ancienne Terre » est dans la constellation de la Grande Ourse, reprit-elle, et donc ici c'est... la « Nouvelle Terre ».

Bon sang elle a raison. L'« ancienne Terre » n'a plus de sens. Le nouveau temps et le nouveau lieu de référence sont ici. Dès lors il n'y a plus de raison de l'appeler nouvelle terre. Ici c'est la Terre. L'unique Terre importante.

À cet instant il se persuada que le mot Terre était finalement devenu un mot générique pour baptiser la planète sur laquelle vivaient les humains qui racontaient l'histoire.

Un jour la Terre d'origine serait considérée comme « planète étrangère » et il n'y aurait plus, comme planète définissant la Terre, que celle-ci. Tout serait inversé.

Quelle dérision !

Un papillon de nuit vint se poser sur son doigt comme pour y chercher un abri.

L'homme l'accueillit et le protégea de la main, avec un large sourire. Le papillon restait, alors il ferma la main et le papillon ne bougea pas.

Il imaginait même que dans le futur leurs descendants oublieraient complètement d'où ils venaient et ne croiraient plus qu'à l'existence d'une seule Terre viable. Celle-ci.

– Plus tard, tu auras peut-être des enfants, dit Adrien. « Nous » aurons peut-être des enfants, rectifia-t-il un peu gêné.

– Oui, et alors ?

– Il est très important que tu leur racontes tout, comme je te l'ai raconté, afin que tous gardent la mémoire du passé et un peu des connaissances des savants qui se sont relayés à travers le temps jusqu'à toi.

La jeune fille prit un air entendu.

– Les livres ?

– Oui, les livres, mais aussi la transmission orale. Et puis la transmission symbolique. Si tu ne peux pas transmettre directement l'information, livre-la sous forme d'allégorie. C'est ton unique devoir. Transmets le Savoir. Nos enfants oublieront beaucoup de choses, ils comprendront de travers, ils croiront même que cette planète est la seule où ont vécu les hommes. « La Terre ». Le Savoir, c'est le seul trésor qui peut nous permettre de sortir de l'obscurantisme. C'est tout ce qui reste des expériences, des douleurs, des erreurs et des inventions de nos ancêtres. Transmets le Savoir afin d'être sûre que nos descendants ne recommencent pas indéfiniment les mêmes erreurs.

Il répéta la phrase comme si elle ne venait pas de lui, comme si l'esprit d'Yves s'exprimait à travers sa bouche.

Afin d'être sûr qu'on ne recommence pas indéfiniment les mêmes erreurs.

Adrien insista.

– Il ne faudrait pas que dans un futur lointain nos petits-enfants, lorsqu'ils seront à nouveau des millions, peut-être même des milliards, et qu'ils auront occupé toute la surface de cette Terre, reproduisent un monde similaire à celui d'où nous venons, avec la guerre, la pollution, le fanatisme religieux, la surpopulation.

– La vie comme sur l'ancienne Terre, quoi.

– Il ne faut pas reproduire ça. Sinon tous nos efforts n'auront servi à rien. Sinon le rêve et la création d'Yves n'auront abouti qu'à reproduire un scénario d'échec. Demain sera un autre hier. Et... comble de l'ironie, peut-être même que dans 6 000 ans nos petits-enfants devront encore fabriquer un nouveau *Papillon des étoiles* pour partir vers un nouveau système solaire voisin et une nouvelle planète habitable. Une troisième « Terre ». Mais ce serait dommage.

Éya semblait plongée dans une profonde réflexion. Soudain elle livra le fruit de ses pensées :

– Après tout c'est peut-être un éternel recommencement qui a pris sa source il y a très longtemps et continuera encore. Cela fait peut-être cent Terres dans le passé qu'il y a des *Papillons des Étoiles* avec des humanités survivantes. Et peut-être qu'il y aura encore cent Terres dans le futur. Et chaque fois les enfants des survivants oublient d'où ils viennent et se croient sur l'unique Terre.

Il était amusé par la pertinence de cette idée. Elle poursuivit :

– Un peu comme cette théorie de la réincarnation dont tu m'as déjà parlé parce que tu l'as lue dans le livre d'Yves. Mais ce ne serait pas pour une personne mais pour tout le monde. L'humanité se réincarne. Et, à chaque fois, elle oublie et se croit seule sur une planète qu'elle appelle la Terre.

Ses yeux noirs brillaient.

Il la trouva remarquablement vive d'esprit.

Il se dit qu'elle était mieux que lui. L'avenir, c'était cette énergie féminine qui était plus forte que celle de tous ces hommes qui s'étaient entre-tués.

Il sentait les ailes du papillon qui caressaient l'intérieur de sa paume. Il se rappela une phrase lue dans le livre d'Yves.

« *Chenille, change, métamorphose-toi en papillon. Papillon, déploie tes ailes et envole-toi vers la lumière.* »

Cette chenille, pensa-t-il, *c'est l'humanité elle-même. Elle doit se métamorphoser en une humanité d'un niveau de conscience supérieur.*

– Ils n'oublieront pas si tu leur racontes, insista-t-il. C'est cela qui restera quand ils auront tout oublié : des histoires.

– Mais si on leur raconte ils croiront que c'est leur futur proche alors que c'est... leur passé lointain.

Adrien se dit qu'Éya comprenait vite car elle était curieuse, et cette curiosité pourrait être leur salut.

« *Ils croiront que c'est leur futur alors que c'est leur passé !* »

Il regarda à nouveau les étoiles en direction de la Grande Ourse, là où il estimait que se trouvaient peut-être encore les résidus de l'expérience précédente, ceux de l'ancien monde, « ceux qui n'avaient pas su partir à temps ». Une larme coula sur sa joue.

Elle se rapprocha de lui.

– Pourtant il faudra bien que cela s'arrête. Nos ancêtres ont fui leur Terre pour fonder une nouvelle humanité sur une autre Terre, mais nous devons nous débrouiller pour que cela ne se reproduise plus.

– Pourquoi ? demanda la jeune fille.

– On ne peut pas éternellement fuir.

Et tout en disant cela, il lâcha le papillon qui s'envola, porté par le souffle du vent.

Il brassa l'air de ses longues ailes et s'éleva naturellement vers la lumière des étoiles.

Celui qu'elle appelait « Adam » contemplait celle qui se nommait elle-même « Ève » et se répétait la phrase pour s'en convaincre :

« On ne peut pas éternellement fuir »...

Remerciements à :

Reine Silbert, Françoise Chaffanel, Max Prieux, Patrice Lanoy, Dominique Charabouska, Jérôme Marchand, Stéphane Krausz, Jean Maurice Belayche, Guy Pignolet (président de l'Union pour la Promotion de la propulsion photonique), Gérard Amzalag, Stéphanie Janicot.

Musiques écoutées durant l'écriture du *Papillon des Étoiles* :

Beethoven Symphonies n° 6 et n° 7.
Vivaldi *Les 4 Saisons* (dont la version hard rock par Joe Satriani).
Samuel Barber *Adagio pour cordes.*
Musique du film *Jonathan Livingstone le Goéland*, Neil Diamond.
Musique du film *Dune*, Toto.
Musique du film *Nos amis les Terriens*, Alex Jaffray et Loïc Étienne.

Événement survenu durant l'écriture *du Papillon des Étoiles* :

Écriture du scénario et réalisation du film *Nos amis les Terriens.*

Sites internet :
www.bernardwerber.com
www.albin-michel.com
www.lepapillondesétoiles.com

DU MÊME AUTEUR

Aux Éditions Albin Michel

Cycle des Fourmis
LES FOURMIS, 1991
LE JOUR DES FOURMIS, 1992
LA RÉVOLUTION DES FOURMIS, 1996

Cycle Aventuriers de la science
LE PÈRE DE NOS PÈRES, 1998
L'ULTIME SECRET, 2001

Cycle des Anges
LES THANATONAUTES, 1994
L'EMPIRE DES ANGES, 2000

Cycle des Dieux
NOUS, LES DIEUX, 2004
LE SOUFFLE DES DIEUX, 2005
LE MYSTÈRE DES DIEUX, à paraître

Autres livres
LE LIVRE DU VOYAGE, 1997
L'ENCYCLOPÉDIE DU SAVOIR RELATIF ET ABSOLU, 2000
L'ARBRE DES POSSIBLES (nouvelles), 2002
NOS AMIS LES HUMAINS (théâtre), 2003

Composition Nord Compo
Impression Bussière, en septembre 2006
Editions Albin Michel
22, rue Huyghens, 75014 Paris
www.albin-michel.fr

ISBN 2-226-17349-8
N° d'édition : 24553. – N° d'impression : 063217/4.
Dépôt légal : octobre 2006.
Imprimé en France.